현대중국
최초의 자국
고대소화선집

고차암소화집
苦茶庵笑話集

주작인 원편
이제우 편역

신아사

고차암소화집서苦茶庵笑話集序

소화笑話는 옛날부터 있었지만, 나중에 어쩐 일인지 돌연 사대부에 의해 경시되어 다시 기록되지 않게 되었다. 추측컨대 도학道學과 팔고八股가 흥기하면서부터인 것 같다. 어릴 적에 읽은 성현의 경전에서 맹자孟子가 기술한 "송宋나라 사람이 벼 모를 뽑아 올려 억지로 성장을 돕고 피곤한 모습으로 집에 돌아왔다"[1]는 정황을 읽고는 웃음을 금치 못했다. 공자孔子가 말한 "그 아비가 양을 훔치자 아들이 이를 고발했다"[2]는 이야기는 지금도 여전히 이와 같은 소화가 있다. 한비자韓非子가 기록한 송宋나라 사람에 관한 각종 고사故事 같은 것은 그야말로 뒤에 나온 바보사위 이야기와 동류同類이다. 『수경적지隋經籍志』에 기재된 위魏 한단순邯鄲淳의 『소림笑林』 삼권三卷으로부터 당唐 후백侯白의 『계안록啓顏錄』 등에 이르기까지는 송초宋初에 편찬된 유서類書에 많이

---

1 『孟子 · 公孫丑上二』에 "宋人有閔其苗之不長而揠之者, 芒芒然歸, 謂其人曰 : '今日病矣！ 予助苗長矣。' 其子趨而往視之, 苗則槁矣。(송나라의 어떤 사람이 벼 모가 잘 자라지 않는 것을 안타까이 여겨 모를 뽑아 올려놓고 피곤한 모습으로 돌아와 집안사람들에게 말했다. "오늘은 피곤하구나! 나는 벼 모가 잘 자라도록 도와주고 왔어." 이 말을 들은 그 사람의 아들이 달려가 보았더니 모는 벌써 말라 버렸더라.)"라는 이야기가 나온다.

2 『論語 · 子路十八』에 "葉公語孔子曰 : '吾黨有直躬者, 其父攘羊而子證之。'孔子曰 : '吾黨之直者異於是, 父爲子隱, 子爲父隱, 直在其中矣。' (섭공이 공자에게 말했다. "우리 마을에 正道를 행하는 자가 있어 그 아비가 양을 훔치자 아들이 이를 고발했습니다." 공자께서 말씀하셨다. "우리 마을의 정직한 자는 그와 달라서 아비는 자식을 위해 숨기고 자식은 아비를 위해 숨깁니다. 정직함 가운데에 있습니다.")"라는 이야기가 나온다.

인용되었으나, 송조宋朝의 이러한 저작은 그리 많지 않아서, 비록 다른 방면에서 속문학俗文學은 점차 성장하고 있었지만 문학에서 소화의 지위는 도리어 몰락해 갔던 것 같다. 명대明代 중엽에 왕학王學과 선종禪宗이 세력을 얻은 후, 사상해방의 영향이 문예에 미치면서 풍몽룡馮夢龍이 『소부笑府』 십삼권十三卷을 편찬하여 소화는 다시 거의 소설·희곡의 말좌末座에 붙게 되었으나, 3월 19일[3] 세상이 뒤집혀 호인胡人이 즉위하여 성도聖道가 부흥하자, 이탁오李卓吾와 공안公安·경릉竟陵은 모두 금서禁書가 되고 묵감재墨憨齋란 이름도 먼지 속에 묻혀버려 죽었던 『소부笑府』가 『소림광기笑林廣記』로 부활해 영원히 하등서下等書가 되어 지식인에 의해 멸시당하면서 오늘에 이르렀다. 사실, 이는 공정치 못한 일이다. 소화에는 본래 그 자체의 분명한 용도가 있다. 첫째, 사리를 논할 때 공리공담은 도움이 되지 않으므로 실례를 들어 분명하게 하고 온화하게 조소하면 저절로 웃음보를 터뜨리고 충심으로 기뻐 심복하니 옛사람들이 소화를 많이 취했음은 우언寓言과 견줄 만하다. 둘째, 여럿이 함께 모여 술 마시면서 시시덕거리는 잡담 중의 하나인 짤막한 해학은 갑갑증을 풀어줄 수 있고 시름을 덜어줄 수 있어 지금도 소화를 잘 말하는 사람은 비파를 타거나 노래를 부르는 재주와 같은 것으로 여겨 벌주罰酒를 면하기도 한다. 셋째, 문학으로 간주한다면 소화는 고사의 하나로서 골계소설의 뿌리이자 그 지엽이기도 하여 연구자와 감상자는 모두 소화에서 재료를 얻을 수 있다. 다만 중국의 골계소

3 3월 19일은 明朝 멸망의 해인 崇禎 17년(甲申年, 1644)에 李自成이 이끄는 농민 반란군에 의해 北京이 함락되자, 崇禎帝(明의 제16대, 마지막 황제 朱由檢)가 妻妾과 딸을 죽이고 자신도 景山에서 자결한 날이다. 중국역사에서는 이 일련의 사건을 '甲申之變'이라 부른다.

설은 왠지 모르지만 유독 발달하지 못해 소화도 곧 외롭고 쓸쓸한 감이 있게 되었을 따름이다. 넷째, 가요 · 고사 · 속담과 마찬가지로 소화도 사람들이 느낀 것을 표현한 것으로, 생활의 형편, 풍토와 습관, 성정性情의 호악好惡이 모두 저절로 흘러나오고 더욱이나 경쾌하고 투철하여 이는 곧 민속학 중 세 번째 부류의 좋은 자료이다. 예를 들면, 전족纏足을 좋아하는 습속은 원래 사회적으로 분명한 사실인지라 시문詩文 · 가요 · 탄사彈詞 · 희극 중에서는 도처에서 찬미를 표했고, 또 소화 중의 「각상관음脚像觀音」과 「축단홍逐段烘」 같은 것들을 보면 좋은 것에 대한 찬양과 나쁜 것에 대한 풍자가 두루 갖추어져 전족에 대한 남자들의 정서가 분명하게 드러난다. 또한 「환회換灰」(본서에는 수록되지 않음)와 「매분賣糞」 같은 것에는 모두 남방 민간풍속의 일단이 구체적으로 나타나 있다. 이러한 소소한 일은 가사협賈思勰[4]이나 학의행郝懿行[5]과 같은 몇 분을 제외하고는 여태껏 문인 · 학자들이 평소 마음에 두고 기록하지 않았다. 그러나 이 분들은 모두 북방 학자였고, 소화를 편찬한 사람은 대부분 남방 사람으로 대개 이러한 박실朴實한 학풍이 결핍되어 무의식적으로 풍속에 관한 자질구레한 일들을 여기에 많이 남겨 놓았으니 크게 기뻐할만한 일이다. 석천기石天基가 기록한 어떤 소화에는 아들이 다른 사람의 넓적다리를 베어와 효도했다는 말이 있는

---

4 賈思勰: 北魏 · 東魏 시기의 大臣이자 農學家이다. 高陽 太守를 지내면서 農書 『齊民要術』을 저술한 바 있다. 秦漢 이래 중국 黃河 유역의 농업 기술과 지식을 망라한 그의 저술은 그 제재와 구성면에서 후세 농학 저작의 본보기가 되었다.

5 郝懿行(1757-1825): 淸 嘉慶年間 進士로 戶部主事를 지냈다. 또 淸代의 저명 經學家 · 訓詁學家로서, 名物과 訓詁 및 考據의 학문에 뛰어났고, 특히 『爾雅』의 연구에 조예가 깊었다. 저서에 『爾雅義疏』·『山海經箋疏』·『易說』·『書說』·『春秋說略』·『竹書記年校正』등이 있다.

데, 이는 한편으로『이십사효二十四孝』제창의 반면 그림자이자, 한편으로는 또한 중국사회의 진실한 묘사로서 충실하게 써내려가면서 단지 약간 골계화 했을 뿐이다. 우리가 국난國難[6] 이래로부터 최근 2년 동안 보고 들은 바는 이「할고割股」에 나오는 일처럼 또한 이미 많지 않은가? 이러한 소화는 선대先代 사람들이 내린 진단이지만 지금까지도 응용할 수 있다. 가죽채찍을 돌려 치면 채찍 끝에 붙어 있는 가죽은 자신의 등으로 다시 돌아오는 것처럼 소화도 풍자소설과 같은 모진 맛이 있어, 이는 또 다른 의미의 용도의 하나이다. 그러나 내 생각은 역시 민속학의 자료로 삼는 것에 무게를 두므로, 이에 먼저 명청明淸 문인이 편찬한 것에서 가려 뽑아 제일집第一集으로 하고, 만약 더욱 민간으로 들어갈 수 있다면 백성들의 입을 통해 기록되어 현재까지도 통용되는 소화를 제이집第二集으로 하면 그 가치가 응당 더 클 것이다.

『소림광기笑林廣記』의 분류에 따르면 소화의 내용에는 12류類가 있어, 곧 1 고염古艶(관직官職 과명科名 등), 2 부류腐流, 3 술업術業, 4 형체形體, 5 수품殊禀(치매癡呆 선망善忘 등), 6 규풍閨風, 7 세휘世諱(방한幇閒 창우娼優 등), 8 승도僧道, 9 탐린貪吝, 10 빈구貧窶, 11 기자譏刺, 12 오류誤謬가 그것이다. 종합하면 또한 조롱과 외설의 양대 부류로 간단하게 나눌 수 있는데, 물론 양자 간에는 늘 서로 뒤섞이는 곳이 있지만 외설의 역량이 큰데다 웃음을 유발시키는 까닭 또한 다른 것과 현저하게 다르다. 예를 들면, 바보사위를 조롱하는 고사는 양성兩性 관계를 재료로 삼지

6 '國難'은 1931년 9월 18일 야밤에 일본 關東軍이 遼寧省 瀋陽市 교외의 滿鐵 기차 선로 한 구간을 폭파한 뒤, 이를 중국측 소행이라고 트집 잡아 일거에 북만주로 군사행동을 개시해 만주 일대를 점거한 九一八事變(또는 滿洲事變)을 말한다. 이 사건으로부터 장장 14년간 지속된 일본의 대중국 침략전쟁에 대한 중국의 항일전쟁이 시작되었다.

만 청자聽者의 웃음은 바보에서가 아니라 외설에서 나온다.「착파두피戳破肚皮」(『소부笑府』에 보임. 이 선집에는 수록되지 않음) 등의 예에서 볼 수 있듯이 모두 이 부류에 속한다. 그러므로 외설적인 소화의 수량은 대개 극히 많다. 이른바 조롱하는 소화는 우매·장애·오류·실패를 재료로 삼은 것을 가리킨다. 이 부류의 성질은 꼭 같지는 않은데, 지극히 유치하면서 간단한 것도 있고 비교적 복잡한 것도 있다. 대체로 사람들의 심정은 일상적인 것을 싫어하고 변화를 좋아하여 습관이나 풍속에 반하여 정상적인 상태를 변화시키는 사물이나 언동에 대해 흥미를 많이 가진다. 이는 어린아이에게서 가장 뚜렷한데,「장모張貌」가 우스운 것은 아빠가 아기의 모자를 쓰거나 아기가 아빠의 모자를 쓴 것을 보면 모두 다 우스꽝스럽기 때문이다. 채플린[7]은 스크린에서 이러한 예술로 당대當代를 누리고 있으니 정말 대단하다 할만하다. 그 다음으로, 남의 재앙을 보고 고소하게 생각하는 것은 비록 인간의 큰 병이기는 하지만, 이런 미묘한 태도는 범인凡人에게 있어서는 피할 수 없다. 남들의 어리석고 잘못하는 것을 듣고 그것을 분별할 수 있어 자기 지력智力의 우수성을 드러내고, 타인의 장애와 실패를 보고 자신의 행운을 끌어낸다. 이것은 대체로 사람들을 기쁘게 하는 원인이거나, 또 정신건강에 얼마간의 도움이 될 수도 있을 것이다. 10년 전에 나는「서문장徐文長의 고사故事」몇 편을 기록했는데, 그 설명 중에서 "도덕면으로 말한다면 이 이야기에는 확실히 교훈이 될 수 없는 성분이 많이 포함

---

7 찰리 채플린(Charles Spencer Chaplin, 1889-1977): 영국의 희극배우·영화감독 겸 제작자. 1914년 첫 영화를 발표한 이래『황금광 시대』·『모던 타임스』·『위대한 독재자』등 무성영화와 유성영화를 넘나들며 위대한 걸작을 만들어냈다. 콧수염과 모닝코트 등의 이미지로 세계적인 인기를 얻었으며, 1975년 엘리자베스 여왕으로부터 그 공로를 인정받아 작위를 수여받은 바 있다.

되어 있다. 그러나 우리는 백성들의 사상이 아직도 야만인과 많이 닮았다는 것을 알아야 한다. 그들은 힘이 도리道理라고 믿으며, 체력體力과 지력智力이나 마력魔力을 사용하더라도 승리할 수만 있다면 곧 영웅이며, 어리석고 나약한 실패자에게는 동정심이라곤 없다. 이것은 중국과 외국의 동화와 전설을 조사해보기만 하면 바로 알 수 있다."라고 말한 적이 있다. 이 몇 마디 말은 다시 다른 부분의 설명으로 빌려 쓸 수도 있다. 외설적인 성분에 관하여는 소화에서 나름대로 그 특수한 의미가 있는데, 위에서 말한 것과는 자못 다르다. 확실히 외설적인 사물은 각양각색의 사회에서 모두 금지된 것이다. 그것이 갑자기 나타난 것도 원래는 습관과 풍속에 반하여 정상적인 상태를 변화시킨 일로서, 큰 구두를 거꾸로 신거나 주독酒毒이 올라 빨갛게 부어오른 주부코와 약간 비슷하다. 하지만 그것은 대적할 수 없는 자극성이 있어서 인생에서 가장 크고 강한 욕망을 불러일으키고 그것을 촉진하지만, 실현하는 데까지는 이르지 못하고 한 번 웃고 끝내고 만다. 이것이 소화가 이루어지고 또 다른 것과 구별되는 까닭이다. 이 현상은 간지럽힘과 대략 비슷하다. 엘리스[8]에 의하면, 간지러움은 원래 성적인 희열과 가까워서 흥분을 일으키기 쉽지만 생활상의 각종 장애로 인해

8 헨리 엘리스(Henry Havelock Ellis, 1859-1939): 영국의 의학자, 사상가, 문명비평가. 원래 의학을 공부했으나, 후에 문학과 사회학에 흥미를 가져 의사생활을 청산하고 1890년 처녀작으로 문학론을 발표했다. 그를 가장 유명하게 만든 저작은 1897-1928년에 발표한 『性心理의 연구Studies in the Psychology of Sex』로, 발간 당시 많은 논란과 비판이 있었으나 여러 나라에 널리 번역 소개되었다. 그는 평생 인간의 性과 정신세계 간의 관계를 탐구하는 데 진력하여 성 심리학 연구의 선구가 되었으며, 또 개척자적인 사상가로서 철학·종교·사회학·미학·문학비평 방면의 저술에서도 인류 사상에 대한 종교적·도덕적·관습적 속박을 타파하는 데 중요한 역할을 했다.

성욕이 불시에 발현되는 것은 허용되지 못하므로, 한편으로 결국 괴리가 발생하여 서로 충돌함에 따라 괴리가 없어지면서 여잉의 힘은 웃으며 즐거워하는 것으로 발산된다. 사실 희열은 웃음에 앞서 존재하여 한 번 웃어버리면 다시는 즐겁지 않다. 영국의 그리그(J.Y.T.Greig)는 그의 저서『웃음과 희극의 심리』제5장에서 양성적(남녀관계 사물), 외설적, 고상하지 못한 것(양편兩便 사물)을 논하는 편篇에서 "야만적인 민족과 교육이 결핍된 각국 사람들 가운데에서 외설적인 소화가 대단히 성행하는데 그 첫 번째 이유는 말하기 쉽기 때문이다. 암시적인 한 두 문구라도 무심코 내뱉기만 하면 밭가는 소년들과 우유 짜는 소녀들은 깔깔대고, 외설적인 자태만으로 음악당은 웃음바다가 되어버리는 것이다. 그 두 번째 더 중요한 이유는 효력이 있기 때문이다. 외설적인 소화는 다른 종류보다 성욕에 대한 더욱 강렬한 자극성을 지니고 있다."라고 말했다. 따라서 우리는 이러한 소화의 횡행에 대해서는 양해할 수 있다 하더라도 그 본모습은 또한 명료하여 그 장단점은 분명하게 알 수 있다. 그러므로 각 소화서笑話書를 펼치면 끊임없이 보이는 이러한 소화를 꼭 알맞게 선택하여 저술의 숲에 넣을 수 있는 것이 대개 극히 드문 것은 바로 이러한 이유 때문이다. 그 적나라한 언동은 민속자료상 지극히 가치가 있는 것이 많지만 취할만한 것은 그저 약간 우아한 것밖에는 없다. 외설 가요·고사와 외설어의 수집 작업도 대단히 필요하다. 오늘날 나라의 풍조는 경박함과 가혹함의 양극단을 달리니 어찌 말할 수 있겠는가? 다만 앞날을 기약한다고 말하며, 또한 이러한 작업이 언제 혹시라도 결국은 이루어지게 될는지도 알지 못한다.

쓸데없는 말은 그만 하고 잠시 지금 집록한 소화에 대해 말하자면, 도합 3종으로 모두 명말청초明末清初의 원본原本이다. 첫째는『소부

小府』요, 둘째는 『산중일석화山中一夕話』 본本의 『소도笑倒』요, 셋째는 『전가보傳家寶』 일이집본一二集本의 『소득호笑得好』이다. 나의 생각은 문예와 민속학에서 소화의 일정한 지위를 조금 회복시켜보려는 것으로, 첫째는 고서古書 중의 소화를 집록하고, 둘째는 민간의 소화를 수집하고, 셋째는 현존하는 소화서를 선편選編하려는 계획을 가지고 있다. 첫 번째의 고고考古 작업은 내가 현재 맡을 수 있는 것이 아니며, 두 번째 작업은 더욱 힘들고 무겁더라도 나는 오히려 힘껏 해보고 싶다. 하지만 성공할는지에 대해서는 장래에 그때 가서 다시 말하기로 해야 할 것이다. 지금 하는 것은 바로 세 번째 작업이다. 현존하는 소화서로 말한다면, 범위가 넓고 분량도 많아 완비되기를 요구한다는 것은 당연히 불가능하고, 그 외에도 한 가지 제약은 바로 편자의 성명이 있는 것을 될 수 있는 대로 먼저 취한 결과 이 3종의 책으로 결정하게 되어 『소림광기笑林廣記』로부터 『일견합합소一見哈哈笑』에 이르기까지 이러한 부류조차도 잠시 낙제를 면할 수 없었다.

『소부』는 원본이 십삼권十三卷이며, 묵감재주인墨憨齋主人이 편찬한 것이다. 묵감재는 풍몽룡馮夢龍의 공개된 필명으로, 그가 이 별호를 사용하여 편집 저술한 희곡·소설 등의 책들은 매우 많고, 그 지위는 대개 이탁오李卓吾와 김성탄金聖歎 사이에 위치하여 명말明末 순문학계의 영도자 중 한 사람이다. 그가 편찬한 『고금담개古今談槪』는 사전史傳의 소담笑談을 집대성한 것으로, 청초淸初에 이르러 첨삭되어 『고금소古今笑』 또는 『고금사古笑史』로 불렸으며 이입옹李笠翁의 서문이 들어 있다. 『소부』는 순전히 가작假作으로 기소譏笑를 목적으로 삼으므로 양자의 차이는 바로 전설傳說과 동화童話의 관계와 같다. 『소부』는 『소림광기』로 개편된 뒤 원본은 전하지 않는다. 지금 알 수 있는 것은 오직 대련大連 만철도서관滿鐵圖書館에 한 부部가 있다고 하지만 아직 얻어 보지 못했다. 지금 다만 일본각日本刻 선본選本 2종을 근거로 할 뿐인데, 그 하나는 이권二卷이고 또 하나는 단지 일권一卷으로 풍래산인風來山人이 선역選譯한 것이다. 풍래산인은 18세기 일본의 천재작가로, 번역은 비록 진위眞僞를 알지 못하지만 그 명성은 묵감墨憨과 꼭 겨룰만하다. 그래서 서방書坊에서 끝내 이를 취하여 사용했는지도 모른다. 두 각본刻本은 내용이 많이 달라 참작하여 초록했고, 외설류 중 너무 심한 것은 부득이 삭제했다. 원래 서문이 있어 아래에 기록하는데 역시 매우 뛰어난 문장이다. 그 문장은 다음과 같다.

옛날부터 지금까지의 모든 것은 이야기일 뿐이며, 모든 이야기는 웃음일 뿐이다. 천지 음양의 혼돈과 개벽, 역대 임금의 선양禪讓과 주벌誅伐, 이를 본 자 그 누구인가? 그것은 단지 이야기일 뿐이다. 지금 우리들이 옛날을 이야기하는 것처럼 훗날 사람들도 지금을 이야기할 것이다. 뭔가를 이야기하고 그것을 의심하는 것은 웃기는 일이다. 뭔가를 이야기하고 그것을 믿는 것은 더 웃기는 일이다. 경자사서經子史書는 허튼 소리지만 사람들은 그것을 다투어 전한다. 시부문장詩賦文章은 시시한 이야기지만 사람들은 그것을 다투어 꾸민다. 칭찬이나 비난, 신장伸張이나 억압抑壓은 엉터리 이야기지만 사람들은 다투어 쏠리고 피한다. 어떤 때는 남을 웃기고 어떤 때는 남으로 웃는다. 남을 웃기는 사람도 다시 남으로 웃고 남으로 웃는 사람도 다시 남을 웃기니, 사람들이 서로 웃는 일이 어찌 그칠 때가 있겠는가?『소부』는 소화를 모은 것이다. 십삼편十三篇이 오히려 얇다고 할지도 모르겠다. 어떤 사람이 보고 즐거워한다면 즐거워하지 마시라. 어떤 사람이 보고 성낸다면 성내지 마시라. 고금의 세상은 하나의 큰 웃음판이니 나와 당신은 모두 그 속에서 이야깃거리를 제공하고 있는 것이다. 이야기하지 않으면 사람이 되지 못하고, 웃지 않으면 이야기가 되지 못하며, 웃지도 이야기도 하지 않으면 세상을 이루지 못한다. 포대화상布袋和尙, 그대는 나의 사부師父로다, 나의 사부로다. 묵감재주인墨憨齋主人이 제서題署하다.

여기까지 말하고 나니 나도 모르게 『개권일소開卷一笑』 권칠卷七, 포대화상布袋和尙의 「가가령呵呵令」이 떠오른다. 장황함을 마다하지 않고 전문全文을 아래에 적는다. 그 의의가 크고 원서도 쉽게 찾아볼 수 없기 때문이다. 그 문장은 다음과 같다.

너는 내가 종일토록 허허 웃고 있다고 말하는데 누굴 웃고 있는 것일까? 나는 옛날의 저 마른 해골도 비웃지 않고, 눈앞의 저 땅강아지와 개미도 비웃지 않는다. 제일 먼저 저 소머리 복희伏羲를 비웃는다. 너는 무슨 괘卦를 그렸느냐, 말썽을 일으켜 온전한 둥근 태극太極을 산산조각 냈지. 나는 풀을 뜯어먹는 저 신농神農을 비웃는다. 너는 무슨 약을 시험해보고 아무런 병도 없는데 고의로 남의 결함을 들추어내 저 천만 가지 병근病根을 죄다 끄집어냈지. 나는 저 요堯임금과 순舜임금을 비웃는다. 너희는 천자天子의 자리를 물려줬지. 나는 탕왕湯王과 무왕武王을 비웃는다. 너희는 천자의 자리를 빼앗았지. 너희는 넘보는 사람이 없었다고 말하겠지만, 그 생각도 단지 네거리의 작은 영업에 불과하다는 것을 간파했겠지.[9] 그리고 무슨 용봉龍逢과 비간比干[10], 이윤伊尹과 여상呂尙[11], 또 무슨 소보巢父와 허유許由[12], 백이伯夷와

---

9 堯舜: 중국 고대의 대표적 聖帝인 唐堯와 虞舜을 이른다. 堯임금은 舜에게, 舜임금은 禹에게 帝位를 禪讓했다고 한다. 湯武: 殷의 湯王과 周의 武王을 이른다. 殷의 湯王은 夏의 마지막 임금 桀王을 내치고, 周의 武王은 殷의 마지막 임금 紂王을 내치어 開國主가 되었으니, 결국 두 왕이 모두 그 主君을 放伐하여 천하를 얻은 임금이다.

10 龍逢: 夏의 賢臣으로 폭군 桀王을 諫하다가 피살되었다. 比干: 殷의 충신이자 紂王의 諸父로, 폭군 紂王의 음란함을 諫하다가 죽음을 당했다.

11 伊呂: 殷의 伊尹과 周의 呂尙을 이른다. 伊尹은 殷의 賢相으로 湯王을 도와 夏의 桀王을 쳐서 천하를 평정했다. 탕왕이 죽은 후 그의 손자인 太甲이 無道했으므로 이를 桐宮에 내친 뒤 3년 만에 그의 뉘우침을 보고 다시 帝位에 복귀시켰다. 呂尙은 周 文王의 스승으로 武王을 도와 殷의 紂王을 쳐서 나라를 세웠다.

12 巢父: 堯임금 때의 高士로 堯임금이 천하를 맡기고자 해도 사양하고 받지 않았다 한다. 許由: 고대 중국의 高士로 堯임금이 천하를 물려주려 했으나 거절하고 箕山에 들어가 은거했으며, 그 뒤 또 불러 九州의 長을 삼으려 하자 그 말을 듣고 潁

숙제叔齊[13]는 단지 이러쿵저러쿵 소곤대고 중얼거리기만 했는데, 나 또한 그런 너희를 어디 비웃을 겨를이 있을까? 나는 저 노자老子 오천 언五千言의 도덕을 비웃는다. 나는 저 석가釋迦 불경佛經 오천 권五千卷의 문자를 비웃는다. 저 도사들은 운라雲鑼를 치고 스님들은 목탁을 치며 가난한 살림을 하게 했지. 일찍이 청우靑牛의 이치와 백우白牛의 홍취가 어디 있었는가? 이상하게도 또 저 달마達磨 구레나룻 영감을 부추겨 똥 닦는 막대기에 붙은 그 찌꺼기들을 씹고 또 씹고 씻고 또 씻게 했지. 또 저 공자孔子 영감을 비웃는다. 너는 무슨 도학道學 문장이라고 수다스럽게 지껄여대면서 공연히 생사람들을 다 죽여 버렸지. 또 저 장도릉張道陵과 허정양許旌陽[14]을 비웃는다. 너희는 대낮에 승천한들 무슨 소용이 되겠느냐, 단지 너희가 끝장내지 못한 그들 도깨비가 마침내 온다한들 그저 억울하게 고생만 하는 귀신일 뿐인 걸. 잠깐만! 비웃을 게 하나 더 있다. 나는 저 천상의 옥황상제와 지하의 염라대왕, 그리고 그 옛날부터 지금까지의 저들 황제皇帝를 비웃는다. 너희는 평천관平天冠을 쓰고 곤룡포袞龍袍를 입고 있었다니, 그런 속된 꼴로 무슨 좋은 뜻을 품었겠는가? 너 잠시 생각 좀 해봐. 고생스러운 것도 고생스러운 거고 어리석은 것도 어리석은 거지만, 사람은 무엇을 입든 쓸데없이 바삐 일하며 모두들 쉴 새 없이 떠들어댄다. 칫, 칫, 칫! 이 웃음에 저 하늘도 근심하고 땅도 근심하고 사람도 근심하고 귀신도 근심하고 삼세불三世佛도 근심하는 사이, 초롱의 입이 반쪽 밖에 남지 않은들 누가 상관하랴. 허, 허, 허! 이 웃

水 물가에 가서 귀를 씻었다 한다.

13 夷齊: 周의 賢人인 伯夷와 叔齊를 이른다. 伯夷와 叔齊는 周代 孤竹君의 두 아들로, 伯夷는 아버지가 동생 叔齊에게 禪位할 뜻이 있음을 알고 아버지가 돌아가신 후 나라를 사양하고 달아나니, 叔齊 또한 형인 伯夷에게 나라를 사양하고 달아났다 한다. 후에 周 武王이 殷을 칠 때 두 형제가 말고삐를 잡고 신하의 도리가 아님을 諫했으나 듣지 않았으므로 周의 녹을 먹기가 부끄럽다며 首陽山에 들어가 고사리를 캐먹으며 숨어살다가 굶어죽었다 한다.

14 張道陵(34-157): 본명 張陵, 字 輔漢, 道敎의 창시자로 道敎에서는 그를 '祖天師'라고 칭한다. 許旌陽(239-374): 晉代 道人 許遜, 字 敬之, 號 旌陽. 그는 南宋 시기 淨明道에 의해 '祖師'로 받들어졌다. 道敎에서는 張陵·許遜·薩守堅·葛玄을 四大天師로 받든다.

음, 이 웃음, 너는 결국 누구를 비웃고 있다는 거냐? 그만해! 설명하건대, 나도 저 평범한 사람들은 비웃지 않아. 나도 저 잡다한 물건은 비웃지 않아. 아! 그들을 뭉개버린 나를 비웃지만 알고 보니 그게 바로 너였어.

이 마지막 몇 마디가 바로 묵감재가 본받은 곳인데, 천지 음양과 역대 임금에 대한 처음의 불경스러움도 실은 여기서 비롯되었을 뿐만 아니라, 귀현공歸玄恭[15] 또는 웅어산熊魚山이 지었다고 하는 유명한 「만고수萬古愁」 곡曲의 격조와 의미가 「가가령」과 많이 닮아서 포대화상이 이 무리들의 스승이 틀림없다고 말하기는 어렵겠지만, 적어도 그때 문단에는 그러한 분위기가 있었고, 「만고수」의 그러한 작법도 작자 한 사람의 창시가 아니라는 것은 분명한 사실이다.

『개권일소』는 일본 보력寶曆 5년(서기 1755년) 번각翻刻 제이권본第二卷本이 있는데, 소암주인巢菴主人의 소서小序에서 이르기를 "『개권일소』는 명明의 이탁오李卓吾가 집록輯錄하고, 도적수屠赤水 또한 참열叅閱한 것을 후인이 줄이고 더하여 『산중일석화山中一夕話』로 고쳤다. 상집上集과 하집下集 각 칠권七卷인데, 상집에는 사부詞賦와 전기傳記를 전적으로 모으고 하집에는 소언笑言과 조영嘲詠이 많이 나온다."라고 했다. 북경대학北京大學이 소장하고 있는 한 부部에는 노전해내씨老田海內氏의 가장도서인家藏圖書印이 있는 것으로 보아 아마 해외에서 전래된 것 같다. 상집 원각본原刻本은 칠권七卷이며, 서목序目은 『일석화一夕話』로 모두 개칭했으나 판심板心에는 모두 여전히 『개권일소』라 했고, 권수卷首에는 '탁오선생편차卓吾先生編次'라고 서명했다. 제삼권第三卷에는 '일납도인

15 歸莊(1613-1673): 명말 청초의 서화가, 문학가. 一名 祚明, 字 爾禮, 一字 玄恭, 號 恒軒, 自號 歸藏·歸来乎·懸弓·園公 등. 명대 산문가 歸有光의 曾孫이자, 書畫·篆刻家 歸昌世의 季子. 『歸玄恭文鈔』·『歸玄恭遺著』가 전한다.

도릉참열—衲道人屠隆叄閱'이란 일행—行의 자구字句는 여전히 남아 있으나 그 나머지는 모두 파내어 고쳤다. 하집의 원각본은 보이지 않으며, 지금 통용되고 있는 『산중일석화』는 아마 개각본改刻本인 것 같다. 그 중에는 『소도笑倒』 일권—卷이 있는데, 모두 소화를 집록한 것으로 지금 이에 근거하여 선록한다. 전서全書의 위에는 돌돌부咄咄夫가 지은 서문序文이 있는데, 글귀가 미묘하니 지금 아래에 함께 초록抄錄한다.

하룻밤 사이 수다가 너무 많다고 탓하지 마라. 옛적에서 오늘도 하루 조석朝夕일 뿐이고, 아이에서 노인도 한바탕 꿈일 뿐이다. 요순堯舜 때의 중천中天이 마침 정오正午라는 말을 풍문으로 들었는데, 오늘 저녁은 언제 저녁인지 모르겠다. 일찍이 미시未時와 신시申時 사이였던가? 아! 푸르른 것은 하늘이요 아득한 것은 땅이니 무수한 몸뚱이로 환생幻生하지 못한다 하더라도 별스런 재미를 느낄 텐데, 무엇이 안타까워 멍청하게 윤회輪回를 움켜쥐고 머리를 빼앗아 사람을 생生과 사死 가운데로 유인하고, 다시 산 것도 죽은 것도 아닌 지경으로 유인하는가! 세상에 사람이 없으면 지극히 적막함을 깨달아, 반드시 억만 명의 배객陪客을 불러들여 이 웅대한 극본을 공연하리라. 돌돌부咄咄夫는 어디 사람인지 모르고, 생단정축生旦淨丑 중 어느 배역인지도 모르며, 몇 회까지 연기해야 극본의 절반이 될는지는 더욱 모르는 일이다. 지난 밤 노심초사하다가 문득 하늘과 땅을 초대하여 책상에서 문답하려 했으나, 명성도 추문도 없어 거들떠보지도 않을까 봐 "하늘이 무슨 말을 해준다면 저녁에 죽어도 좋소."라고 크게 소리 질렀다. 그리하여 소일거리가 없는 데서 소일하는 방법을 하나 찾았으니, 오직 호쾌한 인사에게 호쾌한 말을 하고 천지를 대신하여 칙지勅旨를 전달하고 선포하는 관리를 둘 따름이다. 그래서 먼저 구두口頭로 언약한다. 오늘 저녁 몹시 답답하오. 다행히 당신은 나를 편안하게 할 수 있소. 원래는 천지가 윤회하지만 오늘은 잠시 천지를 윤회하려 하오. 말은 반드시 기세당당해야 하고, 절대로 속된 유생儒生을 따라 재잘재잘 지껄이지 마시오. 사람들에게 고개를 끄덕이게 하지 못한다면 말하지 말고, 탁자를 치게 하지 못한다면 말하지 마시오. 사람들을 웃겼다 울렸다 하지 못하고, 덩실덩실 춤추게 하지 못한다면 말하지 마시오. 당신 말을 듣고도 드러눕고 싶어 하는 자가 있다면 모두 당신 죄이니, 말하지 않아도 차라리 괴이하게 여겨 혀를 차는 소리만 지어도 답답한 기분이 풀리는 것 같을 것이오. 이에 열 가지 이야기를 모아 잠시 하루 저녁 활짝 웃어보기로 합세. 만약 십년공부보다도 낫다고 여긴다면 내가 어찌 감당 하리오? 무술년 봄 정월 보름날, 돌돌부가 반암半菴에서 짓다.

『소도』는 열 가지 이야기의 네 번째로, 위쪽에는 소인小引 한 편이 있는데 아래와 같다.

대지大地는 하나의 웃음판이다. 귀신 얼굴로 가장하기도 하고 원숭이 우리를 뛰어넘기도 한다. 교만한 말투가 갖가지로 횡행하고 추악한 모습이 온데 섞여 나온다. 나는 대성통곡하고 싶지만 이렇게 한가한 눈물을 마구 뿌리고 싶지는 않다. 나는 근심을 깡그리 묻어버리고 싶지만 또한 슬프게 쳐진 이 눈꼬리를 차마 붙들어 매놓고 싶지는 않다. 객客이 "듣건대 웃음을 사고 근심을 누르는 방법이 있다던데, 그대는 어찌 배우지 않으십니까?" 라고 한다. 나는 "예, 예. (배우지요.)"라고 했는데, 그렇다면 포복절도 했겠는가? 통곡절도 했다네. 그래서 『소도』를 편찬한다.

『소도』와 『소부』의 서문은 태도가 자못 비슷하여 모두 불평하는 것으로 소화를 빌려 세간을 조롱하지만, 『소득호』에 이르면 매우 달라서 여전히 소화이기는 하지만 오히려 소화를 가지고 권선징악하여 마치 우언寓言을 닮았다. 『소득호』 일권一卷과 이집二集 일권一卷이 있고, 권두의 자서自序에서는 그 의도를 설명했는데 문장이 썩 좋지는 않지만 지금 잠시 아래에 적어 둔다.

인성人性은 모두 선하니 세상에는 나쁜 사람이 없다는 것을 알아야 한다.

무릇 사람의 나쁜 것은 물욕에 가리어 혼미해지고 속습俗習으로 나쁜 영향을 받아 고질병으로 물들어 의약醫藥으로도 고치기 어렵다는 것이니, 묵자墨子의 비애가 심히 통탄스럽다. 현자賢者가 비록 좋은 말과 바른 말로 격렬하게 큰소리를 질러도 어찌하여 미혹되어 깨닫지 못하고, 어찌 유독 마음에 경계하지 않고 더욱 귀에 들어오지 않는가 하면, 이 사람은 말해주어도 말하지 않은 것과 같고, 저 사람은 들려주어도 듣지 않은 것과 같으니 정말 크게 탄식할 만하다. 정언正言은 들으면 졸음이 오려 하나 소화笑話는 뒤질세라 들으려 한다. 금인今人의 상정常情은 대개 이미 정언으로 타일러서는 듣지 않으니 소화로써 두렵게 하면 어떠할지? 나는 이에 소화서笑話書 한 권을 짓고 평정評定 열거하여 미혹된 마음을 깨닫게 하니, 무릇 허물이 있고 편파적이거나 어리석고 탐욕적인 갖가지 일에 대하여 독자로 하여금 나의 소화를 듣고 다 부끄러워하고 뉘우치게 하여 모두가 선량한 호인好人이 되게 할 것이다. 따라서 '소득호笑得好' 석 자로 본서를 명명한다. "이러한 구상이 비록 좋기는 하나 말이 심히 잔혹하고 악랄하여 청자聽者를 감당하기 어렵게 만들어 웃기기도 하고 화내게도 하니, 성인聖人의 함축적인 말에 비할 바는 전혀 아니지만 호의好意로써 남의 원한을 살 이유가 어찌 아니란 말이오?" 라고 혹시 나를 나무란다면 나는 이렇게 말하겠다. "고질병이 깊어지면 극약처방이 아니고서 어찌 기사회생할 수 있겠소? 만약 나의 소화를 듣고 스스로 회개하지 않고 도리어 분개하는 자는 병이 이미 위독하여 의원醫員이 양약良藥을 올려도 주저하며 복용하지 않고 오히려 약성藥性의 맹렬함을 탓하며 신체가 건안하기를 바라니 어찌 이룰 수 있겠는가? 오직 소화의 청자가 귀담아 듣고 조심하면 인성의 타고난 양심이 홀연히 회복되고 온 땅에 나쁜 사람이 없어지게 되어 독설이 세상에 큰 효험이 있음을 알 것이니, 전부 소화를 듣고 부끄러워하고 뉘우쳐야 하고, 그렇게 한다면 호인好人을 배우는 것이 될 것이다." 석성금石成金 천기天基가 짓다.

소화로 교훈을 삼는 것은, 좀 예스럽게 말하면 그것은 의외로 공맹孔孟의 전통일 것이지만, 사물은 희소하면 진귀하게 여기니 옛사람이 어쩌다가 한 번 지었던 것을 후세에는 또 이를 옛날에 없어진 소화의 잔존하는 진귀한 문장으로 간주하니 그래서 재미있다. 그러나 책 전체를 그렇게 다룬다는 것은 융통성 없는 짓이다. 게다가 이 도학파道學派의 소화집에는 몹시 심한 이야기들이 특별히 많은데, 어떤 것들은 외설을 제외하고는 거의 취할만한 것이 없고, 부가된 교훈은 당연히 전부가 허튼소리이다. 내 생각에는 그 편자의 태도도 실은 보통 외설적인 말을 하는 것처럼 교훈은 숨기고 있을 뿐이다. 종래로 명교名教를 표방하고 음서淫書를 쓴 사람은 대부분 그러했다. 『야수폭언野叟曝言』의 저자 하이명夏二銘[16]이 바로 그 일례一例이다. 그러나 공평한 마음으로 논한다면, 석천기石天基 『전가보傳家寶』 사집四集의 종지宗旨는 대체로 치세治世에서 그럭저럭 목숨을 부지하며 살아갈 것을 사람들에게 가르칠 뿐이지 구도덕을 지키려는 정신은 아직 충분하지 못했는데, 그가 편집한 소화는 내용이 거칠고 피폐함에도 편자의 실명實名을 쓴 것은 그래도 바람직한 점이라 할 것이다.

중국에서는 지금 '유머'가 성행하고 있는 것 같은데, 이는 그다지 길조吉兆가 아니다. 제정 러시아 시대의 한 문인이 풍자는 노예의 언어라고 했는데 이 말은 퍽 흥미롭다. 마을사람이 서로 만나 아무개는 '가람보살伽藍菩薩'이라 말하는 것은 비록 전당포의 점원이 남에게 술과 밥을 잘 대접받고 머리를 엉덩이에 빗대 장난질하는 것과 흡사하지만 실상은 어두운 배경을 지니고 있다. 국민들로 하여금 비난하게 하여 그들의 분노를 발산하게 하는 것은 진짜 고통이든 거짓 불평이

16 夏敬渠(1705-1787): 字 懋修, 號 二銘. 清代 康熙·雍正·乾隆 시기 사람으로 經史에 통달하고 諸子百家·禮樂兵刑·天文算數의 여러 학문에 걸쳐 박식했다. 평생 많은 저술을 남겼는데 『野叟曝言』은 그의 晩年作이다. 그 자신 역시 일생토록 科場에 얽매여 노년에 이르도록 여전히 秀才(書生)를 면치 못했던 실의한 지식인으로 자신의 이상과 꿈을 모조리 이 작품 속에 쏟아 넣었다.

든 간에 그것은 오히려 태평한 모습일 것이다. 지금 소화를 편집한다는 것은 마침 유머의 유행을 좇는 것 같아 시대의 흐름을 따르는 것과 약간 비슷하다. 그러나 그렇지 않다. 나는 유머러스하지도 않고, 소화를 말하고 싶지도 않다. 단지 다른 사람이 말하는 소화를 듣고 싶을 뿐이다. 비록 소화를 듣고 있으면 소화 속에서 조롱을 당할지라도. 나는 지금 편자 서명이 있는 소화서 몇 종을 찾아 다시 내가 서명하여 선집選集 일집一集을 만들어 속문학 및 민속자료의 일종으로 삼는데, 장래에 원간原刊『소부』와『개권일소』하집下集을 찾아서 보정補正할 수 있게 된다면, 그것은 바로 나의 가장 큰 기쁨일 것이다.

중화민국中華民國 22년(1933년) 7월 27일 주작인周作人이 북평北平에서 쓰다.

목차

고차암소화집서苦茶庵笑話集序 ······ 3

제1부 소부선笑府選 ······ 23

논어論語 강해-講書 | 25
곳간을 채울 방도-補廩 | 27
염라대왕의 방귀-頌屁 | 30
산고産苦-産喩 | 32
꿈에 주공周公을 만나다(1)-夢周公 | 34
꿈에 주공周公을 만나다(2)-夢周公二 | 36
'오호(嗚呼)'와 '어희(於戱)'-嗚呼於戱 | 38
잘못된 구두법句讀法-破句 | 40
잘못된 독법讀法(1)-別字 | 42
잘못된 독법讀法(2)-別字二 | 44
잘못된 죽음-錯死 | 46
'川(천)' 자가 자빠지면-川字 | 47
버들가지-柳枝 | 48
도학道學 선생(1)-道學 | 50
도학道學 선생(2)-道學二 | 52
작시作詩-賦詩 | 54
선녀가 시집가던 날-仙女下嫁 | 56
주공周公께 감사해요-謝周公 | 57
보쌈-搶親 | 58
가마채가 안 보여-覓轎槓 | 59
밑 빠진 가마-墜轎底 | 60
이제 안 울 거예요-不哭 | 61
거북 아내-倒做龜 | 62
호색好色-好色 | 63
양기陽氣-種韭菜 | 64
술 마시고나서는-醉後 | 65
두 자루의 도끼로 장작을 패다-雙斧劈柴 | 66
조화造化의 묘妙-造化 | 68
약방藥房-藥名 | 69
이를 악물고 살려 했건만-咬牙關 | 71
작명-招弟 | 72
술과 밥 대신-當酒飯 | 73
독수공방할 리 없지!-不寡 | 74
왜 저리 바쁠까?-忙 | 75
포도나무 시렁이 쓰러지면-蒲萄架倒 | 76
헌 요강도 안 돼!-搥碎夜壺 | 78
요강은 누가 비우지?-撥桶 | 80
안 나간다면 안 나가!-不出來 | 81
즉사-驚死 | 82
마누라의 초상肖像-取笑 | 83
식객-好客 | 84
손님 대접이 이래서야-不留客 | 85
믿을 걸 믿어야지!-不請客 | 86
기일期日-許日子 | 87
개띠라서 그나마 다행이군!······-屬犬 | 88
차선次善-借茶葉 | 89
천성이 술 마실 줄 몰라-性不飮 | 90
두부보단 역시 어육-豆腐 | 91
만두가 무서워요!-饅頭 | 93
원근법-遠近 | 95
술맛이 이상하오!-酸酒 | 96
조용히 살고 싶어-好靜 | 97
마왕의 병사-鬼兵 | 99
명의名醫-冤鬼 | 100
삼십육계 줄행랑-游水 | 101
손보단 발로······-願脚踢 | 102
오진誤診-看僧病 | 103
그래도 된 건 된 것이지-也好 | 104
장사葬事까지 책임진다-包殯殮 | 105
옴약-疥藥 | 106

풋내기 의원의 처방-經驗方 | 107
죽은 누에도 살리는 약-殭蠶 | 108
뭐가 뭔지-穿山甲 | 109
중개인-中人 | 110
목수-木匠 | 111
요리사-廚子 | 112
이발사-待詔 | 113
구두수선공-皮匠 | 114
공범-家屬 | 115
현장검증-咬耳朵 | 116
오기誤記-紅燭上賬 | 117
살받이 신神-垜子助陣 | 118
순라군巡邏軍-武弁夜巡 | 119
태감太監의 시찰-太監觀風 | 120
어사출두-訪察 | 122
신발과 버선의 송사訟事-鞋襪訟 | 125
입과 발의 다툼-口脚爭 | 126
곰보-屁股麻 | 127
옻칠한 함-漆盒 | 128
넓은 얼굴-闊面孔 | 129
편액扁額-認扁 | 130
폭죽-拾火爆 | 132
근시안을 조롱하는 시詩-嘲近視詩 | 133
소경의 웃음-瞽笑 | 134
귀머거리 의원-聾醫 | 135
말 못하고 듣지 못해도-諱聾啞 | 137
코 막힌 개-齆鼻狗 | 138
가짜 방귀-第一聲 | 140
벌주罰酒놀이-酒令 | 141
거울-鏡子 | 142
급제-及第 | 144
거적을 이불 삼아-藁薦 | 145
쌀자루-米 | 146
공용 구두-合著靴 | 148
동업-合做酒 | 149
공동 경작-合種田 | 150
자랑이 곧 병이지-賣弄 | 151
뜨거운 게 좋아!-熱茶 | 153
제대로 들은 게야?-問姓 | 155
애주가-好飲 | 156
가게 보기-守店 | 157
화장火葬-問令尊 | 158
식자識字-大一字 | 160
못다 쓴 초대장-萬姓 | 161
천둥소리-呆壻 | 163
지혜-李三老 | 165
충고-藏鋤 | 167
오산誤算-較歲 | 169
주도酒道-醮酒 | 170
절인 달걀-腌蛋 | 171
부전자전-性剛 | 172
호피虎皮-射虎 | 173
흥정-溺水 | 174
반만 죽여주시오-半死 | 175
손가락-指石爲金 | 176
십팔 나한十八羅漢-金羅漢 | 177
쥐띠와 소띠-屬牛 | 178
주걱턱-長面 | 179
문맹-倒看 | 180
아호-表號 | 181
승부욕-諱輸棋 | 182
실족-跌 | 183
그물 이불-無被 | 184
문을 닫으시오!-關門 | 185
도둑이 도둑을 맞다-偷裙 | 186
솥 장수-賣鍋 | 187
딴 살림-父各爨 | 188
소탐대실-爲小失大 | 189
'齋(재)' 자와 '齊(제)' 자-齋字 | 190
공문 제자(1)-孔門弟子 | 191
공문 제자(2)-孔門弟子二 | 194
천리마-千里馬 | 197

제2부 소도선笑倒選 …… 199

운수풀이-利市 | 201
문맹-借牛 | 202
봉군封君-封君 | 203
자식 덕과 부모 덕-公子 | 204
풍수-風水 | 205
이발사-剃頭 | 206
임시변통-性急 | 207
체면-虱子 | 208
아쉬운 꿈-夢戲酌 | 209
묽은 술-淡酒 | 210
빈 밥상-請客 | 211
나무좀-在裏面喫 | 212
송별주-遠送當三杯 | 213
자리다툼-爭坐位 | 214
아까운 술-好酒 | 216
실물失物-失鋤 | 217
피차일반-應賊 | 218
도둑 막는 방법-袪盜 | 219
제일 큰 목욕통-大浴盆 | 220
기대-望孫出氣 | 222
발이 닮았어요!-脚像觀音 | 223
발을 데다-燒脚 | 224
헌 달력-賞曆本 | 225
높이가 맞질 않아-書低 | 226
직해直解-直解 | 228
시험답안-湊不起 | 229
약방문藥方文-抄藥方 | 231
맨발이 더 좋아-不穿襪 | 232
진秦나라 때 사람-秦時人 | 233
돈을 꾸다-借銀 | 234

제3부 소득호선笑得好選 …… 237

이백 살까지 살면 어쩐담-愁二百歲 | 239
까만 이와 하얀 이-黑白齒 | 240
아들의 호칭-稱兒子 | 242
관棺의 제자題字-題柩 | 243
재봉사의 고민-不肯下剪 | 244
해몽-夢鼓上擲骰 | 245
나까지 쳐도 셋뿐인 걸-連我三人 | 247
효심-割股 | 249
당신을 마음에 뒀나봐-看上了你 | 251
생김새가 같아-面貌一樣 | 252
대변을 한 번 더 보라-再出恭 | 253
술은 조금 합니다만……-不喫素 | 256
축수祝壽-限定歲數 | 257
인삼탕-人參湯 | 258
정상적인 날씨-四時不正 | 259
귀신 쫓는 부적-驅鬼符 | 260
눈치-攘羊 | 261
투숙-投宿 | 262
사람이 되려면……-拔毛 | 263
안면법安眠法-磕睡法 | 264
주먹맛도 좋아!-拳頭好 | 265
톱질-鋸酒杯 | 267
곱사등이를 고친다-醫駝背 | 268
외과 치료-剪箭 | 270
의원醫員의 선물-遷居奉藥 | 272
호랑이의 고민-虎訴苦 | 273
경조사-比送殯 | 275
진짜 방귀 뀐 사람-罵放屁 | 276

부록 …… 277
해설 …… 294
역자 후기 …… 336

제1부

소부선笑府選

〔명明〕풍몽룡馮夢龍

논어論語 강해講書

어느 사가私家의 글 선생이 『논어論語』를 강술講述하고 있었다. '康子饋藥(강자궤약, 계강자季康子가 약을 주다)'이라는 구절에서 그 약이 탕약인지, 환약인지를 제자가 물었다.

그러자 글 선생은 제자의 집안 어른을 향하여,

"뛰어난 자질을 지닌 영식令息이 아니면 물을 수 없고, 광박한 학문을 닦은 학생學生이 아니면 답할 수 없는 질문이로다."

라고 짐짓 추켜세우며, 제자의 물음에 답했다.

"위 구절의 '鄕人儺(향인난, 마을사람들이 역귀疫鬼 쫓는 푸닥거리를 하다)'에서 역귀를 쫓는 것은 한 알씩 빚은 환약으로 봄이 마땅하다. 아래 구절은 또 불에 달인 탕약을 말한 것이니, 만약 화롯불을 사용하지 않았다면 '廐焚(구분, 마구간을 태운 불)'이 어찌 일어날 수 있었겠느냐?"[17]

---

17 '康子饋藥'은 『論語 · 鄕黨十一』의 "問人於他邦, 再拜而送之。康子饋藥, 拜而受之, 曰 : '丘未達, 不敢嘗。' (使者를 타국에 보낼 때 再拜하여 배웅했다. 季康子가 약을 주니 孔子께서 절하고 받으며 말씀하셨다. "저는 이 약의 효험을 알지 못하므로 감히 맛보지 못합니다.")"에 나오는 말이다. 다음의 '鄕人儺'는 그 위 구절 『論語 · 鄕黨十』의 "鄕人飮酒, 杖者出, 斯出矣。鄕人儺, 朝服而立於阼階。(孔子께서는 마을사람과 같이 술을 마실 때 노인이 나가면 따라 나가셨다. 마을사람이 疫鬼 쫓는 푸닥거리를 할 때에는 朝服하고 동편 섬돌에 서 계셨다.)"에 나오고, '廐焚'은 그 아래 구절 『論語 · 鄕黨十二』의 "廐焚, 子退朝, 曰 : '傷人乎 ? '不問

一先生講書, 至「康子饋藥」, 徒問是煎藥, 是丸藥? 先生向主人誇奬曰, 非令郎美質不能問, 非學生博學不能答。上節「鄕人儺」, 儺的是自然是丸藥。下節又是煎藥, 不是用爐火, 如何就「廐焚」起來。

講書: 글을 講解하다. / **康子饋藥**: 季康子가 약을 주다. 『論語 · 鄕黨十一』에서 따온 말. 각주 참고. '康子'는 곧 '季康子'로 魯나라의 大夫이다. / **徒**: 제자. / **煎藥**: 달여 먹는 약. 탕약, 탕제. / **丸藥**: 둥글게 빚은 약. / **誇奬**: 자랑하다, 칭찬하다. / **令郎**: 令息. 상대방을 높이어 그의 아들을 이르는 말. / **美質**: 뛰어난 자질. / **學生**: 先輩나 尊長者에 대한 겸칭. 여기서는 '先生' 자신을 가리킨다. / **鄕人儺**: 마을사람들이 疫鬼 쫓는 푸닥거리를 하다. 또는 그러한 행사. 『論語 · 鄕黨十』에서 따온 말. 각주 참고. / **…的**: …하는(한) 것. 일부 동사나 형용사 뒤에 붙어 지정된 사람이나 사물을 나타낸다. / **…是…**: …은 …이다. / **自然**: 물론, 응당. / **爐火**: 화롯불. / **如何**: 어찌하여, 어떻게. / **就**: 곧, 이에. / **廐焚**: 마구간을 태운 불. 『論語 · 鄕黨十二』에서 따온 말. 각주 참고.

馬。(마구간이 불에 탔더니 孔子께서 朝廷에서 물러나와, '사람이 다치지 않았느냐?'라 묻고 말에 대해서는 묻지 않으셨다.)"에 나온다. 이 소화에서 『論語』 구절에 대한 글 선생의 講解는, 의미상 관련성이 전혀 없는 세 문장의 사건을 황당한 추론으로 이어 맞춘 허구로서, '민간소화'와는 달리 明代 이후 풍자와 비판을 주목적으로 창작된 '문인소화'의 특징을 잘 보여준다.

곳간을 채울 방도
補廩

공자孔子가 진陳나라에서 양식이 떨어졌을 때(孔子絶粮於陳), 안회顔回에게 명하여 회회국回回國에 가서 양식을 꾸어오게 했다. 안회의 이름이 회회국의 국호國號와 같아 정분이 친숙해지길 바랐던 까닭이다.

이윽고 안회가 친숙하게 나아가 통보를 마치자 회회족回回族이 대노하여 말하길,

“당신네 공자는 오랑캐를 내치려했고 우리 회회국을 헐뜯었소. 안회 당신마저도 ‘회족回族의 사람됨은 도적(回之爲人也賊乎)’이라 욕했으니 양식을 끊고 주지 않겠소.”

라고 하니, 안회는 야속하여 원망하며 돌아왔다.

이에 자공子貢이 다시 갈 것을 청하고 가서는,

“저는 이전부터 회회국을 섬겨오면서 ‘제가 어찌 감히 회회족을 바라보리이까(賜也何敢望回回)?’라고 늘 말한 바 있나이다.”

라고 자칭自稱했다.

이에 모든 회회족이 크게 기뻐하며 양미糧米 한 섬을 먼저 가져가게 하고 이후 계속 보내줄 것을 허락했다.

자공이 돌아와 이 일을 공자에게 설명하니, 공자가 눈살을 찌푸리며 말씀하셨다.

“그들을 속여 양식 한 섬을 구해온 건 잘한 일이나, 네가 한 말은 전혀 문맥이 통하질 않는구나!”[18]

편자 주: 『소림광기笑林廣記』에서는 이 작품의 제목을 「양식을 꾸어오다借粮」로 달았으나, 실은 늠생廩生(관官에서 녹미祿米를 받는 학생學生)을 조소한 것으로 『일석화一夕話』와 어긋나지 않는다.

孔子絶粮於陳, 命顔回往回回國借粮, 以其名與國號相同, 冀有情熟。比往通訖, 大怒曰, 汝孔子要攘夷狄, 怪俺回回, 連你也罵着, 說回之爲人也擇(賊)乎, 粮斷不與。顔子怏怏而歸。子貢請往, 自稱平昔奉

18 ‘孔子絶粮於陳(孔子가 陳나라에서 양식이 떨어지다.)’은『論語·衛靈公一』의 “衛靈公問陳於孔子。孔子對曰:‘俎豆之事, 則嘗聞之矣;軍旅之事, 未之學也。’明日遂行。在陳絶糧。從者病, 莫能興。子路慍見曰:‘君子亦有窮乎?’子曰:‘君子固窮, 小人窮斯濫矣。’(衛의 靈公이 孔子에게 군대의 陣法을 물었다. 공자께서는 ‘禮器와 祭禮에 관한 일은 들은 바 있으나 군대에 관한 일은 배우지 못했습니다.’라 대답하고 이튿날 이윽고 衛나라를 떠나셨다. 陳나라에 있을 때 양식이 떨어져 수행하던 이들이 병들어 일어나지 못했다. 子路가 성을 내며 공자를 뵙고 묻기를, ‘군자도 곤궁함이 있습니까?’라고 하니, 공자께서는 ‘군자도 물론 곤궁할 때가 있다. 그러나 소인은 곤궁하면 예법을 벗어나 행동을 함부로 한다.’고 말씀하셨다.)”에 나오는 사건이나 이 소화의 내용과는 무관하다. ‘回之爲人也擇(賊)乎(회족의 사람됨은 도적이라.)’는『中庸·第八章』의 “子曰:‘回之爲人也, 擇乎中庸, 得一善, 則拳拳服膺而弗失之矣。’(孔子께서 말씀하셨다. ‘回의 사람됨은 중용을 택하여 한 가지 善을 얻으면 늘 마음에 간직하여 정성스럽게 지켜 잃지 않았다.’)”에 나오는 말로, 원문의 구두를 무시하고 일부를 따오면서 원래의 ‘擇[zé]’字를 同音인 ‘賊[zé]’字의 뜻으로 바꾸어 읽은 것이다. ‘賜也何敢望回回(제가 어찌 감히 回回를 바라보겠습니까?)’는『論語·公冶長九』의 “子謂子貢曰:‘女與回也孰愈?’對曰:‘賜也何敢望回! 回也聞一以知十, 賜也聞一以知二。’子曰:‘弗如也, 吾與女弗如也。’(孔子께서 子貢에게 물으셨다. ‘너와 回는 누가 더 나으냐?’ 자공이 대답했다. ‘제가 어찌 감히 回를 바라보겠습니까? 回는 하나를 들으면 열을 알고, 저는 하나를 들으면 둘을 알 뿐입니다.’ 공자께서 말씀하셨다. ‘그만 못하니라. 나도 너와 더불어 그만 못하니라.’)”에 나오는 말로, ‘賜也何敢望回’의 ‘(顔)回’를 ‘回回(國)’으로 변형시켜 놓은 것이다.

承, 常曰賜也何敢望回回。羣回大喜, 以白粮一担先令携去, 許以陸續運付。子貢歸述諸孔子, 孔子攢眉曰, 粮便騙了一担, 只是文理不通。

知堂案,《笑林廣記》此則題作「借粮」, 但實係嘲廩生者,《一夕話》不誤。

補廩: 곳간에 양식을 보태 채우다. / **孔子絶粮於陳**:『論語·衛靈公一』에서 따온 말. 각주 참고. / **顔回**: 孔門十哲의 으뜸으로 꼽히는 사람. 字는 子淵. 안빈낙도하여 덕행이 뛰어났으므로 '亞聖'이라 불린다. / **回回國**: '回回族'의 국가. '回回'는 北宋 沈括의『夢溪筆談』에 최초로 보이며, 唐代 이래로 安西(지금의 新疆 남부 및 葱嶺 以西의 일부 지역) 일대의 '回紇人'을 가리킨다. 南宋으로부터 民國 시기까지 '무슬림'을 널리 지칭하던 말로, 때로 무슬림 지역을 호칭하기도 한다. / **比往**: 친숙하게 나아가다. '比'는 '친숙해지다'의 뜻. / **通訖**: 통보를 끝내다. / **怪**: 헐뜯다, 나무라다. / **俺**: 나, 우리. / **連…也…**: …마저도 역시 …하다. / **…着**: 조사. 동사 뒤에 붙어 동작 진행의 방식을 설명한다. …하면서. / **人也擇(賊)乎**: 이 말은『中庸·第八章』의 구절을 따서 변형시킨 것이다. 각주 참고. / **怏怏**: 마음에 차지 않거나 야속하여 원망하는 모양. / **子貢**: 공자의 제자. 姓은 端木, 이름은 賜, 字는 子貢, 또는 子贛이라고도 한다. / **平昔**: 예로부터, 이전부터. 奉承: 받들다, 섬기다. / **賜也何敢望回回**: 이 말 역시『論語·公冶長九』의 구절을 변형시킨 것이다. 각주 참고. / **諸**: '之於'의 合音. 대명사 '之'와 전치사 '於'를 합친 것. / **担**: '擔'의 俗字. 부피의 단위. 지금의 1섬(石)에 해당한다. / **白粮**: 明淸代에 江蘇·浙江 두 省으로부터 京師로 거두어 보낸 糧米. / **陸續**: 잇달아, 연이어. / **攢眉**: 눈살을 찌푸리다. / **便**: 곧, 바로. / **文理**: 문장의 조리. 문맥.

염라대왕의 방귀
頌屁

어떤 선비가 죽어 염라대왕을 알현했다.

때마침 염라대왕이 느닷없이 방귀를 뀌자, 그 선비는 얼른 두 손을 마주잡고 머리를 숙여 절하며 송비사頌屁辭를 지어 올렸다.

"삼가 생각하옵건대, 대왕마마의 높이 솟은 존귀한 볼기에서 보배로운 방귀를 널리 베푸시니 거문고와 피리 소리 아련히 울려 퍼지고 사향麝香과 난초蘭草 향기 은은히 피어오르나이다."

그러자 염라대왕은 크게 기뻐하며 우두인신牛頭人身의 옥졸獄卒에게 명했다.

"이 선비를 별전別殿으로 인도하여 어연御宴을 베풀도록 하여라."

별전으로 가던 도중 선비가 옥졸을 쳐다보며,

"둥글게 굽은 당신의 두 뿔은 실로 저 하늘가의 달과 같고, 광채를 발하는 두 눈은 온통 바다 건너편의 별과 같습니다."

라고 하니, 그 옥졸 역시 심히 기뻐하며 선비의 옷자락을 당기며 청했다.

"대왕마마의 잔치는 아직 때가 이르오. 그 전에 먼저 우리 집에 가서 술 한 잔 하시지요."

편자 주: 강희康熙 말년 석천기石天基는 「우산사십비牛山四十屁」를 개편하여 『방비시放屁詩』 일권一卷을 지었는데, 그 자서自序 중에 "高聳金臀, 洪宣寶屁(높이 솟은 고귀한 볼기에서 보배로운 방귀를 널리 베푸시다)" 두 마디를 인용했다. 또 명말明末 청도산객淸都山客이 편집한 『소찬笑贊』 중에도 이 같은 작품이 한 편 있다. 다만, 후반부가 다른데 다음과 같다. "염라대왕은 크게 기뻐하며 수명을 10년 더 늘려주고 곧바로 인간세상으로 돌려보냈다. 그로부터 10년이 다 차서 다시 염라대왕을 알현하게 되었다. 그 수재秀才는 패기당당하게 삼라전森羅殿을 바라보며 거들먹거리며 올라갔다. 염라대왕이 '무엇을 한 자인고?'하고 물으니 귀졸鬼卒이 '이전에 송비사頌屁辭를 지어 올린 그 수재이옵니다.'라고 답했다."

一士死見冥王, 王忽撒一屁, 士卽拱揖進辭曰：伏維大王高聳尊臀, 洪宣寶屁, 依稀絲竹之音, 仿佛麝蘭之氣。王大喜, 命牛頭卒引去別殿賜以御宴, 至中途士顧牛頭卒謂曰, 看汝兩角彎彎, 好似天邊之月, 雙眉烱烱, 渾如海外之星。卒亦喜甚, 扯士衣曰, 大王御宴尚早, 先在家下喫個酒頭了去。

知堂案, 康熙末年石天基改編「牛山四十屁」爲《放屁詩》一卷, 其自序中引高聳金臀洪宣寶屁二語。

又明末淸都山客所編《笑贊》中有一則, 唯後半不同, 文曰：閻王大喜, 增壽十年, 卽時放回陽間。十年限滿, 再見閻王, 這秀才志氣舒展, 望森羅殿搖擺而上。閻王問是何人, 小鬼說道, 是那做屁文章的秀才。

頌屁: 방귀를 칭송하다. / 冥王: 염라대왕. / 撒屁: 방귀를 뀌다. / 拱揖: 두 손을 마주 잡고 가볍게 머리를 숙여 인사하다. / 進辭: 글을 지어 올리다. / 伏維: 삼가 생각하옵건대. / 高聳: 높이 솟다. / 臀: 볼기, 엉덩이. / 洪宣: 널리 베풀다. / 依稀: 아련하다. / 絲竹: 현악기와 관악기. 거문고와 피리. 음악을 통틀어 이르는 말. / 仿佛: 마치 …인 듯하다. / 麝蘭: 麝香과 蘭草. 모두 향기가 좋다. / 牛頭卒: 牛頭人身의 지옥의 獄卒. / 彎彎: 둥글게 굽은 모양. / 烱烱: 광채가 빛나는 모양. / 扯: '撦'의 俗字. 잡아당기다. / 尚: 아직. / 喫個酒頭: 술을 좀 마시다. 여기서 '個'는 '좀 …하다'로 푼다. '頭'는 명사 접미사이다. / 了: 조사. 일정한 행동에 대한 재촉이나 권유의 뜻을 나타낸다.

산고産苦
産喩

한 수재秀才가 과거시험을 앞두고 밤낮으로 근심하며 답답해했다.

그것을 본 아내가 위로하기를,

"당신이 글 짓는 것을 그토록 어려워하는 것을 보니, 제가 아이를 낳는 산고産苦와 꼭 같은가 봐요."

라고 하자, 남편이 말했다.

"그래도 당신 여인네들 자식 낳는 게 쉽지!"

아내가,

"어떻게 알아요?"

하고 묻자, 남편이 대답했다.

"당신은 뱃속에 들어있는 것을 낳는 것이지만, 나는 뱃속에도 없는 것을 지어내야 하니까……"

一秀才將試, 日夜憂鬱不已。妻乃慰之曰, 看你作文如此之難, 好似奴生産一般。夫曰, 還是你們生子容易。妻曰, 怎見得? 夫曰, 你是有在肚裏的, 我是沒在肚裏的。

産喩: 出産과의 비유. / 秀才: 貢擧의 일종. 宋代에는 과거응시자를 일컬었고, 明淸代에는 院考에 합격하여 府·州·縣學의 학생이 된 자를 일컬었다. / 日夜: 밤낮으로. / 憂鬱: 근심스럽고 답답하다. / 不已: 끊임없다, 계속되다. / 好似…一般: 마치 …와 같다. / 奴: 저. 자신의 낮춤말. 젊은 여자들이 자기를 이르는 말. / 生産: 아이를 낳다. 出産. / 還是: 그래도, 역시. / 你們: 이인칭 대명사. 너희들, 당신들. '們'은 복수를 나타내는 접미사이다. / 怎: 의문사. 왜, 어찌, 어떻게. / 見得: 알다. / 你是有在肚裏的, 我是沒在肚裏的: 당신은 뱃속에 든 것이 있지만, 나는 뱃속에 든 것이 없어요. 여기의 '…的'는 지정된 사물을 나타내어 '…한 것'으로 푼다. / 肚裏: 뱃속. / 我: 일인칭 대명사. 나.

꿈에 주공周公을 만나다(1)
夢周公

어떤 글방 선생이 대낮에 졸더니 깨어나서는 제자에게,

"방금 꿈속에서 주공周公을 뵈었노라."

하고 둘러댔다.

다음날, 제자가 선생을 본받아 낮에 조니 글방 선생이 계방戒方으로 때려 깨우며,

"네가 어찌 이럴 수 있단 말이냐!"

하고 꾸짖자, 제자가 말했다.

"저 역시 주공을 뵈러 갔을 뿐인 걸요."

그러자 글방 선생이 물었다.

"주공께서 뭐라 말씀하시더냐?"

제자가 대답했다.

"주공께서는 결단코 어제 선생님을 만난 적이 없다고 하시던대요!"

一師晝寐, 及醒謬言曰, 我乃夢周公也。明晝其徒效之, 師以界方擊醒, 曰, 汝何得如此！ 徒曰, 亦往見周公耳。師曰, 周公何語？ 答曰, 周公說昨日並不曾會尊師。

夢周公: 周公 꿈을 꾸다. / **周公**: 아버지 文王과 형 武王을 도와 殷의 폭군 紂를 치고, 武王의 아들 成王을 도와 왕실의 기초를 세우고 제도와 예악을 정비하여 周의 문화발전에 이바지한 공로가 컸다. / **晝寐**: 낮잠을 자다. / **謬**: 속이다. / **效**: 본받다. / **界方**: 옛날 글방 스승이 학생을 체벌할 때 사용하던 작은 木板. 戒方. / **何得**: 어떻게 …할 수 있겠는가? / **徒**: 제자. / **並**: 결코.

꿈에 주공周公을 만나다(2)
夢周公二

공자孔子께서 '정신이 썩어 있는 사람은 가르치기 어렵다'고 낮잠 자던 재여宰予를 꾸짖자, 재여가 대들며 말했다.

"저 자신 주공周公을 뵈려 했던 것인데, 어찌 저를 나무라십니까?"

공자께서 말씀하셨다.

"시뻘건 대낮에 주공을 뵙는 꿈을 꾼단 말이냐?"

재여가 말했다.

"주공은 야밤에만 오시려는 분도 아니잖아요?"[19]

---

19 夫子責宰予: 이에 관한 이야기는 『論語 · 公冶長』에 "宰予晝寢。子曰 : '朽木不可雕也, 糞土之牆, 不可杇也。於予與何誅 ! '子曰 : '始吾於人也, 聽其言而信其行。今吾於人也, 聽其言而觀其行。於予與改是 ! '(재여가 낮에 자니 공자께서 말씀하셨다. "썩은 나무에는 조각하지 못하며, 썩은 흙으로 쌓은 담은 흙손질을 하지 못하니 재여에게 무엇을 책망하리오! 孔子께서 말씀하셨다. "처음에 나는 사람에 있어 그 말을 듣고 행실을 믿었는데, 지금은 나는 사람에 있어 그 말을 듣고 행실을 살펴보게 되었다. 재여에게서 이를 고치게 되었다.")"에 나온다. 재여는 스승인 공자가 인정한 능변가였는데 낮잠 자는 버릇이 있었다. 그래서 말만 잘하고 행실이 따라주지 못하는 게으른 재여에게서는 더 이상의 발전을 기대할 수 없다고 생각한 공자가 제자를 질책한 것이다.

夫子責宰予以朽木糞土, 宰予不服曰, 吾自要見周公, 如何怪我? 夫子曰, 日間豈是夢周公時候? 宰予曰, 周公也不是夜間肯來的人。

夫子: 孔子. 春秋시대에 太子·大夫·先生·長者를 부르던 존칭. 공자의 제자들이 오로지 공자만을 이르게 되어 후세에 스승의 칭호로만 쓰이게 되었다. / **責**: 꾸짖다. / **宰予**: 춘추시대 魯나라 사람. 공자의 門人. 字는 子我 또는 宰我. 언어 방면에 뛰어난 자질을 보였다. / **朽木糞土**: 조각할 수 없는 썩은 나무와, 칠을 할 수 없는 썩은 토담이란 뜻으로, '정신이 썩어 있는 사람은 가르치기가 어려움', 또는 '처치 곤란한 사람'을 비유하여 이르는 말. 朽木糞牆. / **不服**: 불복하다, 달가워하지 않다. / **怪**: 나무라다. / **日間**: 낮, 낮 동안. 晝間. / **豈是**: 어찌 …이겠는가? / **時候**: 때, 시기. / **也不是**: …도 아니다. / **夜間**: 밤, 밤사이. / **肯**: …하려 하다.

‘오호(嗚呼)’와 ‘어희(於戱)’
嗚呼於戱

어린아이를 가르치는 어떤 글 선생이 처음으로 『대학大學』을 가르쳤다.

“於戱前王不忘(아! 전대前代의 임금님, 잊지 못하리로다).”라는 구절에서 뜻밖에도 ‘오호(於戱)’를 글자대로 ‘어희’라 읽으니 아이의 집안 어른이,

“틀렸습니다. 마땅히 ‘오호(嗚呼)’라 읽어야지요.”

라고 하여 글 선생은 그대로 따랐다.

그 후, 겨울철에 “儺雖古禮而近於戱(나제儺祭는 비록 고례古禮지만 유희에 가깝다).”라는 『논어論語』의 주석註釋을 읽게 되었는데, 이번에는 ‘어희(於戱)’를 ‘오호(嗚呼)’라 읽으니 집안 어른이 말했다.

“또 틀렸습니다. 이것은 ‘어희(於戱)’입니다.”

그러자 글 선생은 대노하여 자신의 친구에게 하소연했다.

“이 주인집은 정말 이해하기 힘들어! 단지 ‘어희(於戱)’ 두 글자로 인해 연초부터 연말까지 줄곧 나와 틀어지는구먼!”[20]

---

20 於戱前王不忘: 『詩經 · 周頌』, 「烈文」 詩의 末句로, 『大學 · 傳十章』, 「三 釋止于至善」의 “『詩』云 : ‘於戱！ 前王不忘.’ 君子賢其賢而親其親, 小人樂其樂而利其利, 此以沒世不忘也。(『詩經』에 “아! 前代의 임금님, 잊지 못하리로다.”라 했으니, 후대의 군자는 그가 어질다 여긴 사람을 존경하고 그가 친하게 한 사람을 사랑

有訓蒙者首教大學, 至「於戲前王不忘」句, 竟如字讀之。主人曰, 誤矣, 宜讀作嗚呼。師從之。至冬間讀論語註,「儺雖古禮而近於戲,」乃讀作嗚呼。主人曰, 又誤矣, 此乃於戲也。師大怒, 訴其友曰, 這東家甚難理會, 只於戲二字從年頭直與我拗到年尾。

嗚呼於戲: 오호와 어희. '嗚呼'와 '於戲'는 모두 감탄하여 내는 소리로 '아!', '오!'의 뜻이다. 감탄사로 쓰일 때의 讀音은 두 가지 모두 우리 한자음으로는 [오호], 중국음으로는 [wūhū]로 읽힌다. / **訓蒙**: 어린아이나 초학자를 가르치다. / **於戲前王不忘**: 오! 前代의 임금님, 잊지 못하리로다. 여기서 '於戲'는 감탄사 용법으로 한국 한자음으로는 [오호], 중국음으로는 [wūhū]로 읽는다. / **竟**: 뜻밖에, 상상 외로. / **宜**: 마땅히 …해야 하다. / **讀作**: …로 읽다. / **冬間**: 겨울 동안, 겨울철. / **儺雖古禮而近於戲**: 儺禮(疫鬼를 쫓는 푸닥거리)는 비록 古禮지만 유희에 가깝다. 여기의 '於戲'는 단어의 원래의 용법대로 한국 한자음으로는 [어희], 중국음으로는 [yúxì]로 읽어야 한다. / **東家**: 주인집. 고용인이 주인을 이르는 말. / **甚**: 진실로. / **理會**: 깨달아 알다. / **拗**: 비뚤어지다.

했으며, 소인은 그가 즐거워 한 것을 즐겁게 누리고 그가 이롭게 한 것을 이롭게 누렸으니 이로 하여 언제까지나 잊지 못해 한 것이다.)"에 나오는 말이다.

잘못된 구두법句讀法
破句

인간 세상에는 구두법句讀法을 알지 못해 남의 자제를 망치는 우매한 글 선생이 많았다. 이를 혐오한 염라대왕이 몰래 출행出行하여 그들을 찾았다.

『대학大學』의 서문序文을 가르치고 있던 어떤 글 선생이,

"大學之(대학의)……, 古書之(고서의)……, 大學所以教人之(대학이 사람을 가르치는 바의)……"

라 읽는 것을 듣고, 염라대왕은 곧바로 귀졸鬼卒에게 명하여 잡아들이도록 했다.

염라대왕이 글 선생을 나무랐다.

"너는 어찌 '之(의)' 자를 그렇게 좋아하느냐? 벌罰로 너를 '豬(돼지)'로 만들어 주겠노라."

글 선생은 끌려가다 돌아보며 말했다.

"돼지로 만들어 주신 것은 감히 거역할 수 없는 일이오나, 원컨대 남방에 태어나도록 판결해 주십시오."

염라대왕이 그 까닭을 물으니 글 선생이 대답했다.

"『중용中庸』에 '남방의 돼지는 북방의 돼지보다 강하다(南方豬强於北方豬)'라고 했기 때문입니다."[21]

---

21 이 소화의 '우매한 글 선생(庸師)'은, 宋·朱熹『大學章句』序의 "大學之書, 古之

冥王惡世多庸師, 不識句讀, 誤人子弟, 乃私行訪之。聞有教大學序者, 念曰,「大學之, 古書之, 大學所以教人之。」卽命鬼卒勾來, 責之曰, 汝何甚愛之字, 我罰你做一個猪。其人臨行回顧曰, 做猪所不敢辭, 願判生南方。王問其故, 對曰, 中庸云,「南方猪(之)强於(與)北方猪(之)。」

破句: 구두점을 잘못 찍다, 잘못 띄어 읽다. / 惡: 미워하다. / 庸師: 우매한 스승. / 句讀: 구두법. 漢文에서 文意가 끊어지는 곳을 '句'라 하고, 句중에서 끊어 읽는 곳을 '讀(두)'라 한다. / 私行: 私用으로 出行하다. / 勾: 잡다, 붙들다. / 臨行: 출발의 즈음. / 辭: 거절하다.

大學所以敎人之法也。(『大學』이라는 책은 옛날의 大學에서 사람을 가르치는 법을 적은 것이다.)"라는 부분을 잘못 띄어 읽어 "大學之／古書之／大學所以敎人之"라고 '之'字를 반복함으로써 남방 吳語 계통의 方言에서 '之' 자와 同音으로 읽히는 '猪', 즉 '돼지'로 환생하는 벌을 받게 된 것이다. 또『中庸』第十章에서 子路가 孔子에게 君子의 진정한 강함에 대해 물었을 때, 공자가 자로에게 "南方之强與？ 北方之强與？ 抑而强與？ (남방의 강함인가? 북방의 강함인가? 그렇지 않으면 너의 강함인가?)"라고 되묻는 부분에서 '之'와 '猪'가 강남지역에서는 同音으로 읽히므로 '之'는 '猪'의 뜻으로, 의문조사 '與[yú]'는 역시 同音인 비교격조사 '於[yú]'의 뜻으로 잘못 새긴 데다, "南方之强與？ 北方之强與？"를 "南方之／强與北方之"로 잘못 띄어 읽음으로써 결국 "南方猪／强於北方猪(남방의 돼지는 북방의 돼지보다 강하다.)"의 의미가 되어버린 것이다.

잘못된 독법讀法(1)
別字

어린아이를 가르치는 글 선생 두 사람이 죽어서 염라대왕을 알현했다.

그 중 한 사람은 글자를 곧잘 틀리게 읽었고, 다른 한 사람은 구두句讀를 잘못 띄어 읽었다.

심문이 끝나자, 염라대왕은 글자를 곧잘 틀리게 읽는 선생은 개로, 구두를 잘못 띄어 읽는 선생은 돼지로 환생하는 벌을 내렸다.

그러자 글자를 곧잘 틀리게 읽는 선생이 말했다.

"청컨대, 암캐로 태어나게 해주십시오."

염라대왕이 왜냐고 물으니 대답했다.

"『예기禮記』에 '재물에 임해 암캐는 얻고, 환난을 당해 암캐는 면한다(臨財*毋*狗得, 臨難*毋*狗免)'라고 했기 때문입니다."

그리고 돼지로 환생하게 된 선생은 남방에 태어나길 청원했다.[22]

---

22 이 소화에서는, 『禮記·曲禮上』의 "臨財*毋*苟得, 臨難*毋*苟免。(재물에 임하여 구차하게 취하지 말고, 환난을 당하여 구차하게 피하지 말라.)"에서 '*毋*苟(무구)'를 '*母*狗(모구)', 즉 '암캐'의 뜻으로 잘못 읽은 것이다. 그리고 돼지로 환생하게 될 선생이 남방에 태어나길 청원한 것 역시 앞의 소화에서처럼, 『中庸』 第十章의 "南

二蒙師死見冥王, 一係讀別字者, 一係讀破句者, 勘畢, 別字者罰爲狗, 破句者罰爲猪。別字者曰, 請爲母狗。王曰, 何也。曰, 禮記云,「臨財母狗(毋苟)得, 臨難母狗免。」做猪者請生南方。

別字: 틀리게 쓰거나 잘못 읽는 글자. 誤字. / 蒙師: 童蒙의 스승. 어린 아이를 가르치는 선생. / 係: …이다. / 勘: 따져 묻다, 죄인을 힐문하다. / 畢: 마치다, 끝내다. / 母狗: 암캐. 毋苟: 구차히 하지 말라, 눈앞의 편안만 탐내지 말라. '毋'는 금지사로 '…말라'로 푼다.

方之强與？ 北方之强與？ (남방의 강함인가? 북방의 강함인가?)"를 "南方猪／强於北方猪(남방의 돼지는 북방의 돼지보다 강하다.)"의 의미로 잘못 읽었기 때문이다.

잘못된 독법讀法(2)
別字二

어느 집주인이 한 해에 쌀 두서너 섬을 주기로 하고 어린아이를 가르칠 글방 선생을 모셔왔다.

그리고 한 글자를 잘못 읽을 때마다 벌로 쌀 한 되씩을 감하기로 그 선생과 약속했다.

글방이 끝나고 한 해 동안 잘못 읽은 글자를 셈하여 빼보니 겨우 쌀 두 되밖에 남지 않아, 주인이 이를 책상 위에 가져다 놓았다.

이를 본 글방 선생은 몹시 실망하며,

"이게 웬 말인공(고), 이게 웬 말인공(고)!"

하고 탄식하니, 주인이 아이를 돌아보고 말했다.

"남은 두 되까지 마저 가지고 들어가라!"[23]

---

23 이 소화에서, 남은 쌀이 너무 적어 글방 스승이 탄식하며 말한 "是何言興, 是何言興！"에서 의문이나 감탄의 뜻을 나타내는 어조사 '與[yú; 여]' 字를 이 글자와 모양이 비슷한 '興[xīng; 흥]' 字로 두 번 잘못 사용했기 때문에 한 해 동안 잘못 읽은 글자에 대한 벌금을 모두 제하고 나서도 마지막으로 남은 쌀 두 되마저 모두 감해 버린 것이다.

有主人以米數石延蒙師, 與之約, 讀一別字罰米一升。至散館, 計一年所讀退却僅存米二升, 主人取置案上。師大失望, 歎曰, 是何言興(與), 是何言興! 主人顧童子曰, 連這二升一併拏進去!

石: 섬. 부피의 단위. 1石(섬)은 10斗(말)이다. 讀音은 [dàn]이다. / 延: 불러들이다. / 約: 약속하다. / 升: 되. 용량의 단위. 1斗(말)의 10분의 1. / 退却: 덜어 없애다. / 僅: 겨우 / 顧: 돌아보다. / 連: …조차. / 一併: 함께. / 拏進去: 가지고 들어가다.

잘못된 죽음
錯死

어떤 사람이 빙모상을 당해 글방 선생에게 제문祭文을 지어달라고 부탁했다.

글방 선생은 고서古書를 보고 잘못 베껴 아내를 조상弔喪하는 제문을 적어 주니, 그 사람이 나무라며 묻자 글방 선생이 말했다.

"이 제문은 인쇄된 각본刻本에 정해져 있는 것인데 어찌 잘못이 있겠습니까? 오히려 그 집안에 사람이 잘못 죽은 것이 아닐는지요? 그건 저와는 상관없는 일이외다."

一人喪妻母, 託館師作祭文, 乃按古本誤抄祭妻文與之。其人怪問, 館師曰, 此文是刊本定的, 如何得錯, 只怕倒是他家錯死了人, 這便不關我事。

錯死: 잘못 죽다. 잘못된 죽음. / **喪**: 服을 입다, 喪을 당하다. / **託**: 부탁하다. / **館師**: 학관 스승, 글방 선생. / **作祭文**: 제문을 짓다. '祭文'은 제사 때 제물을 올리고 靈前에서 읽는 弔喪하는 글. / **乃**: …해서, …기에. / **按**: …에 따라. / **古本**: 古書. / **抄**: 베끼다. / **怪**: 나무라다, 탓하다. / **刊本**: 인쇄된 서적. 刻本. / **…的**: …한 것. 서술문의 마지막에 쓰여 긍정의 사실을 강조한다. / **只怕**: 오직 …만 걱정된다. / **倒是**: 도리어, 오히려. / **他家錯死了人**: 그 집에 사람이 잘못 죽었다. 이 문형은 사람이나 사물의 존재·출현·소멸을 나타내는 存現文으로, 장소를 나타내는 단어가 문두에 오고 존재·출현·소멸을 나타내는 단어가 동사 다음에 온다. '了'는 동작의 완료를 표시하는 조사이다. / **便**: 곧.

'川(천)' 자가 자빠지면
川字

어린아이를 가르치는 어떤 글 선생이 글자라고는 '내 川(천)' 자字밖에 몰랐다.

한 제자가 올린 편지를 받아보고 거기서 '川' 자를 찾아 아이에게 가르쳐 주려했으나, 연거푸 몇 장을 들춰보아도 '川' 자는 없었다.

그러던 중, 문득 '석 三(삼)' 자를 보고는 그 글자를 가리키며 투덜거렸다.

"온 데를 다 찾아도 안 보이더니, 이놈이 여기 자빠져 있었구먼!"

一蒙師止識一川字, 見弟子呈書, 欲尋川字教之, 連揭數葉無有也, 忽見三字, 乃指而罵曰, 我到處尋你不見, 你倒臥在這里！

川字: 내 川(천) 字. / **止**: 겨우, 오직. / **呈書**: 편지를 올리다. / **欲**: …하려 하다. / **尋**: 찾다. / **揭**: 열다, 펼치다. / **葉**: 장. 종이 따위를 셀 때 쓰는 말. / **忽**: 문득, 갑자기. / **到處**: 도처에서, 가는 곳곳. / **倒臥**: 넘어지다, 자빠지다.

버들가지
柳枝

여요餘姚 지방 선생은 대부분 소주蘇州에 와서 주인집에 묵으며 어린아이에게 글을 가르쳤다.

그래서 해마다 초봄에 소주에 와서 세밑에야 여요로 돌아가기 때문에 그 사이 자기가 사는 고장의 풍경은 똑바로 알지 못했다.

우연히 실버들이 늘어진 가지를 보고 사랑스럽다고 여긴 선생은 집주인에게 부탁하길,

"저 버들가지를 하나 부쳐주시면 돌아가 심어보려 합니다."
라고 하니, 집주인이 말했다.

"이 흔한 수종樹種은 어디에나 있을진대, 설마 선생님의 고장에만 없을는지요?"

그 선생이 대답했다.

"우리 고장 버들가지에는 저런 잎이 없어요!"

餘姚師多館吳下, 春初卽到, 臘盡方歸, 本土風景反認不眞, 偶見柳絲可愛, 向主人乞一枝寄歸種之。主人曰, 此賤種是處俱有, 貴處寧獨無耶? 師曰, 敝地是無葉的。

柳枝: 버들가지. / **餘姚**: 浙江省에 있는 지명. 陽明學을 세우고 知行合一說을 주장한 王守仁이 바로 餘姚 출신이었다. / **館**: 묵다, 留하다. / **吳下**: 江蘇省 蘇州 지방. / **春初**: 봄의 시작할 때. 초봄. / **臘盡**: 섣달이 끝날 때. 세밑, 연말. / **本土**: 자기가 사는 그 고장. / **反**: 도리어, 오히려. / **認不眞**: 똑바로 알지 못하다. / **柳絲**: 실버들이 늘어진 가지. / **可愛**: 사랑스럽다, 아름답다. / **乞**: 빌다, 구하다. / **賤種**: 흔하여 귀하지 않은 樹種. / **寧**[ning]: 어찌, 설마. / **是處**: 이곳. / **貴處**: 당신이 계시는 곳, 당신의 고장. '貴'는 존칭의 접두어. / **敝地**: 우리 고장. '敝'는 자기를 낮추는 겸양의 뜻을 나타내는 접두어.

도학道學 선생(1)
道學

두 사람이 길에서 서로 욕을 하며 다투고 있었다.

한 사람이,

"당신은 자신의 양심을 속이는군!"

하고 말하자 또 한 사람이,

"당신이야말로 자신의 양심을 속이고 있군!"

하고 쏘아붙였다. 그러자 처음 사람이,

"당신은 천지자연의 도리를 모르는군!"

이라 말하자 다음 사람이,

"세상만물의 이치를 모르는 건 바로 당신이야!"

라고 되받아쳤다.

어떤 도학자道學者가 두 사람이 하는 말을 듣고 제자들에게 일러 말했다.

"너희는 잘 들어라! 저건 학문을 논하는 게야."

그러자 제자와 도학자의 문답이 이어졌다.

"서로 욕하는 것을 보고 어찌 학문을 논한다 하십니까?"

"양심을 되뇌고 도리를 따지고 있지 않느냐? 그러니 학문을 논하는 것이 아니면 무엇이겠느냐?"

"학문을 논한다면서 어찌 서로 욕을 한단 말입니까?"

"잘 생각해 보아라! 지금 도학선생이 누가 서로 뜻이 맞아 화목하게 지내더냐?"

兩人相詬於途。甲曰, 你欺心！ 乙曰, 你欺心！ 甲曰, 你沒天理！ 乙曰, 你沒天理！ 一道學聞之謂門人曰, 小子聽之, 此講學也。門人曰, 相罵何稱講學？ 曰, 說心說理, 非講學而何？ 曰, 旣講學, 何爲相罵？ 曰, 你看如今道學先生那個是和睦的。

道學: 도덕을 논하는 학문. '儒學', 즉 儒家의 학문을 가리킨다. / **詬**: 꾸짖다, 욕을 하며 책망하다. / **欺心**: 자기의 양심을 속이다. / **天理**: 천지자연의 도리, 세상만물에 통하는 이치. 天道. / **門人**: 제자. **小子**: 스승이나 어른이 제자나 손아랫사람을 부르는 말. / **講學**: 학문을 연구하고 배우다. / **你看**: 잘 생각해 보아라, 정말 …하지 않은가. / **如今**: 지금. 오늘. / **道學先生**: 도학을 닦은 학자. 도덕에 얽매여 세상 물정에 어둡고 융통성이 없는 학자를 조롱하여 이르는 말. / **那[nǎ]個**: 어느, 누구. 哪個. / **和睦**: 서로 뜻이 맞고 정답다. / **…的**: …한 사람. 지정된 사람을 나타낸다.

도학道學 선생(2)
道學二

어떤 도학선생이 관직에 있을 때, 마구간에 불이 나서 사내종들이 함께 불을 끄고 결과를 보고했다.

도학선생이,

"사람이 다쳤느냐?"

하고 물었더니 사내종이,

"다행스럽게도 사람이 다치지는 않았습니다만, 말총이 좀 탔습니다."

라고 대답하자, 도학선생은 몹시 화를 내며 꾸짖고 벌을 주었다.

사내종이 도대체 무슨 죄를 지었는지 어떤 사람이 묻자, 도학선생이 대답했다.

"마구간에 불이 났을 때, 공자께서 '말에 대해서는 묻지 않으셨다'라고 하신 말씀을 어찌 들어본 적이 없습니까? 그래서 나도 말을 물어보지 않은 것인데, 저 녀석은 어찌 그리 대수롭지 않게 말에 대해 대답할 수 있단 말입니까?"[24]

24 이 소화에서 '廐焚'은『論語 · 鄕黨十二』의 "廐焚, 子退朝, 曰 : '傷人乎 ? '不問馬。(마구간이 불에 탔더니 孔子께서 朝廷에서 물러나와 묻기를, '사람이 다치지는 않았느냐?'라 하고는 말에 대해서는 묻지 않았다.)"에 나오는 이야기이다.

一道學先生在官時馬廐焚, 童僕共救滅之回報。道學問之曰,「傷人乎?」對曰, 幸不傷, 但馬尾燒却了些。道學大怒, 責治之。或請其罪, 曰, 豈不聞孔子「不問馬」, 如何輒以馬對。

馬廐: 마구간. / **焚**: 불에 타다. / **童僕**: 사내아이 종. / **共**: 함께. / **救滅**: 불을 끄다. / **回報**: 결과를 보고하다. / **馬尾**: 말의 꼬리. 말총. / **些**: 조금. / **治**: 죄를 다스리다. / **或**: 어떤 사람. / **請**: 묻다. / **輒**: 쉽게, 대수롭지 않게.

작시作詩
賦詩

수재秀才인 맏사위와 필생筆生인 둘째 사위를 둔 소주蘇州 사람이 있었다.

글을 잘 짓지 못한다고 둘째 사위를 번번이 무시하자, 둘째 사위는 원통해 하며 시험보기를 청했다.

장인은 뜰 앞의 동백나무를 가리켜며 시제詩題를 주니, 둘째 사위가 시詩를 읊었다.

보건대, 뜰 앞 한 그루 동백나무
어찌 기한을 어기고 꽃을 피우지 않나?
관리官吏는 바라노라. 봄바람 불어가서
급히 내일 아침에는 싹이 트게 하기를.

장인은,

“시어詩語가 통하지 않는 건 아니나 관료티가 너무 나!”

라고 핀잔을 주고는 다시 달을 읊어보라고 하니 이번에도,

무슨 공문公文을 받고 바다 끝을 떠나갔나?
무슨 신표信標를 받들어 하늘가에 이르렀나?
관문과 나루, 몰래 건넘은 용서할 수 있지만,
깊은 밤, 남의 집에 들어가서는 안 된다.

라고 읊으니 장인이 크게 웃으며,

"너의 큰동서도 그런 시를 지은 적이 있는데 어찌 그를 배우지 않느냐?"
라 하고는 맏사위에게 외워보라고 했다.

맑은 빛 한 줄기 고소姑蘇를 비추네,

라는 첫 구를 듣고는 소리쳤다.

"그 시구는 틀렸어! 달이 어찌 고소만 비추겠느냐? 응당 '고소 등지等地를 비추네'라고 해야지."

蘇人有二婿者, 長秀才, 次書手, 每薄次婿之不文。次婿恨甚, 請試, 翁指庭前山茶爲題, 咏曰, 據看庭前一樹茶, 如何違限不開花, 信牌卽仰東風去, 火速明朝便發芽。翁曰, 詩非不通, 但純是衙門氣。再命咏月, 咏曰, 領甚公文離海角, 奉何信票到天涯, 私度關津猶可恕, 不合黃夜入人家。翁大笑, 曰, 汝大姨夫亦有此詩, 何不學他。因請誦之, 聞首句云淸光一片照姑蘇, 譁曰, 此句差了, 月豈偏照姑蘇乎, 須云照姑蘇等處。

賦詩: 시를 짓다. / **婿**: 사위. / **秀才**: 貢擧의 일종. 院考에 합격하여 府·州·縣學의 학생이 된 자를 일컬었다. / **書手**: 글씨를 베껴 쓰는 일을 직업으로 하는 사람. 筆生. **薄**: 깔보다, 싫어하다. / **翁**: 丈人. / **山茶**: 동백나무. / **違限**: 기한을 어기다. / **信牌**: 옛날 관리가 지방청을 순회할 때 휴대하는 證牌. / **仰**: …하기 바람. 옛날 公文에 쓰이던 용어로 상급기관에 보내는 공문에서는 공경을 나타내고, 하급기관에 보내는 공문에서는 명령을 표시한다. / **東風**: 동풍, 봄바람. / **火速**: 급히, 빨리. / **發芽**: 싹이 트다. / **純**: 순전히, 완전히. / **大姨夫**: 큰동서, / **衙門氣**: 관료티, 관료 습관. / **甚**: 의문사. 무엇. / **海角天涯**: 바다 끝과 하늘 끝. 멀고 먼 땅. / **私**: 몰래. / **合**: 마땅히 …해야 한다. / **關津**: 관문과 나루. 水陸의 要處를 이르는 말. / **黃夜**: 깊은 밤. 深夜. / **譁**: 시끄럽다, 떠들썩하다. / **差**: 틀리다, 그릇되다. / **了**: 조사. 단정하는 말투를 나타낸다. / **偏**: 단지, 오직. / **姑蘇**: 춘추전국시대 吳나라의 도읍. 지금의 江蘇省 吳縣의 西南 지방.

선녀가 시집가던 날
仙女下嫁

한漢나라 때, 동영董永이 극진한 효행孝行을 행하니 옥황상제가 한 선녀에게 그한테 시집가라고 명했다.

여러 선녀들이 그 선녀를 배웅하며 하나같이 부탁했다.

"이번에 하계下界에 가서 또 효자孝子 보면 꼭 편지 좀 해줘요!"

편자 주: 『소찬笑贊』에 이 작품이 있다.

董永行孝, 上帝命一仙女嫁之, 衆仙女送行, 皆囑付曰, 此去下方若更有行孝者, 千萬寄個信來。

知堂案, 《笑贊》中有此一則。

仙女下嫁: 선녀가 하강하여 시집가다. / **董永**: 漢나라 때의 효자. 어려서 모친을 여의고 함께 살던 부친마저 돌아가시자 자신의 몸을 담보로 돈을 빌려 장례를 마쳤다. 옥황상제의 七仙女가 그의 효심에 감동하여 人世에 내려와 그와 결혼했다고 전한다. / **嫁**: 시집가다. / **衆**: 여러, 모든. / **送行**: 배웅하다. / **囑付**: 부탁하다. / **下方**: 인간세상. 下界. / **更**: 다시, 재차. / **千萬**: 제발, 꼭. / **寄個信來**: 편지를 좀 부쳐오다. 여기의 '個'는 '좀 …하다'로 풀며, '來'는 동사 뒤에 놓여 방향을 나타내는 보어이다.

주공周公께 감사해요
謝周公

시집가는 신부가 울면서 올케에게 물었다.

"혼례婚禮는 누가 만든 거예요?"

올케가,

"주공周公이 만들었대요."

하고 대답하자, 신부는 주공을 한껏 욕해댔다.

한 달 후 친정에 귀안歸安 와서는 올케에게,

"주공은 어디에 계세요?"

하고 물으니 올케가,

"주공은 찾아 무엇 하려고요?"

하니, 신부가 대답했다.

"신발 한 켤레를 지어 드려 감사하고 싶을 뿐이에요."

有出嫁者哭問嫂, 此禮何人所制, 嫂曰, 周公。女將周公大罵。及滿月歸寧, 問嫂周公何在。嫂云, 尋他做甚？ 女曰, 欲製一鞋謝之耳。

謝周公: 周公께 감사하다. / **嫂**: 올케. 오빠나 남동생의 아내. / **歸寧**: 시집간 딸이 친정에 돌아와서 부모의 안부를 묻다. 歸安. 覲親. / **滿月**: 만 한 달. / **甚**: 의문사. 무엇. / **鞋**: 신. 목이 짧은 신.

보쌈
搶親

막 혼사婚事를 치를 어떤 집안이 신부 집은 부유한데 신랑 집은 가난했다.

신랑 집에서는 신부 집에서 파혼하자 할까봐 길일吉日을 택해 남자들을 이끌고 신부를 보쌈하러 갔는데, 잘못하여 그만 신부의 여동생을 업고 나와 버렸다.

신부 집 사람들이 쫓아가며 소리쳤다.

"보쌈이 틀렸어요!"

그러자 등에 업힌 신부의 여동생이 말했다.

"저 사람들 말 듣지 마세요! 틀리지 않았어요. 어서 가요!"

有婚家女富男貧, 男家恐其賴婚也, 擇日率男搶女, 悞背小姨以出。女家追呼曰, 搶差了。小姨在背上曰, 莫聽他, 不差不差, 快走！

搶親: 강제로 결혼하다. 원래 옛날 도적 따위들이 부녀자를 약탈하여 강제로 혼인한 것을 이르던 말이다. / **婚家**: 婚事를 치르는 집. 신랑과 신부의 집. / **男家**: 신랑 측, 신랑 집. / **賴婚**: 약혼을 파기하다. / **率**: 이끌다, 인솔하다. / **搶[qiǎng]**: 빼앗다, 약탈하다. / **悞**: 그릇하다, 착오로 어떤 일을 저지르다. / **背[bēi]**: 등에 업다. 小姨: 처제. / **搶差了**: 잘못 빼앗다. 여기서 '差'는 동사 뒤에 놓여 동작의 결과를 나타내는 보어이고, '了'는 동작의 결과가 이미 이루어졌음을 나타내는 조사이다. / **背[bèi]**: 등, 뒷등. / **差**: 틀리다, 잘못되다.

가마채가 안 보여
覓轎槓

처음 시집가는 신부新婦가 대문을 나서기도 전부터 슬피 울고 있었다.

가마꾼이 가마를 메고 갈 가마채를 찾지 못해 곧장 떠날 수가 없다는 말을 듣자, 신부가 울음 섞인 목소리로 말했다.

"에구머니! 가마채는 대문 모퉁이에 있거든요!"

女初出閣, 正哀哭, 聞轎夫覓槓不得, 乃帶哭曰, 我的娘, 轎槓在門角裏。

覓轎槓: 가마채를 찾다. / **轎槓**: 가마채. 가마를 멜 때 멜빵을 걸고 손으로 들도록 가맛바탕 양편 밑에 지른 기다란 나무. '槓'은 지렛대. / **出閣**: 시집가다. 出嫁. / **正**: 때마침. / **轎夫**: 가마꾼. / **我的娘**: 감탄사. 어머나, 애고머니. / **門角**: 대문 모퉁이.

밑 빠진 가마
墜轎底

어떤 신부新婦를 태우고 가던 가마가 도중에 그만 밑이 빠져 버렸다.

그러자 가마꾼들이 어찌할지 서로 의논을 하는데,

"신부를 걸어서 가게 할 수도 없고, 가마를 바꾸러 돌아가자니 길이 너무 멀고……"
라며 난감해했다.

신부가 그 말을 듣고 말했다.

"제게 좋은 수가 있어요."

모두들 기뻐하며 묻자, 신부가 대답했다.

"여러분은 밖에서 힘차게 가마를 메세요. 나는 안에서 열심히 걸을게요."

一新嫁者中途轎底忽墜, 轎夫相議謂新嫁旣不可徒行, 欲換轎轉去又遠。女聞之曰, 我倒有一計。衆喜問之, 答曰, 汝外面自抬, 我裏面自走。

墜轎底: 가마 밑바닥이 빠지다. / 新嫁: 새로 시집가다, 또는 새로 시집가는 여자. / 旣…又…: …하고 또 …하다. / 徒行: 걸어가다. / 倒: 그래도, 그럭저럭. / 計: 꾀, 묘안. / 抬: 메다. / 走: 걷다.

이제 안 울 거예요
不哭

새로 시집가는 어떤 신부新婦가 가마를 타고 가던 도중, 소리 내어 울며 몹시 슬퍼했다.

가마꾼들이 차마 볼 수 없어,

"아기씨, 잠시 가마를 돌려 집으로 모셔다 드릴까요?"

하고 묻자, 신부가 대답했다.

"이제 안 울 거예요……"

一新嫁者途中哭泣甚哀, 轎夫不忍曰, 小娘子, 且抬你轉去何如? 女應曰, 如今不哭了。

不哭: 울지 않다. / 哭泣: 소리 내어 슬피 울다. / 不忍: 참지 못하다. 차마 …하지 못하다. / 小娘子: 젊은 색시, 새댁. / 且: 잠시, 잠깐. / 應: 응답하다. / 如今: 지금, 현재. / 不…了: …하지 않겠다. 話者의 의지를 나타낸다.

거북 아내
倒做龜

남색男色을 즐기는 어떤 사내가 혼인한 뒤에도 날마다 외박을 일삼았다.

이를 참다못한 아내는 친정에 가서 하소연했다.

"저는 이제 그 자를 따르지 않을 거예요!"

친정어머니가 깜짝 놀라 까닭을 묻자, 그 아내가 대답했다.

"저는 양갓집 여식女息인데, 거꾸로 그 자에게 한심한 거북 아내가 되어버렸잖아요."[25]

一龍陽畢姻後日就外宿, 妻走母家訴曰, 我不願從他了。母驚問故, 答曰, 我是好人家女兒, 倒去與他做烏龜。

倒做龜: 거꾸로 거북이 되다. / **龍陽**: 戰國시대 魏王의 嬖臣 龍陽君. 男色(사내 사이에 행하는 간음)으로 총애를 받았다. 바뀌어, 男色을 파는 자의 별칭. / **畢姻**: 혼인을 마치다. / **外宿**: 자기 집 이외의 다른 곳에서 자다. 外泊. / **母家**: 친정. / **倒**: 거꾸로. / **烏龜**: 거북. 여기서는 자신의 아내를 남에게 뺏기고 사는 한심한 사내를 가리키는 隱語로 사용되었다.

---

25 이 소화에서 '烏龜'는 원래 거북이란 뜻으로, '자신의 아내를 남에게 뺏기고 사는 한심한 사내'를 가리키는 隱語이다. 소화 속의 아내는 이 隱語를 써서 男色만 즐기는 남편을 둔 자기 자신을 自嘲한 것이다.

호색好色
好色

어떤 사람이 여색女色을 좋아하는 사내에게 물었다.

"세상에서 제일 즐거운 일이 뭘까?"

그 사내가 대답했다.

"그야 방사房事만한 것이 있겠어!"

그러자 다시 물었다.

"그럼 방사를 끝내고 나서는 또 무슨 즐거운 일이 있을까?"

사내는 잠시 생각에 잠기는 듯 대답했다.

"그것 외로는……, 한 번 더 하는 것이지!"

或問好色者曰, 世間何事最樂? 答曰, 行房最樂。又問, 旣行房後還有甚樂? 沉吟曰, 除是再行。

好色: 女色(여자와의 情事)을 좋아하다. / **行房**: 남녀가 잠자리를 같이 하다. 房事. / **旣**: 끝내다. / **還**: 또. / **甚**: 의문사. 무엇. / **沉吟**: 생각에 잠기다. / **除**: …을 제외하고는, …을 내놓고는.

양기陽氣
種韭菜

어떤 손님이 막 밥을 먹다가 어쩌다 "오이는 양기陽氣를 시들게 하기 때문에 양기를 성하게 하는 부추만 못하다"는 말을 했다.

얼마 안 되어 집주인이 술을 내오라 했는데도 아내가 갖다 주지 않자 아이에게 물었더니,

"어머니는 밭에 가셨어요."

라고 했다.

"무얼 하려고?"

라고 물으니, 아이가 대답했다.

"오이는 뽑아내고 부추를 심는다고요."

有客方飯, 偶談及絲瓜萎陽, 不如韭能壯陽。已而主人呼酒不至, 以問兒, 兒曰, 娘往園中去了。問何爲, 答曰, 要拔去絲瓜種韭菜。

種韭菜: 부추를 심다. / **方**: 바야흐로, 이제 막. / **飯**: 밥을 먹다. / **偶**: 우연히, 뜻하지 않게. / **談及**: 언급하다. / **絲瓜**: 수세미 오이. / **萎**: 시들다, 약하다. / **陽**: 양기, 정력. / **壯**: 성하다, 기세가 좋다. / **已而**: 머지않아, 이윽고. / **娘**: 어머니. / **園**: 밭. 주로 과실나무를 심는 밭. / **了**: 조사. 동작의 완료를 나타낸다. / **要**: 조동사. …하려 하다. / **拔去**: 뽑아버리다. / **韭菜**: 부추. 葷菜(파·마늘처럼 냄새가 특이한 채소)의 일종. 백합과의 여러해살이풀. 봄에 작은 비늘줄기에서 가늘고 긴 잎이 모여 난다. 비뇨의 약재로 쓰고 잎은 식용한다.

술 마시고나서는
醉後

술 마시고난 다음, 여색女色을 가까이하길 좋아하는 자에게 어떤 사람이 타일러주었다.

"술에 만취되어 방사房事를 하면 오장五臟이 뒤집힌다네. 이는 몸에 심히 좋지 않아!"

그러자 그 자가 답했다.

"나만큼은 괜찮을 걸!"

어찌 괜찮은지 물으니,

"그래서 나는 할 때마다 실은 두 번씩 하거든……"

하고 대답했다.

一人好於醉後近色, 或戒之曰, 大醉行房, 五臟反覆, 此甚不宜。答曰, 惟我不妨。問何故, 答曰, 故每行實是兩度。

醉後: 술에 취한 뒤. / **近色**: 여색을 가까이하다. / **戒**: 타이르다. / **五臟**: 肺臟·心臟·脾臟·肝臟·腎臟의 다섯 가지 臟器. / **反覆**: 뒤집히다. / **不宜**: 적당치 않다. 좋지 않다. / **惟**: 오직. / **不妨**: 상관없다, 무방하다. / **故**: 그래서. 때문에. / **兩度**: 두 번. '度'는 차례나 횟수를 나타내는 단위명사.

두 자루의 도끼로 장작을 패다
雙斧劈柴

주색酒色이 지나쳐 병이 난 어떤 사람에게 의사가 말했다.

"이 병은 두 자루의 도끼로 섶나무를 쪼개는 격입니다.[26] 금후 그 두 가지 일은 반드시 모두 삼가야 합니다."

곁에 있던 그 사람의 아내가 흘겨보자, 의사는 그 심중을 알아차린 듯,

"여색을 삼가지 못할 바에는 술은 반드시 끊어야 합니다."

라고 슬쩍 말을 바꾸었다.

그런데 그 병자가,

"여색은 해악이 술보다 더하니 역시 먼저 삼가야겠지요."

라고 하니, 그의 아내가 말했다.

"의사 선생님이 해주신 옳은 말씀은 안 듣고 어찌 병이 낫길 바라겠어요!"

---

26 "두 자루의 도끼로 섶나무를 쪼개다(雙斧劈柴)"라는 것은 酒色, 즉 '飮酒'와 '女色' 두 가지 일로 수명을 단축함'을 비유하는 말이다.

一人酒色過度而病, 醫曰, 此雙斧劈柴也, 今後須戒。妻從旁睨之, 醫會其意, 轉口曰, 卽不能戒色, 亦須戒酒。病者曰, 色害勝酒, 還宜首戒。妻曰, 先生的好話不聽, 如何得病好!

雙斧劈柴: 두 자루의 도끼로 섶나무를 쪼개다. '酒色으로 壽命을 단축함'을 비유하는 말. '劈'은 쪼개다, 가르다의 뜻. / **柴**: 섶나무, 땔나무. / **戒**: 삼가다, 조심하고 주의하다. / **旁**: 곁, 옆. / **睨**: 흘겨보다. 노려보다. / **會**: 알다, 이해하다. / **轉口**: 말을 바꾸다. / **戒酒**: 술을 끊다. / **勝**: 지나치다, 넘치다. / **還**: 역시. / **好話**: 옳은 말.

조화造化의 묘妙
造化

부부가 함께 자다 남편이 욕정을 일으키자 아내가 말했다.

"안 돼요! 당신 내일 아침, 절에 분향하러 가야되잖아요. 마땅히 마음을 정성스럽게 해야죠."

남편은 잠들어버렸고, 아내는 이내 몹시 아쉬워했다.

문득 창 밖에서 비 오는 소리가 들려오자, 아내는 얼른 남편을 발로 차 깨우며 말했다.

"여보, 들어보세요! 그 분이 오셨어요."

夫婦同臥, 夫有慾心, 妻曰, 不可, 汝明朝要某廟燒香, 須自志誠。夫睡去, 妻甚悔之, 忽聞窗外雨聲, 乃蹴夫醒曰, 你聽麽, 造化到了。

造化: 대자연이 만물을 생성하고 또 멸망시키고 하는 이치. 사람의 힘으로 어찌할 수 없는 신통하게 된 일. 또는 그러한 일을 하는 神, 즉 造化翁, 조물주. / **同臥**: 同寢. 부부 또는 남녀가 한 자리에서 같이 자다. / **慾心**: 욕정, 색욕. / **明朝**: 내일 아침. / **廟**: 사당, 절. / **燒香**: 분향하다, 향불을 피워 신불에게 바치다. / **睡去**: 잠들어 버리다. / **蹴**: 차다. / **麽[ma]**: …시오, …라고. 뚜렷한 사실을 강조할 때 쓰이는 조사. / **了**: 조사. 文末에 첨가하여 어떤 동작의 완료를 나타낸다.

약방藥房
藥名

어떤 사람이 객지에 오래 머물다 돌아와 보니, 그 사이 아내가 자식을 셋이나 낳아 기르고 있었다.

남편 없이 어떻게 아이를 밸 수 있었는지 수상히 여기자, 아내가 말했다.

"당신을 생각다 못해 그리움이 사무쳐 생긴 것이지요. 그래서 세 아이의 이름에도 다 깊은 뜻이 들어있어요. 첫째는 '원지遠志'라고 하는데, 이는 당신이 원대한 뜻을 품고 먼 길 떠난 것을 생각해서 지은 거예요. 둘째는 '당귀當歸'라고 하는데, 이는 당신이 집에 돌아올 그 날을 생각하며 지은 거고요, 셋째는 '회향茴香'이라 하는데, 이는 당신이 금의환향하기를 바라서 지은 거예요."

아내의 말을 듣고는 남편이 말했다.

"내가 몇 해만 더 객지에 나가있다 오면, 집안에 새 약방 하나 차려도 될 것이야!"[27]

---

27 이 소화에서 '遠志'·'當歸'·'茴香'은 모두 약재의 이름을 사용하여 특수한 의미를 부여한 것으로, 그 문자의 의미대로 보면 遠志는 '원대한 뜻'을 말하고, 當歸는 '돌아올 바로 그때'를 말하며, 茴香은 '回鄉'과 同音으로 보아 '고향으로 돌아오다'의 뜻이 된다.

一人久客歸, 妻已育三子矣, 訝以何以不夫而孕, 妻曰, 思君之極, 當是結想所成, 故命名皆有深意。長曰遠志, 想你出行也。次曰當歸, 想你歸也。又次曰茴香, 想你回也。夫曰, 我若再做幾年客, 家裏開得一個新藥舖了。

藥名: 약 이름. / **久客**: 오래 객지에 머물다. / **訝**: 의심하다, 수상히 여기다. / **不夫而孕**: 남편 없이 아이를 배다. 여기의 '不'은 '無'의 뜻이다. / **思君**: 남편을 그리워하다. / **命名**: 사람·사물·사건 따위에 이름을 지어 붙이다. / **遠志**: 애기풀, 세초. 뿌리는 補情壯陽劑로 쓴다. 靈神草. / **出行**: 길을 떠나다. / **當歸**: 승검초의 뿌리. 補血·活血에 쓴다. / **茴香**: 회향풀의 열매. 健胃·驅風에 쓴다. / **做幾年客**: 몇 해 동안 객지에 머무르다. / **藥舖**: 약방.

이를 악물고 살려 했건만
咬牙關

어느 쌍과부 집에서 시어머니가 며느리에게 늘 말해주곤 했다.

"과부로 지낸다는 것은 반드시 이를 악물고 살아가야 하는 거란다."

얼마 되지 않아 시어머니가 다른 남자와 사통하자, 며느리는 시어머니가 전에 했던 말을 들먹이며 캐어 따졌다.

그러자 시어머니가 입을 벌려 며느리에게 보여주며 말했다.

"아가! 보렴. 내가 이가 있어야 이를 악물고 살지!"

有姑媳俱孀居, 姑常謂媳曰, 做孤孀須是咬緊了牙關過日子。未幾, 姑與人私, 媳以前言責之, 姑張口示媳云, 你看, 也得我有牙齒方好咬。

咬牙關: 이를 악물다. / **姑媳**: 시어머니와 며느리. 姑婦. / **俱**: 함께, 모두. / **孤孀**: 과부. / **咬緊**: 단단히 깨물다. 꽉 물다. / **牙關**: 어금니. / **過日子**: 살아가다, 생활하다. / **未幾**: 오래지 않아 곧. / **私**: 사통하다. / **前言**: 전에 한 말. / **張口**: 입을 벌리다. / **牙齒**: 이. 치아. / **方**: 비로소. / **好咬**: 잘 물다.

작명
招弟

아내가 해산解産 때가 되어 진통이 심해지자, 남편에게 우격다짐했다.

"당신, 앞으로 내 곁에는 얼씬도 하지 마세요. 평생 아이는 안 가져도 좋으니, 다시는 그 짓을 하지 않을 거예요."

그러자 남편이 말했다.

"삼가 부인의 명을 따르겠나이다."

이윽고 딸을 하나 낳게 되어 부부가 아이의 이름을 지으려고 의논하던 중, 아내가 말했다.

"여보, '초제招弟(초제, 동생을 부르다)'라고 불러요!"

一婦臨産創甚, 與夫誓曰, 以後不許近身, 寧可一世無兒, 再不幹那營生矣。夫曰, 謹依尊命。及生一女, 夫妻相議命名, 妻曰, 喚做「招弟」罷。

招弟: 남동생을 부르다. / 臨産: 解産할 때를 당하다. / 創[chuāng] : 진통, 産痛. / 不許: …하지 말라. / 寧可[nìngkě]: 차라리. / 一世: 한평생. / 營生: 일. / 謹依尊命: 삼가 당신의 명령(말씀·당부)을 받들겠습니다. / 命名: 이름을 지어 붙이다. / 喚做: …라고 부르다. / 罷: 조사. 文末에 첨가하여 제의·권유의 뜻을 나타낸다.

술과 밥 대신
當酒飯

어떤 사람이 하루 세끼 먹을 밥이 없어 부부가 빈속으로 잠자리에 들었다.

아내의 탄식소리가 끊이질 않자 남편이,

"오늘밤에는 내가 세끼 밥 대신으로 당신을 연속으로 세 번 홀릴 참이요."

하고 달래니, 아내가 잠자코 따랐다.

다음날 아침, 남편이 일어나 머리가 어찔하여 두 다리를 휘청거리며 아내에게 말했다.

"어젯밤 일은 기묘하기 그지없구려! 밥만이 아니라 술로도 대신할 수 있겠소."

一人三餐無食, 夫妻枵腹上牀, 妻嗟歎不已, 夫曰, 我今夜連要打三個拐, 以當三餐。妻從之。次早起來, 頭暈眼花, 站脚不住, 謂妻曰, 此事妙極, 不惟可以當飯, 且可當酒。

當酒飯: 술과 밥으로 삼다. 술 마시고 밥 먹은 것으로 치다. '當[dàng]'은 '…으로 삼다'의 뜻이다. / **三餐**: 세끼 밥. 매일의 끼니. / **枵腹**: 주린 배. 空腹. / **嗟歎**: 탄식하다. / **打拐**: 홀리다. 유혹하여 정신을 차리지 못하게 하다. 여기서는 부부의 '房事'를 가리킨다. '拐'는 '꾀어내다'의 뜻이다. / **次早**: 다음날 아침. / **頭暈眼花**: 아찔하다. 갑자기 정신이 내둘려 아득하고 어지럽다. / **站脚不住**: 서있지 못하다. / **不惟…且…**: …뿐만 아니라 …도.

독수공방할 리 없지!
不寡

기녀妓女가 손님에게 말했다.

"손님이 여기서 저와 장난하며 노는 동안, 부인은 집에서 독수공방하시겠네요."

손님이 반색을 하며,

"아내가 독수공방할 리 없지."

라고 말하자, 기녀가 놀라며 물었다.

"어째서요?"

손님이 대답했다.

"앞뒤 사정을 잘 따져보라고……. 아내가 만약 집에서 독수공방하고 있었다면 어찌 내가 집 밖으로 나가도록 놔뒀을까?"

妓謂客曰, 你便在此作耍, 你娘子寡在家裏。客曰, 他倒不寡。妓驚問曰, 何以不寡？答曰, 你試詳情, 他若是寡在那里, 怎肯放我出來。

不寡: 독수공방하지 않다. 여기서 '寡'는 동사로 쓰여 '과부 노릇하다', '독수공방하다'의 뜻이다. / 妓: 기녀. / 作耍[zuòshuǎ]: 장난하며 놀다. / 娘子: 아내. / 倒: 도리어, 오히려. / 試: 찾아보다, 조사하다. / 詳情: 자세한 형편, 구체적인 사정. / 那里: 저기, 거기. / 怎: 의문사. 어찌, 어떻게. / 肯: …하려 하다.

왜 저리 바쁠까?
忙

옥황상제가 사삿일로 출행하여 부부가 방사房事를 행하고 있는 것을 보고는 토지신을 불러 무얼 하는 건지 물으니,

"아이를 만들고 있습니다."

라고 대답했다.

한 해에 몇이나 만드는지 물으니,

"하나를 만들지요."

라고 대답하니, 옥황상제가 의아스럽게 말했다.

"그럼에도 왜 저리 바쁠까?"

玉帝私行, 見夫婦行房者, 召土地問之, 答曰, 造人。問一年造幾個, 答曰, 一個。曰, 旣如此, 何消得這等忙?

忙: 바쁘다. / **玉帝**: 道家에서 말하는 하느님. 天帝. 玉皇上帝. / **私行**: 개인의 용무로 出行하다. / **土地**: 토지의 / **幾個**: 몇 개, 몇 명. '個'는 사람이나 물건을 세는 단위명사. / **旣**: …한 바에는, …한 이상. / **消**: 시간을 보내다. / **得**: 조사. 동사 또는 형용사 뒤에 놓여 결과나 정도를 나타내는 보어를 연결시킨다. / **這等**: 이러한, 이렇게.

포도나무 시렁이 쓰러지면
蒲萄架倒

공처가인 한 이방이 어느 날, 아내에게 얼굴을 쥐어뜯겼다. 다음날 관아에 나갔더니 사또가 이를 보고 묻자, 이방은 적당히 둘러대었다.

"어젯밤 바람 쐬러 나갔다가 포도나무 시렁이 쓰러지는 바람에 이렇게 긁혔습니다."

사또는 그 말을 믿지 않고,

"그건 틀림없이 자네 부인이 쥐어뜯은 게야. 당장 관노官奴를 보내 잡아들이도록 하게."
하고 호령했다.

뜻밖에 내방 마님이 후당後堂에서 이 말을 엿듣고는 대노하며 밖으로 뛰쳐나왔다. 사또는 당황하여 허둥대며 이방에게 말했다.

"자네는 잠시 물러가 있게. 우리 집 안채의 포도나무 시렁도 막 뒤집힐 것 같네!"

有一吏懼內, 一日被妻撾碎面皮, 明日上堂, 太守見而問之, 吏權詞以對曰, 晚上乘涼, 被蒲萄架倒下, 故此刮破了。太守不信曰, 這一定是你妻子撾碎的, 快差皂隸拏來! 不意奶奶在後堂潛聽, 大怒, 搶出堂外。太守慌忙謂吏曰, 你且暫退, 我內衙蒲萄架也要倒了!

蒲萄架倒: 포도나무 시렁이 쓰러지다. / **懼內**: 아내를 두려워하다. / **撾碎**: 쳐서 터지다. / **面皮**: 낯가죽, 얼굴. / **上堂**: 출근하다. / **權詞**: 임시변통으로 둘러대다. / **乘涼**: 바람을 쏘이다. / **刮破**: 긁어 해지다. / **皂隸**: 옛날, 관청에서 죄인의 처형 따위와 같은 賤役을 맡았던 노복. 官奴. / **奶奶**: 부인. / **潛聽**: 몰래 엿듣다. / **蒲萄架**: 포도나무 시렁. 포도 덩굴을 올려놓는 받침대. '架'는 초목의 가지를 받치는 시렁이다. / **內衙**: 관청의 안채. / **要…了**: 막 …하려 하다.

헌 요강도 안 돼!
搥碎夜壺

아내가 질투하는 것을 못 마땅해 하던 남편들이 서로 친구들에게 하소연했다.

"무릇 계집종을 사오더라도 반드시 있던 종을 따로 팔고나서야 들이거든."

한 친구가 거들었다.

"내 아내는 더하다네! 어찌 비단 계집종에 그치겠는가? 잘생긴 사내종도 반드시 있던 종을 쫓아낸 다음에야 들이지."

그러자 옆에 있던 다른 친구가 말했다.

"두 분 형씨들! 제가 충고 하나 하지요. 아주머님들 같으면 그래도 어질고 얌전한 편이지요. 제 집사람을 보면, 사내종이든 계집종이든 다 받아들이지 않을 뿐만 아니라, 요강도 마음대로 사와서는 안 되고 반드시 헌 요강을 깨부수고 난 다음에야 사오죠."

有病其妻之喫醋而相訴於友, 謂凡買一婢卽不能容, 必至別賣而後已。一友曰, 賤荊更甚, 豈但婢不能容, 幷不許置一美僕, 必至逐去而後已。旁又一友曰, 兩位老兄, 勸你罷, 像你老嫂還算賢惠, 只看我房下不但不容婢僕, 且不許擅買夜壺, 必至搥碎而後已。

搥碎夜壺: 요강을 깨부수다. / **病**: 불평하다. / **喫醋**: 질투하다. 獅子가 매일 醋와 駝酪을 각각 한 병을 먹어야 하는 데서 질투하는 마누라를 사자에 비유하여 이르는 말. / **婢**: 계집종, 첩. / **別**: 따로, 달리. / **已**: …일 따름이다. 한정의 뜻을 나타내는 어조사. / **賤荊**: 저의 처. 자기 아내를 말할 때의 겸칭. 拙荊. / **僕**: 사내종. / **老兄**: 연장의 친구나 나이가 비슷한 사람을 대접하여 부르는 말. / **老嫂**: 아주머님. / **算**: …인 셈이다. / **賢惠**: (주로 여자가) 어질고 얌전하다. / **房下**: 안사람, 집사람. 자기 처를 달리 이르는 말. / **不但…且…**: …할 뿐만 아니라 또…. / **擅**: 멋대로.

요강은 누가 비우지?
掇桶

갑과 을이 모두 공처가였다.

을이 갑에게 가서 하소연했다.

"우리 마누라는 요즘 들어 갈수록 더 지독하게 구는구먼. 밤이 되면 요강까지도 나더러 비우라고 하니 말일세."

갑이 팔을 걷어붙이고 큰소리쳤다.

"그 참 난처한 일일세! 나 같으면……"

말이 채 끝나기도 전에 갑의 아내가 등 뒤에서,

"당신 같으면 어떻게 하겠어요?"

하고 고함을 지르자, 갑이 저도 모르게 무릎을 꿇으며 말했다.

"나 같으면……, 바로 비우지!"

甲乙俱懼內, 乙往訴甲曰, 房下近來作事更狠, 至晚馬桶亦要我掇。甲攘臂言曰, 這個忒難, 若是我——, 言未畢, 甲妻背後大喝曰, 若是你便怎麽! 甲不覺下跪曰, 若是我——就掇了!

掇桶: 요강을 비우다. / **俱**: 모두, 전부. / **更**: 더욱. / **狠**: 모질다, 호되다. / **馬桶**: 변기, 요강. / **攘臂**: 팔을 걷어 올리다. / **忒**[tuī]: 너무, 매우. / **喝**[hè]: 크게 소리치다, 고함지르다. / **怎麽**: 어떻게. / **不覺**: 저도 모르게. / **下跪**: 무릎을 꿇다. / **了**: 조사. 앞으로의 행동에 대한 약속이나 가정을 나타낸다.

안 나간다면 안 나가!
不出來

어떤 사람이 아내에게 얻어맞다 견디지 못해 침대 밑을 파고 들어가니, 아내가 고함쳤다.

"빨리 나와!"

그러자 그 사람이 답했다.

"사나이 대장부, 한 번 안 나간다고 했으면 절대 안 나가!"

편자 주: 『소찬笑贊』에 이 작품이 들어 있다.

一人被妻打, 無奈鑽在床下。妻呼曰, 快快出來！ 答曰, 男子漢大丈夫, 說不出來定不出來！

知堂案, 《笑贊》中有此一則。

不出來: 안 나가다. / 無奈: 하는 수 없이. / 鑽[zuān]: 파고 들어가다. / 男子漢: 사나이, 사내대장부. '漢'은 사나이를 기리어 이르는 말이다. / 定: 반드시, 꼭.

즉사
驚死

여러 공처가가 남편으로서 기강을 세우려고 아내를 무서워하지 않는 방도를 의논하려고 모였다.

한 공처가가 그래도 아내가 무서웠던지,

“여러 아주머님이 들어 아신다면, 우리가 이렇게 모인 것만으로도 바로 죄다 맞아죽을 거예요.”

라고 말하자, 여러 공처가가 놀라 부리나케 도망쳤다.

그런데 그중에서 오직 한 사람만이 자리에 그대로 앉아 있어서 이 사람이야말로 아내를 무서워하지 않을 거라 생각하고 살펴보았더니 이미 놀라 즉사했더라.

衆怕婆者相聚, 欲議一不怕之法以正夫綱。或恐之曰, 列位尊嫂聞知, 已相約卽刻一齊打至矣。衆駭然奔散, 唯一人坐定, 疑此人獨不怕者也, 察之, 則已驚死矣。

驚死: 놀라서 죽다. / 衆: 여러, 모든. / 怕婆者: 공처가. / 聚: 모이다. / 夫綱: 남편의 기강. / 列位: 여러분. / 尊嫂: 누님, 아주머님. ‘尊’은 상대에 대한 존칭이다. / 聞知: 들어서 알다. / 一齊: 함께, 일제히. / 駭然: 놀라는 모양. / 奔散: 바삐 달아나다. / 坐定: 자리 잡고 앉다.

마누라의 초상肖像
取笑

어떤 공처가가 상처喪妻를 당했다.

관 앞에 걸려 있는 마누라의 초상肖像을 보고, 오래 전부터 품어 온 원한을 푸느라 주먹질을 해댔다.

그때, 갑자기 바람이 불어와 초상이 그려진 족자가 요동을 치자, 공처가가 깜짝 놀라 부리나케 손을 거두며 말했다.

"내가 장난친 거야!"

一怕婆者, 婆旣死, 見婆像懸於柩前, 因理舊恨, 以拳擬之。忽風吹軸動, 大驚, 忙縮手曰, 我是取笑。

取笑: 놀리다. / 婆: 처, 마누라. / 像: 肖像. / 懸: 매달다, 매달리다. / 柩: 널, 관. 사람의 시체를 넣는 상자. / 理:처리하다. / 舊恨: 오래 전부터 품어 온 원한. / 拳: 주먹. / 擬: 견주다, 본뜨다. / 軸: 두루마리, 족자. / 縮手: 손을 움츠리다.

식객
好客

어떤 사람이,

"아무개는 손님을 잘 대접하여 문하門下에 식객 삼천 명을 둔 재상 맹상군孟嘗君 못지않다."

라고 칭찬했다.

이 말을 들은 사람이 그 아무개의 높은 뜻을 받들어 본받으러 찾아가 보았더니, 집 안에는 아무도 보이지 않고 적막하기 이를 데 없었다.

"식객들은 다 어디로 갔나요?"

하고 묻자, 이웃집에서 대답했다.

"이 무렵이면 모두들 밥 먹으러 자기 집에 갈 걸요!"

或誇某人好客, 不減孟嘗門下三千, 聞者慕其高義, 往拜之, 見門下寂然無一人。問諸客何往, 鄰家對曰, 此際皆回家喫飯去了。

好客: 손님 대접을 잘하다. 벗 사귀기를 좋아하다. / **誇**: 자랑하다, 칭찬하다. / **不減**: …만 못지않다. / **孟嘗**: 孟嘗君. 戰國시대 사람. 성은 田, 이름은 文. 齊나라의 재상이 되어 식객 3천 명을 거느렸다고 한다. / **門下**: 집의 안, 또는 거기에 있는 가족 이외의 사람. 곧 식객·제자 등. 門人. / **慕**: 높이다, 우러러 받들어 본받다. / **高義**: 뛰어난 덕행, 또는 높은 의리. / **拜**: 찾다, 방문하다. / **寂然**: 쓸쓸하고 고요한 모양. / **鄰家**: 이웃집. / **此際**: 이때, 이 무렵. / **了**: 조사. 동사 또는 형용사 뒤에 놓여 행동이나 상태의 완료를 나타낸다.

손님 대접이 이래서야
不留客

손님이 먼 곳에서 와 오래 머물렀다.

주인집에서는 닭과 오리가 마당에 가득한데도 "집안에 재물이 없어 감히 손님을 묵게 하고 식사를 대접하지 못한다"고 용서를 구했다.

그러자 손님이 곧 칼을 빌려 자기가 타고 온 말을 잡아 술안주를 만들려 하니 주인이 묻기를,

"그대는 어떻게 돌아가려 하십니까?"

하니, 손님이 대답했다.

"공무公務를 빙자하여 귀댁의 닭과 오리 중 한 마리를 빌려 타고가면 되지요."

客遠來久坐, 主家鷄鴨滿庭, 乃辭以家中乏物不敢留飯。客卽借刀欲殺己乘馬治餐, 主曰, 公如何回去呢? 客曰, 憑公於鷄鴨中借一隻, 我騎去便了。

不留客: 손님을 붙들지 않다. / 主家: 주인집. / 鷄鴨: 닭과 오리. / 辭: 빌다, 사죄하다. / 以: …인 까닭으로. / 乏物: 재물이 없다. / 留飯: 손님을 묵게 하고 식사를 내다. / 治餐: 음식을 만들다. '餐'은 음식물, 酒肴의 뜻. / 呢: 의문조사. / 憑公: 관청이나 공공의 일을 빙자하다. / 隻: 마리. 새 따위를 세는 단위명사. / 便了: …하면 된다. …할 뿐이다.

믿을 걸 믿어야지!
不請客

어떤 구두쇠가 집안에 천지신명께 빌 일이 있어 도사道士에게 귀신을 불러달라고 부탁했다.

그러자 도사가 동서東西 양경兩京의 귀신들에게 초청을 알리니, 집주인이 물었다.

"어찌 그리 멀리 떨어져 있는 귀신들을 부르는 것입니까?"

도사가 대답했다.

"가까이에 있는 귀신들은 모두 이미 당신을 알고 있어, 당신이 초청한다고 해도 믿지 않을 걸요!"

一吝者家有禱事, 命道士請神, 乃通陳請兩京神道。主人曰, 如何請這遠的? 答曰, 近者都曉得你的, 說請他他也不信。

不請客: 손님을 초청하지 않다. / 吝: 인색하다. / 禱: 빌다. 신명에 일을 고하고 그 일이 성취되기를 기원하다. / 通陳: 전하다, 알리다. / 道: 말하다. / 兩京: 漢代의 西京(長安)과 東京(洛陽). 宋代의 東京(開封)과 西京(河南). / 遠的: 먼 것, 멀리 있는 것. '…的'은 단어 뒤에 붙어 지정된 사람 또는 사물을 나타낸다. 또 "近者都曉得你的"에서 '的'은 진술문 끝에 쓰여 확정의 어기를 나타낸다. / 都: 모두, 다. / 曉得: 알다.

기일期日
許日子

어떤 사람이 천성이 몹시 인색하여 여태껏 집에 손님을 초대해 본 적이 없었다.

어느 날, 이웃사람이 그 사람의 집을 빌려 잔치를 베풀었다. 이를 본 사람이 그 집 하인에게 물었다.

"자네 집주인이 오늘 손님을 초대한 건가?"

하인이 대답했다.

"우리 집주인이 손님 초대하기를 바란다면 다음 세상이 올 때까지 쭉 기다려야 할 걸요."

그러자 집주인이 이 말을 듣고는 하인을 나무랐다.

"누가 너더러 그 사람과 손님 초대할 날을 약속하랬어!"

一人性極吝, 從不請客。一日, 隣人借其家設宴, 有見者問其僕曰, 汝家主今日請客乎? 僕曰, 要我家主請客, 直待那一世來! 主人聞而罵曰, 誰要你許他日子。

許日子: 期日을 약속하다. / **從不**: 여태껏 …한 적이 없다. / **隣人**: 이웃사람. / **設宴**: 잔치를 베풀다. / **家主**: 집주인. / **要**: 바라다, 희망하다. / **直待**: 줄곧 기다리다.

개띠라서 그나마 다행이군!
屬犬

한 주객酒客이 동석同席한 사람이 술을 사납게 들이키는 것을 보고 놀라,

"나이가 몇이오?"

하고 물으니,

"개띠올시다."

라고 대답하자, 안도하며 말했다.

"개띠라서 다행이군! 만약 범띠였다면 나마저도 뱃속으로 집어삼켰을 거야."

一酒客訝同席者飮啖太猛, 問其年, 以屬犬對。客曰, 幸是犬, 若屬虎的, 連我也都喫下肚了。

屬犬: 개띠. 여기의 '屬'은 '띠'를 나타낸다. / **訝**: 놀라다. / **飮啖**: 먹고 마시다. / **太**: 심히, 매우. / **猛**: 사납다, 맹렬하다. / **年**: 나이. / **…的**: …한 것. 단어 뒤에 붙어 지정된 사람 또는 사물을 나타낸다. / **…也都**: …조차도 모두. / **喫下**: (음식을) 먹어 넘기다. / **肚**: 배, 복부. / **了**: 조사. 일정한 조건 하에서 정형이 이루어짐을 나타낸다.

차선次善
借茶葉

어떤 사람이 집에 손님을 머무르게 하고 차를 대접하려 했다. 이웃집에 찻잎을 꾸러 보낸 아이가 얼른 오질 않자, 찻물이 끓어오를 때마다 찬물을 더 갖다 붓고 있었다. 이제 가마솥에는 물이 가득 차 넘치려 하는데도 찻잎은 끝내 얻어 오질 못하니 아내가 남편에게 말했다.

“이 친구 분과는 서로 잘 아는 사이니, 그래도 목욕이나 한 번 하고 가시게 해드려요.”

有留客飮茶者, 向鄰家借茶葉未至, 每湯沸, 以水益之, 釜且滿矣, 而茶葉終不得。妻乃謂夫曰, 此友是相知的, 倒留他洗個浴去罷。

借茶葉: 차 잎을 빌리다. / **留客**: 손님을 머무르게 하다. / **湯沸**: 끓다. / **益**: 더하다, 보태다. / **釜**: 가마솥. / **且**: …하려 하다. / **終**: 끝내. / **相知**: 서로 잘 알다, 서로 이해가 깊다. / **倒**: 그래도. / **洗個浴**: 목욕을 좀 하다. 여기의 ‘個’는 ‘좀 …하다’의 뜻으로 푼다. / **罷**: 조사. 말 뒤에 붙어 권유·제의를 나타낸다.

천성이 술 마실 줄 몰라
性不飮

선달 그믐날 밤, 술 한 병과 두부 한 사발을 석감당石敢當에게 바쳤다.

주인이 읍揖을 마치고 보니 개 한 마리가 옆에 있어, 아이에게 얼른 제물祭物을 거두라고 시켰다.

아이가 술을 가지고 안으로 들어가서는 다시 나와 막 두부를 치우려는데, 이미 개가 다 먹어버리고 말았다.

그러자 주인이 아이를 나무랐다.

"미련한 녀석! 두부를 먼저 치웠어야지. 개는 술을 안마시잖아!"

除夜以酒一瓶腐一盂供石敢當, 主人揖畢, 見狗在旁, 命童子速收之。童子方携酒入內, 復出收腐, 已爲狗所啖矣。主人叱曰, 痴奴才, 先收腐便好, 狗是不喫酒的。

性不飮: 술 마시지 않는 성질. / **除夜**: 선달 그믐날 밤. / **腐**: 두부. / **盂**: 사발. / **供** [gòng]: 제물을 바치다. / **石敢當**: 상서롭지 못한 일을 禁壓하기 위해 다리나 길의 요충지에 세우는 돌. 돌에는 모두 '石敢當…'이라 새겼으며, 이른바 '石性'은 强堅하여 향하는 곳마다 대적할만한 적이 없다는 뜻이다. 일설에는 五代 晉나라 때의 力士라고도 하며, 후세에 그 이름을 길·다리·문 등의 돌에 새겨 수호신으로 삼았다. / **揖**: 읍하다. 공경의 뜻을 나타내는 예의 한 가지. / **畢**: 마치다, 끝내다. / **速**: 빨리. / **收**: 거두어들이다. / **方**: 방금, 막. / **携**: 손에 들다, 가지다. / **復**: 다시. / **爲…所…**: …에 의해 …되다. 피동을 나타낸다. / **啖**: 먹다. / **叱**: 꾸짖다, 질책하다. / **痴**: 어리석다, 미련하다. / **奴才**: 奴僕. / **…的**: …하는 것. 단어 뒤에 붙어 지정된 사람 또는 사물을 나타낸다.

두부보단 역시 어육
豆腐

어떤 사람이 집에 머무는 손님에게 식사를 대접하면서 두부 한 가지밖에 없어 스스로 고백했다.

"두부는 제 목숨이나 다름없지요. 다른 어떤 맛도 두부만한 게 없거든요."

다른 날, 그 사람은 전에 왔던 손님 집에 갔다. 손님은 그 사람이 두부를 좋아하는 식성을 기억하고 어육魚肉마다 두부를 섞어 내놓으니, 그 사람은 어육만 골라 실컷 먹어댔다.

그러자 그 손님이 물었다.

"노형老兄은 이전에 두부가 목숨과 진배없다 하시더니, 오늘은 어찌 안 드시십니까?"

그 사람이 대답했다.

"어육을 보면 목숨 줄도 놓습니다!"

一人留客飯, 止豆腐一味, 自言豆腐是我性命, 覺他味不及也。異日至客家, 客記其食性所好, 乃於魚肉中各和豆腐, 其人擇魚肉大啖。客問曰, 兄嘗云豆腐是性命, 今日如何不喫？ 答曰, 見了魚肉, 性命都不要了。

豆腐: 두부. 물에 불린 콩을 매에 갈아 베자루에 넣고 짜서 익힌 다음 간수를 쳐서 엉기게 한 음식물. / 止: 겨우, 오직. / 性命: 목숨, 생명. / 異日: 다른 날. 他日. / 記: 기억하다. / 好[hào]: 좋아하다. / 乃: 곧. / 魚肉: 물고기와 짐승의 고기. / 和[huò]: 섞다, 혼합하다. / 大啖: 음식을 많이 먹다. / 兄: 남자들의 같은 또래에 대한 존칭. / 嘗: 일찍이. / 都: …조차도, …까지도. / 要: 원하다, 바라다. / 了: 조사. 앞으로의 행동에 대한 약속 또는 가정의 뜻을 나타낸다. / 不…了: …하지 않다. 주어의 의지를 나타낸다.

만두가 무서워요!
饅頭

한 가난한 선비가 얼마를 굶주렸는지 배가 몹시 고프던 차에, 시장에서 만두 파는 사람을 보고는 일부러 고함을 지르며 땅바닥에 쓰러졌다.

만두집 주인이 놀라 왜 그러느냐고 물으니, 선비가 대답했다.

"나는 만두를 무서워하는 습성이 있소."

주인은 곧 빈방에 만두 수십 개를 늘어놓고 그 선비를 안으로 들여보내고는 문을 닫아걸었다. 선비를 가두어놓고 한 바탕 웃음거리로 삼을 속셈이었다.

한참이 지났는데도 조용하여 문을 열고 들여다보니, 그 선비는 만두를 움켜쥐고 이미 반 이상을 먹고 있었다. 주인이 따져 묻자, 선비가 대답했다.

"왠지 모르겠지만, 이제 만두는 무섭지 않소."

주인은 화를 내며 쏘아붙였다.

"아닌 게 아니라 만두 말고 아직도 무서운 게 있소?"

그 선비가 말했다.

"다른 건 없소. 이번에는 보이차普爾茶 두 잔이 무서울 뿐이오!"

有貧士餒甚, 見市有鬻饅頭者, 僞大呼仆地, 主人驚問其故, 曰, 吾性畏饅頭。主人因設數十枚於空室中而閉士於內, 冀相困以爲一笑。久之寂如, 乃啓門, 見其摶食過半, 詰之, 則曰, 不知何故忽不覺畏。主人怒叱曰, 汝得無尙有他畏乎? 曰, 無他, 此際只畏苦茶兩碗。

饅頭: 만두. 밀가루를 반죽하여 빚어서 찐 음식물. / **貧士**: 가난한 선비. / **餒**: 굶주리다. / **市**: 저자, 시장. / **鬻**: 팔다. / **僞**: 거짓으로. / **大呼**: 큰 소리로 외치다. / **仆地**: 땅바닥에 자빠지다. / **畏**: 두려워하다. / **設**: 늘어놓다. / **枚**: 알. 둥근 물체를 세는 단위명사. / **冀**: 바라다. / **困**: 가두어놓다. / **笑**: 웃음거리. / **寂如**: 고요한 모양. '…如'는 '…然'과 같이 형용하는 데 붙이는 접미사. / **摶食**: 움켜잡고 먹다. / **詰**: 따져 묻다. / **忽**: 문득, 갑자기. / **怒叱**: 노하여 꾸짖다. / **得無**: 아닌 게 아니라. 莫非. / **尙**: 아직. / **此際**: 이때, 이즈음. / **苦茶**: 중국 雲南省 등지의 高山에서 자라는 普洱茶의 변종. / **碗**: 주발. '盌'의 俗字. 여기서는 단위명사로 쓰였다.

원근법
遠近

술잔치가 끝난 뒤, 여러 손님들은 집에 돌아갈 길이 누가 더 멀고 가까운 지를 각자 대보고 있었다.

한 취객이 말했다.

"좌중의 여러 분들 중에서는 내가 제일 가까울 거요."

그러자 모두가 웅성거렸다.

"집 주인만 하려고!"

취객은 술기운에 해롱거리며 중얼댔다.

"주인도 방에 들어가려면 아직 조금은 더 가야지…… 나는 여기 앉은 자리면 되거든!"

衆客酒後各談歸途遠近, 一醉客曰, 合席惟我最近。衆云, 莫如主人。醉客朦朧曰, 主人進去尙有少路, 我只此已是了。

遠近: 멀고 가까운 거리. / 各談: 각자 말하다. / 歸途: 돌아가는 길. 歸路. / 合席: 좌중의 모두. / 莫如: …만 못하다. / 朦朧: 몽롱하다. 흐리멍덩하여 의식이 분명치 않다. / 進去: 들어가다. / 尙: 아직. / 少路: 짧은 길. 가까운 거리의 길. / 只: 단지, 다만. / 已: 이미, 벌써. / 是: 알맞다, 적합하다. / 了: 조사. 단정하는 말투를 나타낸다.

술맛이 이상하오!
酸酒

어떤 사람이 술집에 가서는 그 집 술이 시다며 불평을 했다. 그러자 주인은 화를 내며 그 사람을 들보에 매달았다.

나그네가 지나가다 어찌된 영문인지 물으니, 주인이 하소연했다.

"우리 집 술은 최상급인데, 이 사람이 시어 빠졌다고 하니, 글쎄 매달 수밖에요."

나그네가 말했다.

"한 잔 줄 수 있겠소. 내가 맛을 봐드리리다."

맛을 다 보고 나서는 눈살을 찌푸리며 주인에게 말했다.

"이 사람 풀어주고 나를 매다시오!"

有上酒店而嫌其酒酸者, 店人怒, 弔之於梁。客過問其故, 訴曰, 小店酒極佳, 此人說酸, 可是該弔。客曰, 借一杯我嘗之。既嘗畢, 攢眉謂店主曰, 可放此人, 弔了我罷。

酸酒: 시큼한 술. / **上酒店**: 술집에 (술 마시러) 가다. / **嫌**: 불만스럽다, 맛갖잖게 여기다. **酸**: 시다, 시큼하다. / **店人**: 가게의 주인 또는 관리하는 사람. / **弔**: 매어달다. / **梁**: 들보. 칸과 칸 사이의 두 기둥머리를 건너지른 나무. / **小店**: 저의 가게. 자신을 낮추어 일컫는 말이다. **佳**: 좋다, 아름답다. / **可是**: 글쎄. 자기의 뜻을 다시 강조할 때 쓰는 말이다. / **該**: 마땅히 …해야 한다. / **嘗**: 맛보다. / **攢[cuán]眉**: 눈살을 찌푸리다, 얼굴을 찡그리다. / **店主**: 가게의 주인. / **可**: …할 수 있다. …해도 된다. / **放**: 놓아주다, 풀어주다. / **了**: 조사. 일정한 행동에 대한 재촉이나 권유를 나타낸다. / **罷**: 조사. 말끝에 붙어 권유·명령·제의를 나타낸다.

조용히 살고 싶어
好靜

조용한 것을 퍽이나 좋아하는 어떤 사람이 하필이면 구리와 철을 다루는 두 대장간 사이에 끼어 살고 있었다.

그러니 아침부터 저녁까지 귀가 따갑도록 요란한 소리에 시달려 늘 푸념을 늘어놓았다.

"만약 저 두 집이 이사 가는 날이 온다면, 감사의 표시로 내가 크게 한턱낼 거야."

어느 날, 문득 두 대장장이가 함께 찾아와서는 말했다.

"우리는 곧 이사 가려 합니다. 그대가 전부터 우리한테 한턱내고 싶어 하셨다 기에 일부러 이렇게 신세를 지러 왔습니다."

이삿날을 묻자 바로 다음날이라 하여, 그 사람은 너무나도 기뻤던 나머지 성대하게 대접을 했다. 술을 다 마신 뒤, 그 사람이 물었다.

"두 분은 어디로 이사 가시나요?"

그러자 두 대장장이가 대답했다.

"저는 이 자 집으로 옮기고, 이 자는 제 집으로 옮깁니다."

一人極好靜而所居介於銅鐵匠之間, 朝夕聒耳, 苦之。常曰, 此兩家若有遷居之日, 我願作東款謝。一日, 二匠忽並至曰, 我等且遷矣, 足下素許作東, 特來叩領。問其期日, 曰, 只在明日。其人大喜, 遂盛款之。酒後問曰, 汝二家遷於何處? 二匠曰, 我遷在他屋裏, 他遷在我屋裏。

好靜: 조용한 곳을 좋아하다. / **介**: 끼이다. / **銅鐵匠**: 구리와 쇠를 다루어 도구를 만드는 일을 하는 匠人. / **聒耳**: 귀가 따갑도록 시끄럽다. / **苦**: 고통스럽다, 괴로워하다. / **遷居**: 거처를 옮기다, 이사하다. / **作東**: 주인노릇을 하다, 한턱내다. / **款謝**: 정중하게 감사하다. 진심으로 감사하다. / **我等**: 우리들. / **且**: …하려 하다. / **足下**: 당신, 귀하. 같은 연배에 대한 경칭. / **素**: 평소, 전부터. / **許**: 약속하다. / **叩領**: 정중히 받다. / **期日**: 기일, 정한 날짜. / **明日**: 다음날. / **盛款**: 성대하게 대접하다.

마왕의 병사
鬼兵

마왕이 귀신 병사들을 이끌고 반란을 일으켰다.

관세음보살이 정병淨甁을 가지고 주문呪文을 외어 귀신들을 모조리 병 속으로 빨아들이고 부적符籍으로 입구를 봉했다.

그러자 마왕이 두려워하며 항복하기를 청하여 모두 풀어주니, 마왕이 나와서는 여러 귀신 병사에게 물었다.

"모두들 병 속에 갇혀 있을 때 굶주리지 않았느냐?"

그러자 귀신 병사들이 대답했다.

"배고픈 건 별거 아니었습니다만, 하마터면 밟혀죽을 뻔했습니다요."

魔王率鬼兵造反, 觀音持淨甁誦咒, 諸鬼悉攝入甁中, 以符封口。魔王懼, 請降, 乃釋之。魔王問諸鬼曰, 汝等在甁中飢否? 答曰, 餓是小事, 只是幾乎擠殺。

鬼兵: 閻魔의 兵士. / **魔王**: 마왕, 마귀. / **造反**: 반란을 일으키다, 반역하다. / **觀音**: 관세음보살. 자비의 화신인 보살. 勢至菩薩과 함께 阿彌陀佛의 좌우에 있어 부처의 교화를 돕는다. / **淨甁**: 불교에서 중들이 손을 씻는 그릇. / **誦咒**: 呪文을 외다. '咒'는 '呪'와 同字. / **悉**: 다, 모두, / **攝入**: 빨아들이다. / **符**: 符籍. 불교나 도교에서 악귀와 잡신을 쫓기 위해 야릇한 글자를 붉은 글씨로 그리어 붙이는 종이. / **封口**: 구멍을 붙이거나 싸서 막다. / **汝等**: 너희들. / **小事**: 소소한 일, 하찮은 일. / **幾乎**: 거의, 하마터면. / **只是**: 단지 …일 뿐이다. / **擠殺**: 짓밟혀 죽다.

명의名醫
寃鬼

염라대왕이 인간 세상에서 명의名醫를 찾아보라고 저승의 귀졸鬼卒들을 내려 보내면서 일러주었다.

"대문 앞에 원통하게 죽은 귀신들이 없는 병원이 바로 명의이니라."

병원 문 앞을 지날 때마다 원귀들이 한 떼로 모여 들끓고 있었는데, 마지막 한 집에 이르렀을 때 한 원귀가 홀로 서성거리고 있는 것을 보고,

"이 집은 그나마 명의라 할 만하군!"

하고는 물어보니, 바로 어제 새로 병원 간판을 달았다는 것이다.

冥王遣冥卒訪陽間名醫, 命之曰, 門前無寃鬼者卽是。每過醫門, 寃鬼畢集, 最後至一家, 見門前獨鬼彷徨, 曰, 此可當名醫矣。問之, 乃昨日新豎藥牌者。

寃鬼: 원귀. 억울하게 죽은 귀신. / **冥王**: 염라대왕. / **遣**: 보내다, 파견하다. / **冥卒**: 염라대왕의 邏卒. 鬼卒. / **陽間**: 인간 세상. 陽世. / **命**: 알리다, 가르치다. / **畢集**: 죄다 모이다. / **獨…**: 접두사. 명사 앞에 붙어 '單獨'의 뜻을 나타낸다. / **可當**[dàng]: 대체로 합당하다. / **豎**: 세우다. / **藥牌**: 약방이나 병원의 간판.

삼십육계 줄행랑
游水

어떤 의원이 사람을 잘못 치료하여 죽자, 그 죽은 사람을 장사 지내는 상갓집에 붙잡혀갔다.

의원이 밤중에 몰래 빠져나와 물가로 도망가서 헤엄쳐 돌아오니, 때마침 자신의 아들이 맥을 짚는 비결을 공부하고 있었다.

이를 본 의원이 당황하며 말했다.

"내 아이는 공부가 더디니, 아무래도 헤엄치는 법을 배우는 것이 더 요긴할 거야!"

一醫生醫壞人, 爲喪家所縛, 夜自脫赴水遁歸, 見其子方讀脈訣, 遽謂曰, 我兒讀書尚緩, 還是學游水要緊。

游水: 헤엄치다, 수영하다. / **醫壞**: 잘못 치료하다. 여기의 '壞'는 동작의 결과를 나타내는 보어로 쓰였다. / **爲…所…**: …에 의해 …당하다. 피동의 뜻을 나타낸다. / **縛**: 묶다. / **遁**: 도망치다, 도피하다. / **方**: 막, 방금. / **脈訣**: 맥을 짚는 비결. / **遽**: 당황하다. **尚**: 아직. / **緩**: 느리다. / **還是**: 아무래도. / **要緊**: 요긴하다, 중요하다.

손보단 발로……
願脚踢

나무꾼이 땔나무를 지고 가다가 잘못하여 의사와 맞부딪혔다.

의사가 화를 내며 주먹을 휘두르려 하자, 나무꾼은 무릎을 꿇고 사정했다.

“차라리 그 발로 차주시면 달게 받겠습니다.”

옆에 있던 사람이 이를 보고 의아해 하니, 나무꾼이 말했다,

“저 의사 손에 걸리면 어김없이 살아나기 힘들거든요.”

樵夫擔柴誤觸醫士, 醫怒欲揮拳, 樵跪曰, 寧受脚踢。旁人訝之, 樵曰, 經他手定是難活。

願脚踢: 발로 차주세요. / **樵夫**: 나무꾼. / **擔**: 메다, 지다. / **柴**: 땔나무. / **觸**: 부딪치다. / **跪**: 꿇다, 꿇어 앉다. / **寧**[nìng]: 차라리. / **訝**: 의아해 하다. / **經**: 거치다. 지나다. / **定是**: 반드시 …이다.

오진誤診
看僧病

어떤 사람이 스님을 집에 머물게 하고 서재에서 묵게 했다. 스님이 때마침 병이 나자, 의원을 불러 병을 보였다.

의원은 정교하게 꾸민 방을 보고 여주인의 방이 아닐까 생각하고 휘장이 내려진 채로 진맥하고 나서는, 이윽고 월경불순 및 산전산후의 여러 병증들이라 일러주었다.

그 말은 들은 스님이 휘장을 걷어 올리며 의원을 보고 피식 웃으니, 의원이 말했다.

"도령이셨군요! 웃지 마세요. 자당慈堂께서 앓고 계신 병이 그 방에 아주 지독합니다요."

有留僧宿書房者, 僧適病, 迎醫視之。醫見精室, 疑以爲房帷中也, 及診脈遂言經事不調及胎前産後諸症。僧揭帳視醫而笑, 醫謂僧曰, 小舍小舍, 你莫笑, 令堂的病凶在那里！

看僧病: 중의 병을 진찰하다. / **適**: 마침, 우연히. / **精室**: 정교한 방. 아름답게 꾸민 방. / **房帷**: 여주인의 방. / **經事不調**: 월경불순. / **胎前産後**: 산전산후. / **揭帳**: 휘장을 걷다. / **小舍**: 작은 집. 자기 집을 낮추어 이르는 말. 여기서는 호칭으로 쓰여 '도령'의 뜻이다. / **你**: 이인칭 대명사. 너, 당신. / **令堂**: 慈堂, 대부인. 남의 어머니의 존칭. / **凶**: 혹심하다, 지독하다. / **那里**: 저기, 거기.

그래도 된 건 된 것이지
也好

어떤 사람이 병에 걸려 의가醫家를 찾았더니, 의원이 맥을 짚어 보고 말했다.

"약을 먹으면 뱃속에서 틀림없이 소리가 날거요. 그러면 응당 대변을 보러 가게 되거나, 그렇지 않으면 방귀가 좀 나올 거요."

약을 먹고 얼마 되지 않아, 좌중에서 문득 방귀소리가 들려오니 의원이 말했다.

"어떻소! 됐지요?"

그러자 옆에 있던 다른 환자가 대답했다.

"제가 뀐 건데요."

의사가 말했다.

"그래도 된 건 된 것이오!"

一人患病, 醫家看脈云, 喫了藥腹中定響, 當走大便, 不然定撒些屁。少頃坐中忽聞屁聲, 醫曰, 如何！ 客應云, 是小弟撒的。醫曰, 也好。

也好: 그래도 좋다, 그래도 되다. / 醫家: 의사, 의사의 집. / 看脈: 진맥하다. / 了: 조사. 앞으로의 행동에 대한 약속 또는 가정의 뜻을 나타낸다. / 響: 울리다, 소리가 나다. / 當: 응당 …해야 한다. / 定: 반드시. / 撒[sā]些屁: 방귀를 좀 뀌다. '些'는 '다소', '약간', '조금'의 뜻으로 확정적이지 않은 수량을 나타낸다. / 少頃: 잠시 후, 얼마 후. / 是…的: …한 것이다. 강조를 나타낸다. / 小弟: 저. 자기를 낮추어 이르는 말.

장사葬事까지 책임진다
包殯殮

한 의원이 어느 집에서 치료를 하다 아이가 죽으니, 대렴大殮 해주기로 하고 죽은 아이를 옷소매 속에 넣어 돌아갔다.

그 집에서는 혹시 사기를 당하지 않을까 싶어 하인에게 뒤따라가 보라고 시켰는데, 아니나 다를까 다리 한복판에 이르자 갑자기 죽은 아이를 꺼내더니 강물에 던져버렸다.

뒤따르던 하인이 화를 내며 말했다.

"어떻게 우리 집 도련님을 강물에 던져버릴 수가 있단 말이오!"

의원은,

"아니다!"

라 하고는, 이어 왼 소매를 들어 보이며 말했다.

"너희 집 도령은 여기 따로 있다!"

有醫死人兒, 許以袖回殯殮者, 其家恐見欺, 命僕隨之, 至橋中忽取死兒擲諸河。僕怒曰, 如何抛了我家小舍！ 醫曰, 非也, 因擧左袖曰, 汝家的自在。

包殯殮: 大殮(장사지내기 전에 주검을 관에 넣어 안치하는 일)을 도맡다. '包'는 '도맡다', '전적으로 책임지다'의 뜻이다. / **袖**: 소매. / **恐**: 우려하다, 걱정하다. / **見欺**: 사기 당하다. '見'은 피동을 나타낸다. / **擲**: 던지다, 버리다. / **諸**: '之於' 또는 '之乎'의 合音. '諸'의 음이 이 합음과 같으므로 그 대신으로 쓴다. / **了**: 조사. 동작의 완료를 나타낸다. / **抛**: 던지다, 버리다. / **小舍**: 도령. / **…的**: …의 것. 단어 뒤에 붙어 지정된 사람 또는 사물을 나타낸다. / **自**: 달리, 별도로.

옴약
疥藥

어떤 의원이 '신통한 옴 특효약'이라 쓴 간판을 내걸었다.

마침 약을 구하러 온 사람이 들어오니, 의원은 시렁 위의 호로병을 가리키며 스스로 집어가라고 했다.

그 사람이 어찌 이리도 게으르냐고 나무라자, 그 자신도 옴에 걸렸다는 것이다.

옴에 걸렸다면서 왜 이 약을 안 바르냐고 물으니, 의원이 대답했다.

"그걸 발랐을 따름인데도……"

有醫者招牌書神妙疥藥, 適有求藥者至, 醫指架上壺盧令其自取。求藥者責其懶, 答以病疥。問旣病疥何不抹此藥, 曰, 惟其抹之耳。

疥藥: 옴약. / 招牌: 간판. / 書: 쓰다, 적다. / 適: 마침, 우연히. / 架: 시렁. 물건을 얹기 위해 가로지른 두 개의 긴 나무. 선반. / 壺盧: 葫蘆瓶. / 令: …하게 하다. / 懶: 게으르다. / 病疥: 옴에 걸리다. 옴벌레의 기생으로 생기는 전염성 피부병으로, 손·발가락 사이·오금·겨드랑이 등에서 시작하여 퍼져 나가는 몹시 가려운 병. / 抹: 바르다.

풋내기 의원의 처방
經驗方

갓 의원이 된 사람이 어디서 좋은 처방만 들으면 곧바로 적어 두곤 했다.

한번은 그 의원이 길에서 도둑 떼를 만나 우거진 숲 속에 숨어 몰래 엿보고 있었다.

무리지은 도둑들이 막 불알이 크게 부어오른 한 사내를 죽이려는데, 목이 떨어지고 얼마 되지 않자 사내의 불알이 오그라드는 것이 었다.

이를 지켜본 의원은 곧 붓을 꺼내 적기 시작했다.

"크게 부어오른 불알을 치료하는 실제로 본 처방……"

方爲醫者, 聞一良方, 卽筆之。途遇賊, 伏林莽, 潛窺見羣盜方殺一大卵脬者, 首墜而脬已縮小, 乃取筆記之曰, 醫大卵脬經驗方。

經驗方: 경험으로 얻은 처방. / **方**: 막, 방금. / **良方**: 좋은 방법, 좋은 藥方文. / **伏**: 숨다. / **林莽**: 풀숲이 우거지다. / **潛**: 몰래. / **窺見**: 엿보다. / **羣盜**: 무리를 지은 도둑. / **卵脬**: 음낭, 불알. / **已**: 잠시 후, 얼마 후.

죽은 누에도 살리는 약
殭蠶

어떤 의원이 치료 받으러 오는 환자가 너무 없었다.

그러던 어느 날, 문득 어떤 사람이 약을 구하러 왔기에 상자를 열고 약을 꺼내려는데 안에 좀 벌레가 득실대고 있었다.

그 사람이 이게 뭐냐고 물어서 죽은 누에라고 대답하니, 다시 물었다.

"죽은 누에가 어찌 살아난 것입니까?"

그러자 의원이 대답했다.

"내가 지은 약을 먹었으니까요!"

一醫甚無生理, 忽求藥者至, 開箱取藥, 中多蛀蟲。人問此何物, 曰, 殭蠶。又問, 殭蠶如何是活的？曰, 喫我藥耳。

殭蠶: (고치를 짓기 전에) 죽은 누에. / **生理**: 살아가는 길. 생계. / **蛀蟲**: 나무좀. 나무 속에 사는 해충으로, 대개 몸은 작은 원통형이며 머리는 둥근데 평시엔 앞가슴에 감추어 둔다. / **是…的**: …한 것이다. 강조를 나타낸다. / **活**: 살다, 소생하다.

뭐가 뭔지
穿山甲

두 의원이 함께 길을 가다 뱀장어와 자라를 파는 장수를 만났다.

한 의원이 뱀장어를 가리키며 말했다.

"이 먹구렁이를 나에게 파시오."

그러자 다른 한 의원이 웃으며 말했다.

"뱀장어도 못 알아보니, 이 천산갑을 사는 게 낫지 않겠어."

二醫同走, 見有攜鰻及團魚賣者, 一醫指鰻曰, 賣這條烏梢蛇與我。一醫笑云, 鰻也認不出, 倒不如買了這穿山甲罷。

穿山甲: 천산갑. 천산갑과의 짐승. 아프리카·남아시아의 열대지방에 살며, 꼬리를 빼면 약 60cm 정도, 온몸이 암갈색에 단단한 비늘로 덮여 있고, 앞발의 발톱이 단단하며 땅을 파서 긴 혀로 개미 등을 포식하는데 이는 없다. 천산갑의 껍질은 두창이나 마진 등의 약제로 쓴다. / **鰻**: 뱀장어. / **團魚**: 자라(鱉). / **烏梢蛇**: 먹구렁이, 누룩뱀. 뱀과의 구렁이. 길이 90cm 정도, 등은 황갈색을 띤 감람색에 흑갈색 가로무늬가 있고, 배의 각 비늘에는 세 쌍의 검은 무늬가 있다. / **也**: …도. / **認不出**: (사람·물건·도로 등을) 알아내지 못하다. 알아낼 수 없다. / **倒**: 오히려, 도리어. / **罷**: 조사. 말끝에 붙어 제의·권유·명령을 나타낸다.

중개인
中人

옥황상제가 능소전凌霄殿을 짓다가, 어쩌다 자금이 부족하여 광한궁廣寒宮을 인간세상의 황제에게 팔려 했다.

그리하여 중개인 역시 황제여야만 좋겠다고 생각하여 곧 부뚜막신神을 불러 하계下界에 가서 값을 흥정하게 했다.

조정朝廷을 방문하자, 조정에서 의아해 하며 물었다.

"상제上帝께서 보내신 중개인이 어찌 그리 검습니까?"

부뚜막신이 웃으며 대답했다.

"세상에 중개인이 깨끗한 자가 어디 있습니까?"

玉帝修凌霄殿, 偶乏用, 欲將廣寒宮典與人皇, 因思中人亦得一皇帝方好, 乃請灶君下界議價。既見朝, 朝中訝之曰, 天帝所遣中人何黑如此? 灶君笑曰, 天下那有中人是白的。

中人: 仲介人, 거간꾼. / 玉帝: 옥황상제. / 修: 터·집·길 따위를 다져 만들다. / 乏用: 자금이 부족하다. '用'은 '재산'·'밑천'의 뜻이다. / 將: 전치사. …을 (어떻게) 하다. 목적어를 동사 앞으로 끌어내어 동작의 처치 결과를 강조한다. / 人皇: 인간세상의 황제. 태고 때 있었다고 전하는 三皇(天皇·地皇·人皇)의 하나. / 灶君: 부뚜막의 神. 竈神, 竈王. '灶'는 '竈'의 속자. / 下界: 인간 세계. 이 세상. / 訝: 의심하다. 의아해 하다. / 天帝: 하늘을 다스리는 神. 上帝. 天皇. / 那[nǎ]: 어디. '哪兒'·'哪裏'와 같다. / 白: 희다, 깨끗하다. 여기서는 '淸廉潔白'하다는 뜻을 겸한다.

목수
木匠

어떤 목수가 문의 빗장을 달다가 잘못하여 문 바깥쪽에 다니, 주인이 눈이 멀었다고 욕을 했다.

목수가,

"눈이 먼 사람은 바로 당신이오."

라고 응수하니,

주인이,

"내가 어째서 눈이 멀었단 말이요?"

라고 따져 물었다.

그러자 목수가 말했다.

"눈이 있으면 나 같은 목수를 불렀을까!"

一匠人裝門閂, 誤裝門外, 主人罵爲瞎賊。匠答曰, 你便瞎賊。主人曰, 我如何瞎? 曰, 你有眼, 叫我這一個匠人!

木匠: 목수. / **裝**: 장치하다, 설치하다. / **門閂**: 문빗장. 문을 닫고 가로 질러 잠그는 나무때기나 쇠장대. / **罵爲**…: …라고 욕하다. / **瞎賊**: 소경, 봉사. '瞎'은 '눈이 멀다'의 뜻이다. / **便**: 곧, 바로. / **這**: 이, 이것.

요리사
廚子

어떤 요리사가 집에서 고기를 썰다가 고기 한 덩이를 품 안에 감추었다.

아내가 이를 보고,

"이건 자기 집 고긴데 어찌 그런담?"

하고 투덜거리자, 그 요리사가 말했다.

"깜빡 잊었어!"

有廚子在家切肉, 匿一塊於懷中。妻見之罵曰, 這是自家的肉, 何爲如此? 答曰, 我忘了。

廚子: 요리사. 지방 관청에서 음식을 만들던 사람. / **匿**: 숨기다. / **一塊**: 한 덩이. / **懷中**: 품 안. / **自家**: 자기의 집.

이발사
待詔

어떤 이발사가 처음으로 머리 깎는 법을 배웠다.

머리를 깎다가 칼로 상처를 한 군데 낼 때마다 손가락 하나로 그 상처를 가려 덮었다.

얼마 후, 상처를 너무 많이 내어 가리고 있을 손가락이 모자랄 지경이 되자, 그 이발사가 말했다.

"알고 보니 머리 깎기가 이리도 어려운 거였구나! 이건 반드시 천수관음千手觀音이 아니면 안 되겠어!"

有一待詔初學剃頭, 每刀傷一處則以一指掩之, 已而傷多不勝其掩, 乃曰, 原來剃頭怎難, 須得千手觀音纔好。

待詔: (옛 소설에서) 이발사. / **剃頭**: 머리를 깎다. / **刀傷**: 칼에 베인 상처. / **掩**: 가리다, 감싸다. / **已而**: 조만간, 이윽고, 머지않아. / **原來**: 알고 보니 …이다. / **怎**: 그리. 그렇게. / **須得**[děi]: 반드시 …해야 하다. / **千手觀音**: 二十七面과 千手千眼을 가진 관음보살. 관음보살이 過去世에서 모든 중생을 구제하기 위하여 천 개의 손과 눈을 얻으려고 빌어서 이루어진 몸. 여기에 빌면 모든 소원이 이루어진다고 한다. / **纔**: …야말로. …여야만.

구두수선공
皮匠

한 구두수선공이 평소 구두창 두 짝만 가지고 창갈이를 해주고 있었다.

보아하니 사람들이 구두창을 갈고 문을 나가면 어김없이 구두창이 금방 떨어지니, 그때마다 뒤를 따라가 구두창을 주워 와서 본전을 건지는 것이었다.

하루는 구두창을 갈아 주고 그 뒤를 따라갔지만 구두창을 다시 손에 넣지 못하게 되자, 울먹이며 말했다.

"본전을 말아먹었군!"

그런데 돌아와서 보니 구두창은 벌써부터 구둣방 안에 떨어져 있었다.

一皮匠生平只用皮底一雙, 凡替人掌鞋, 出門必落, 輒尾其後, 捨取以爲本錢。一日, 尾之不獲, 泣曰, 本錢斷送矣！ 及歸, 見底已落戶內。

皮匠: 구두장이, 구두 수선공. / 生平: 평소, 평상시. / 皮底: 구두창. / 一雙: 두 짝. / 凡: 무릇, 대저. 대체로 보아. / 替: 위하다. / 掌鞋: 신창을 수선하다. / 輒: 번번이, 때마다. / 尾後: 뒤를 따르다. / 捨取: 주워 가지다. / 以爲: …로 삼다. / 斷送: 잃다, 말아먹다.

공범
家屬

관리官吏가 사무를 보는데, 여러 사람 가운데서 누군가가 방귀를 뀌었다.

관리가 무슨 소리냐고 묻고는 잡아내라 하니, 포리捕吏가 잡을 수 없는 것이라고 여쭈었다.

그러자 관리가 말했다.

"허튼 수작 부리지 말고 반드시 잡아오라!"

얼마 후, 포리가 종이에 똥 한 덩어리를 싸서 돌아와 아뢰었다.

"주범이 달아나버려 공범을 여기 잡아왔습니다."

官坐堂, 衆人中撒一庇, 官問甚麽聲, 拏過來。皂稟云, 拏不着的。官曰, 如何作弊, 定要拏來。皂將紙包一屎塊回云, 正犯走了, 拏得家屬在此。

家屬: 가족. / **坐堂**: 관리가 사무를 보다. / **撒庇**: 방귀를 뀌다. / **甚[shén]麽**: 의문사. 무엇. / **拏過來**: 잡아오다. / **皂**: 하인. 관청의 하급 사환. / **稟云**: (웃어른 또는 상관에게) 여쭈다. / **拏不着**: 잡지 못하다, 잡을 수 없다. / **…的**: …인 것. 단어 뒤에 붙어 지정된 사람 또는 사물을 나타낸다. / **如何**: 어떻게. / **作弊**: (속임수를 써서) 법이나 규정을 어기다. 부정한 짓을 하다. / **定要**: 반드시 …할 것이다. / **拏來**: 잡아오다, 잡아내다. / **將**: 전치사. …을. 목적어를 동사 앞으로 끌어내어 동작의 처리 결과를 강조한다. / **屎塊**: 똥 덩어리. / **正犯**: 주범, 주모자. / **走**: 달아나다, 도망치다. / **了**: 조사. 동작의 완료 또는 변화를 나타낸다. / **得**: 동사 뒤에 붙어 동작의 완성을 나타낸다.

현장검증
咬耳朶

남이 자기 귀를 물어뜯었다고 소송을 한 사람이 있었다.

피고가 변명하기를,

“저 놈은 제 귀를 제가 문 것입니다. 저와는 무관합니다.”
라고 하니, 그 말을 들은 포리捕吏가 현관縣官이 앉은 자리 뒤에서 제 귀를 잡고 빙빙 돌기 시작했다.

현관이 고개를 돌려 이를 보고는 고함쳤다.

“재판 중에 이게 무슨 법도인가?”

그러자 포리가 아뢰었다.

“소인, 제 귀를 제가 물 수 있는지 여기서 현장검증 중입니다.”

有訟人咬去其耳者, 被告辯云, 是他自咬的, 與小的無干。吏在公座後抓己耳團團走轉, 官回頭見之, 喝曰, 這是甚麽規矩！ 稟曰, 小的在這里詳情。

咬耳朶: 귀를 물다. / 訟: 소송하다. / 咬去: 물어뜯다. / 小的: 저, 소인. / 無干[gān]: 무관하다. / 公座: 공좌. 옛날 관리가 공무를 보는 자리. / 抓: 잡다, 쥐다. / 團團: 빙빙, 빙글빙글. / 喝[hè]: 고함치다. / 規矩: 법도. / 稟曰: 웃어른이나 상관에게 여쭈다. 詳情: 實情을 자세히 헤아리다.

오기誤記
紅燭上賬

어떤 현승縣丞이 글자를 몰라 물품을 구매하면 그 물품의 모양을 그려서 장부를 정리했다.

현령縣令이 현승을 만나러 왔는데 자리에 없어 장부를 펼쳐보고는 현령이 해놓은 짓을 괴이하게 여겨 행마다 붉은 먹으로 똑바로 줄을 쳐두었다.

현승이 돌아와 이를 보고는 화를 내며 말했다.

"현령의 관아에서 붉은 양초를 구매해 놓고서 어찌 그걸 또 제 장부에 기록하신단 말입니까?"

편자 주: 속담에 "홍당무 값을 양초 장부에 올리다."라는 구절이 있는데, 의미가 서로 비슷하다.

一丞不識字, 凡買物卽畫形簿上。令來値丞不在, 展簿視之, 怪其所爲, 每行用硃筆直抹。丞歸視怒曰, 你衙內買紅燭, 如何也記在我簿上。

知堂案, 俗諺有「紅蘿蔔上在蠟燭賬」之句, 意相近。

紅燭上賬: 紅燭을 장부에 올리다. '紅燭'은 경사 때 쓰는 붉은 양초. / 丞: (우두머리를) 보좌하다. 여기서는 그러한 일을 하는 사람. 縣丞. / 畫形: 모양을 그리다. / 簿: 장부. / 令: 우두머리(長). 縣令. / 値: 만나다. / 硃筆: 朱墨으로 비평을 쓰다. 주필 / 抹: 바르다, 칠하다. / 怪: 의심스러워하다. / 衙內: 관청 안. / 俗諺: 속담. / 紅羅蔔上在蠟燭賬: 홍당무 값을 양초 장부에 올리다. 일을 뒤섞어 잘못 처리함을 이르는 속담이다. / 也: 또한, …도.

살받이 신神
垜子助陣

한 무관武官이 출정出征하여 막 패하려 할 때, 갑자기 신병神兵이 나타나 전투를 원조해주어 전세戰勢를 뒤집고 대승하게 되었다.

무관이 엎드려 절하며 신神의 성함을 묻자,

"나는 살받이 신이다."

라고 대답하니, 무관이 물었다.

"소장小將, 무슨 은덕을 입어 살받이 신께서 저를 구원해 주신 것인지요?"

그러자 살받이 신이 말했다.

"이전부터 교련장에서 네가 쏜 화살이 나를 맞혀 다치게 한 적이 한 번도 없었기에 너의 은혜를 마음 깊이 새겨두었던 것이다."

一武官出征將敗，忽有神兵助陣，反大勝。官叩頭請神姓名，神曰，我是垜子。官曰，小將何德，敢勞垜子尊神見救。答曰，感汝平昔在教場從不曾一箭傷我。

垜子助陣: 살받이 神이 전투를 원조하다. / **神兵**: 神이 보낸 군사. 신출귀몰한 戰法으로 감히 대적할 수 없는 强兵. / **反**: 반대로. / **叩頭**: 머리를 조아리다, 엎드려 절하다. / **請**: 묻다. / **垜子**: 살받이. 과녁의 앞뒤와 양쪽에 화살이 날아와서 꽂히도록 쌓은 것. / **敢勞**: 감히 수고를 끼치다. / **尊神**: 神을 높여 이르는 말. / **見救**: 구원 당하다. 도움을 입다. '見'은 피동을 나타낸다. / **感**: 고맙게 여기다, 은혜를 새겨두다. / **平昔**: 예로부터, 이전부터. / **教場**: 병사를 가르치고 단련시키는 곳. 教鍊場. / **從不**: 여태껏 …해본 적이 없다. / **曾**: 일찍이.

순라군巡邏軍
武弁夜巡

한 순라군巡邏軍이 야경夜警을 돌고 있었다.

야행夜行의 금지령을 위반한 어떤 사내가 자칭 서생書生이라며, 학당에서 글짓기 시험이 있어 귀가가 늦었다고 했다.

그러자 순라군이 말했다.

"학당 서생이라면 시험을 한 번 쳐봐야겠군."

서생이 시험문제를 청했지만, 아무리 생각해도 문제가 떠오르질 않자, 순라군이 큰소리치며 말했다.

"재수가 좋군! 오늘밤에는 다행히 시험 볼 문제가 없어."

一武弁夜巡, 有犯夜者, 自稱書生會課歸遲。武弁曰, 旣是書生, 且考你一考。生請題, 武弁思之不得, 喝曰, 造化了你, 今夜幸而沒有題目。

武弁夜巡: 무사가 夜警을 돌다. '夜巡'은 야간의 경계를 위하여 순찰하는 일. / **犯夜**: 법으로 규정되어 있는 夜行의 금지를 범하다. / **書生**: 학업을 닦는 청년. / **會課**: 학생들이 모여 글을 짓는 일. 또는 그런 날의 학교 시험. / **武弁**: 무사, 무인. 여기서는 야간의 통행금지 시간에 거리를 순회하며 도둑과 화재를 경계하는 군졸을 가리킨다. / **旣是**: …인 이상, …인 바에는. / **且**: …하려 하다. / **考**: 시험을 치다. / **喝**: 고함치다. / **造化**: 복이 있다, 운이 좋다. / **幸而**: 다행히. / **沒有**: 없다. / **題目**: 제목, 연습이나 시험의 문제

태감太監의 시찰
太監觀風

어떤 진수태감鎭守太監이 시찰을 나갔다.

『논어論語』에 나오는 '後生可畏焉후생가외언(젊은 후진들은 두려워할만하다)'을 시험문제로 내니, 여러 생도들이 모두 웃었다.[28]

태감이 왜 웃느냐고 묻자, 교관이 청원했다.

"여러 생도들이 시험문제가 너무 어렵다고 한 글자를 빼주심도 좋을 것 같다고 저럽니다."

그러자 태감이 웃으며 말했다.

"정 그렇다면 後후 자字를 빼고 '生可畏焉생가외언(생도들은 두려워할만하다)'이라고만 하지."

---

28 '後生可畏'는 『論語 · 子罕二十二』의 "後生可畏, 焉知來者之不如今也? 四十五十而無聞焉, 斯亦不足畏也已! (젊은 후진들은 두려워할만하니, 그들이 오늘의 우리 세대만 못하리란 걸 어찌 알리오. 만약 그들이 나이 사오십이 되어서도 훌륭한 평판이 알려지지 않는다면 두려워할 바가 못 된다.)"에 나오는 말이다. 이 소화에서는 '鎭守太監'이 첫 구절을 잘못 끊어 읽어 '後生可畏焉'이라 하여 웃음거리가 되었다. 또 한 글자를 뺀다면 마지막의 '焉' 字를 빼야 『논어』의 원래 의미가 되는데도 앞의 '後' 字를 빼면서 "생도들은 두려워할만하다"의 뜻이 되어 자신의 심경을 반영함과 동시에 스스로 무식을 폭로한 결과가 된 것이다.

鎭守太監觀風, 出「後生可畏焉」爲題, 衆俱笑。璫問其故, 教官稟曰, 諸生以題目太難, 求減得一字也好。璫笑曰, 旣如此, 減後字, 只做「生可畏焉」罷。

太監觀風: 태감이 시찰하다. / **鎭守太監**: 官名. 중국 명나라 때 각지에 파견되어 지방의 수비를 맡았던 환관. 官員을 감독하고 軍事를 담당했다. / **觀風**: 타향의 풍속이나 인정의 득실을 살펴보다. / **後生可畏焉**:『論語 · 子罕』에 나오는 말이다. 각주 참고. / **俱**: 모두, 함께. / **璫**: 환관. '璫'은 원래 옛날 중국 여인들의 구슬 귀걸이 장식인데, 환관들이 이런 장식품을 달았던 데서 온 말이다. / **教官**: 교육에 종사하는 관리. / **稟**: (관청이나 윗사람에게) 보고하다, 상신하다, 청원하다. / **太**: 심히, 매우. / **罷**: 조사. 말 뒤에 붙어 제의 · 권유 · 명령을 나타낸다.

어사출두
訪察

암행어사가 출두하여 광장匡章과 진중자陳仲子와 제齊나라 사람을 잡았다.

광장은 스스로 효자라 믿고 있었고, 진중자는 원래 탈속한 은자隱者였던지라 이 둘은 자신들의 죄를 씻으려고 누구에게 청탁한 적이 없었지만, 제나라 사람만은 자기 아내와 첩을 권세 높은 사람에게 보내 죄를 벗겨달라고 양해를 구했다.

권세 높은 사람이 이 제나라 사람을 위해 암행어사를 만나니, 어사는 그들 셋의 죄상이 모두 미풍양속을 훼손한 무리의 수괴였기 때문에 죄를 물은 것이라고 설명해 주었다.

그러자 권세 높은 사람이 말했다.

"광장은 아내를 내보내고 아들을 물리쳤으며, 진중자는 어미를 떠나고 형을 버렸으니 나리께서 이 두 사람을 잡은 것은 극히 지당하십니다. 그러나 저 제나라 사람은 거지 중의 상거지인데 그를 잡아 무엇 하시렵니까?"[29]

---

29 이 소화에 등장하는 '匡章'·'陳仲子'·'齊人'의 이야기는 모두 그들에 대한 孟子의 평가가 변용된 것으로, 그 실제 내용은 다음과 같다. '匡章'은 '匡子' 또는 '田章'이라고도 한다. 戰國 시 齊나라의 威王·宣王·湣王 三朝에 걸친 名將으로, 온 나라 사람들이 다 不孝하다고 하는데도 맹자는 그와 상종하며 예모를 다했다. '匡章'이

按君訪察, 匡章陳仲子及齊人俱被捉。匡自信孝子, 陳淸客, 俱不請託, 唯齊人以其一妻一妾送顯者求解。顯者爲見按君, 按君述三人罪狀, 都是敗壞風俗的頭目, 所以訪之。顯者曰, 匡章出妻屛子, 仲子離母

'出妻屛子'한 것은 부자간에 모친에 대한 道義 문제로 대립하여 자신의 봉양을 받지 못하는 부친의 외로움을 생각하여 자기도 처자와 떨어져 살면서 그들의 봉양을 받지 않았으니, 이것은 내심 부모를 잊지 않고 항상 사모하고 있는 匡章만의 '永慕之心'이라 하여, 맹자는 匡章을 불효하다고 여기지 않았다.(『孟子·離婁下』 참고) 여기서 부자간의 道義 문제란 匡章의 모친이 부친에게 잘못을 범하여 부친이 모친을 죽여 마판 밑에 파묻어버려서 匡章이 모친을 용서하고 다른 곳에 장사지낼 것을 누차 권했으나 부친이 끝내 들어주지 않자, 부친이 마음을 돌리지 않는 이상 자기도 처자의 봉양을 받을 수 없다고 하여 처자와 별거했다고 한다. 더욱이 그 뒤 匡章이 秦나라의 침공을 막아내고 돌아왔을 때, 齊 威王이 그의 공을 기려 모친의 改葬을 권유했으나 그렇게 하면 돌아가신 부친의 心志를 속이는 것이 되어 부당하다 하여 그대로 두기로 한 일이 있었는데, 이 일로 匡章에 대한 威王의 신임이 더욱 두터워졌다 한다. '陳仲子'는 본명이 陳定이며 字가 子終이다. 戰國시 齊나라의 宗族世家로, 그의 형 陳戴의 萬石의 봉록이 不義하다고 여겨 그 재물로 만든 음식을 먹지 않았으며, 형의 집도 不義한 재산으로 여겨 함께 살지 않고 '離母避兄'했다. 그 前後로 齊나라의 大夫와 楚나라의 國相 등의 직책을 사절하고 처음에 '陵'으로 천거했다가 나중에 長白山에 은거하면서 "옳지 않은 군주의 조정에는 들지 않고, 어지러운 세상의 음식은 먹지 않는다.(不入汚君之朝, 不食亂世之食。)"라 하고 지조를 지키며 굶어죽었다 한다. 孟子는 陳仲子가 齊나라 사람 중의 걸출한 인물임은 분명하지만, 그의 청렴한 지조에 대해서는 사람으로서 흙과 물만 먹고사는 지렁이가 되지 않고서는 지킬 수 없는 것이라 했다.(『於陵子』 참고) '齊人有一妻一妾'은 禮義廉恥를 돌보지 않고 비루한 수단으로 부귀영달을 추구하는 사람을 풍자한 『孟子』 중의 寓言故事이다. '一妻一妾'과 함께 사는 齊나라의 어떤 사람이 매일 집을 나가서는 술과 고기를 실컷 먹고 돌아왔다. 이를 수상하게 여긴 아내가 하루는 남편 뒤를 따라가 보았더니 성문 밖 묘지를 전전하며 사람들이 제사지내고 남은 음식을 빌어먹고 있었다. 아내가 돌아와 "남편이란 우러러 보면서 평생을 살 사람인데 이제 보니 이런 꼴일세!(良人者, 所仰望而終身也。今若此！)"라며 첩과 함께 남편을 원망하고 흉보면서 울었다는 것이다. 이 '齊人'에 대하여 孟子는 고사의 말미에서 "군자의 눈으로 본다면 사람이 부귀와 이익, 출세를 구하는 방법이 자기 아내와 첩이 부끄러이 여기지 않고, 서로 울지 않을 사람이란 거의 드물 것이다.(由君子觀之, 則人之所以求富貴利達者, 其妻妾不羞也而不相泣者, 幾希矣！)"라고 일침을 가했다.(『孟子·離婁下』 참고)

避兄, 老大人捉得極當, 那齊人是叫化子的頭, 捉他作甚麼?

訪察: 찾아가서 조사하다. 현지 조사하다. / **按君**: 明淸代의 官名. '巡按'의 雅稱으로 巡按御史를 가리킨다. 임금을 대신하여 州縣을 두루 다니며 官吏의 근무 상태와 民情을 살폈다. 암행어사. / **匡章**: 戰國 齊나라의 名將. 각주 참고. / **陳仲子**: 戰國 齊나라의 저명 사상가, 隱士. 각주 참고. / **齊人**: 齊나라 사람. / **淸客**: 脫俗한 사람. / **顯者**: 부귀 저명한 사람, 권세 있는 사람. / **求解**: 양해를 구하다. / **都是…**: 모두 …이다. / **敗壞**: 명예·풍기 등을 훼손하다. / **頭目**: 두목. 여러 사람 중 우두머리가 되는 사람. / **所以**: 그래서, 그러므로. / **訪**: 묻다. / **出妻屛子**: 아내와 자식을 물리치다. / **離母避兄**: 어미와 형을 떠나다. / **老大人**: 나리. 지위가 높은 벼슬자리에 있는 사람에 대한 호칭. / **得**: 조사. 동사 뒤에 놓여 결과나 정도를 나타내는 보어를 연결시켜 준다. / **叫化[huā]子**: 거지. / **甚麼[shénme]**: 의문사. 무엇.

신발과 버선의 송사訟事
鞋襪訟

어떤 사람이 신고 있던 신발과 버선이 모두 해졌다.

신발은 버선을 탓하고 버선은 또 신발을 탓하다가, 서로 신神에게 가서 호소하여 시비를 가려달라고 했다.

그러나 신도 판결할 수 없게 되자, 발꿈치를 잡아와 증언하게 했다.

그러자 발꿈치가 말했다.

“저는 줄곧 신발과 버선 밖에 쫓겨나 있었기 때문에 어찌 된 일인지 들어 아는 바가 없습니다.”

一人鞋襪俱破, 鞋歸咎於襪, 襪亦歸咎於鞋, 相與訟之於神。神亦不能決, 乃拘脚跟證之。脚跟曰, 小的一向逐出在外, 何由得知!

鞋襪訟: 신과 버선의 訟事. / **歸咎於…**: …에게 죄과를 전가하다, …를 탓하다. / **拘**: 잡다. / **脚跟**: 발꿈치. / **小的**: 저, 소인. / **一向**: 줄곧. / **逐出**: 쫓아내다. / **得知**: 알게 되다, 듣고 알고 있다.

입과 발의 다툼
口脚爭

발이 입에게 시비를 걸었다.

"자기 잇속만 채우기로는 세상에 너 만한 게 또 있겠어? 내가 갖은 고생을 다해 바삐 돌아다니며 얻어오면 너는 그저 다 먹어 치우기만 하니 말이야."

그러자 입이 대꾸했다.

"우리 다투지 말자. 나도 이젠 먹지 않을 테니, 너도 바삐 돌아다니지 않으면 되잖아?"

脚謂口曰, 世上唯你最討便宜, 我千辛萬苦奔走來時都被喫去了。口答曰, 不要爭, 我莫喫, 你也莫奔走何如？

口脚爭: 입과 발의 다툼. / **最**: 가장, 제일. / **討**: 바라다, 구하다. / **便宜**[piányi]: 공짜, 자그마한 이익. / **討便宜**: 잇속을 채우다, 자기 이익만 추구하다. / **千辛萬苦**: 여러 모로 애를 쓰며 갖은 고생을 다하다. / **奔走**: 분주하다, 바삐 돌아다니다. / **都**: 모두, 다. / **喫去**: 먹어버리다. / **了**: 조사. 동작이나 변화의 완료를 나타낸다. / **不要**: …하지 말라. / **也**: …도, 역시.

곰보
屁股麻

민간에서는 일반적으로 "마마를 앓아 발에 마맛자국이 남으면 마맛자국이 코로 올라가게 되는데, 이때 시망柴芒을 코끝에 붙이면 곧 멈춘다"고 전한다.

그랬더니 어떤 사람이 코끝이 아니라 온 이마에 시망을 살살이 붙였다. 사람들이 왜 그러냐고 물으니,

"저는 발보다 더 위인 궁둥이가 온통 마맛자국이거든요."

라고 답했다.

편자 주: 이 소화는 곰보를 조소한 것이다.

俗云, 脚麻脚麻上鼻頭, 謂以柴芒貼鼻端卽止。一人遍貼額上, 人問爲何, 曰, 我屁股都是麻的。

知堂案, 此係嘲麻臉者。

屁股麻: 궁둥이가 얽다. / **麻**: 얽다. 얼굴에 마마의 자국이 생기다. 또는 그러한 자국. 여과성 바이러스 때문에 일어나며 피부에 발진이 나서 나은 뒤에도 마맛자국이 남는 병이다. 마마, 천연두, / **俗云**: 일반적으로 …라고 하다. / **柴芒**: 식물명. / **貼**: 붙이다. / **鼻端**: 코끝. / **遍**: 두루, 살살이. / **額**: 이마. / **都**: 모두. / **是…的**: …한 것이다. 서술문의 강조 용법이다. / **麻臉**: 곰보. 얼굴이 얽은 사람.

옻칠한 함
漆盒

눈이 근시인 사람이 외출하다 길거리에 소똥 한 무더기가 쌓여 있는 것을 보고는 행인이 두고 간 상자인 줄 알고 양손으로 받쳐 들었다.

곧 그것이 물렁거리고 축축하게 젖어 있는 것을 알고 탄식하며 말했다.

"멋진 함이건만, 아쉽게도 아직 칠이 덜 말랐군!"

一近視出門, 見街頭牛屎一大堆, 認爲路人遺下的盒子, 隨用雙手去捧, 見其爛濕, 乃歎曰, 好個盒子, 只可惜漆水未乾!

漆盒: 옻칠한 함. / **出門**: 외출하다. / **街頭**: 가두, 길거리. / **牛屎**: 소똥. / **一大堆**: 산더미 같이 쌓인 것. '堆'는 '더미', '무더기'의 뜻이다. / **路人**: 행인. / **遺下**: 뒤에 남기다. / **盒子**: 합, 함. / **隨**: …하는 김에. / **去**: …로 …하다. 동사 구조 또는 전치사 구조와 동사 사이에 쓰여 전자는 후자의 방법을 표시하고, 후자는 전자의 목적임을 나타낸다. / **捧**: 받들다, 두 손으로 받쳐 들다. / **爛濕**: 물렁하고 축축하다. / **個**: 개. 사람이나 물건을 세는 단위명사. / **可惜**: 아쉽다, 유감스럽다. / **漆水**: 칠. 겉에 발라 부식을 막거나 광택이나 색깔을 내는 데 쓰는 물질.

넓은 얼굴
闊面孔

아무개 집에서 잔치자리를 마련했다. 윗자리에 앉은 두 사람 중, 한 사람은 왼쪽 눈이 멀었고 한 사람은 오른쪽 눈이 멀었다,

얼마 있다가 눈이 근시인 손님이 와서는 뜻밖에 앞자리로 가서 앉았다.

한참 지난 뒤, 그 손님이 동석한 사람에게 슬쩍 물어보았다.

"상석에 앉아 있는 얼굴 넓은 저 친구는 누구요?"

某家設席, 上坐者二人, 一瞎左目, 一瞎右目。已而有客近視者至, 竟至前席, 良久, 私問同席者曰, 上席那闊面孔的朋友是誰?

闊面孔: 넓은 얼굴. / **某家**: 아무개 집. '某'는 호칭을 알 수 없는 사람·사물·장소 등을 나타내는 대명사. 아무, 아무개. / **設席**: 잔치 자리를 마련하다. / **瞎**: 눈이 멀다. / **已而**: 이윽고. / **良久**: 아주 오래다. 아주 오랜 시간. / **私**: 몰래, 은밀히. / **闊**: 넓다. / **面孔**: 얼굴.

편액扁額
認扁

눈이 모두 근시인 세 형제가 함께 어떤 손님을 찾아뵈러 갔다. 대청마루에 오르니, 위에 '遺淸堂유청당'이라고 쓴 편액이 걸려 있었다.

맏형이 이를 보고 말했다,

"주인이 겁병怯病을 앓고 있는 건가? 그렇지 않으면 왜 '遺精室유정실'이라 썼을까?

이를 듣고 둘째 형이 말했다.

"그렇지 않아요. 주인이 도가道家의 도道를 좋아하여 '道情堂도정당'이라고 쓴 것일 뿐이겠지."

이렇게 두 형의 갑론을박이 그치지 않으니, 막내 동생의 한창 때 시력으로 가려내게 할 수밖에 없었다.

그러자 막내 동생이 눈을 크게 뜨고 말했다.

"두 형님들, 모두 황당하군요. 위에 어디 편액이 있다고요!"

兄弟三人皆近視, 同拜一客, 登其堂, 上懸遺淸堂扁。伯曰, 主人病怯耶？不然, 何爲寫遺精室也。仲曰, 不然, 主人好道, 故寫道情堂耳。

二人爭論不已, 以季弟少年目力使辨之。季弟張目曰, 汝二人皆妄, 上面那得有匾!

認匾: 편액(의 글자)을 알아보다. / **拜**: 찾아뵙다, 방문하다. / **遺淸**: 청렴함을 후세에 전하다. / **病怯**: 怯病을 앓다. '怯病'은 혈기가 쇠퇴하여 늘 마음이 두렵고 불안한 병이다. / **遺精**: 잘 때 무의식중에 정액이 나오는 일. / **伯**: 맏, 첫째. / **仲**: 버금, 둘째. / **好道**: 道家의 道를 좋아하다. / **道情**: 道士의 음악과 노래. / **不已**: 끊임없다, 계속되다. / **季弟**: 막내 동생. / **少**[shào]**年**: 소년 시기, 소년 때. / **目力**:시력. / **辨**: 알아내다, 가려내다. / **張目**: 눈을 크게 뜨다. / **妄**: 망령되다, 황당하다. / **上面**: 위, 위쪽. / **那**[nǎ]: 어디.

폭죽
拾火爆

눈이 근시인 어떤 사람이 폭죽 하나를 주웠다.

등불에 가까이 대고 무엇인지 알아보려다 불꽃을 건드렸더니 물건은 온데간데없고 땅땅하는 소리만 요란하게 들렸다.

그러자 옆에 있던 귀머거리가 그 사람의 등을 두드리며 물었다.

"이제 막 주운 게 뭐요? 손에 있는 가 했더니 금방 번쩍하며 흩어져버리네요."

有近視者拾火爆一枚, 就燈認之, 觸火而響。傍有聾子拊其背問曰, 汝方纔拾甚麽東西, 在手就散了？

拾火爆: 폭죽을 줍다. / **近視**: 근시. 가까운 데는 잘 보아도 먼 데는 잘 못 보는 눈. / **枚**: 매, 개. 형체가 작고 동글납작한 물건을 세는 단위명사. / **就燈**: 등불에 가까이 대다. / **觸火**: 불에 닿다. / **響**: 소리가 나다. / **傍**: 곁. / **聾子**: 귀머거리. / **拊**: 치다, 두드리다. / **汝**: 이인칭 대명사. 너, 당신. / **方纔**: 방금, 이제 막. / **甚麽**: 의문사. 무엇. / **東西**[dōngxi]: 물건. / **就**: 곧, 바로. / **散**: 흩어지다, 분산하다. / **了**: 조사. 동작이나 변화의 완료를 나타낸다.

근시안을 조롱하는 시詩
嘲近視詩

눈이 근시인 사람을 조롱한 이런 시가 있다.

웃음, 그대여!
두 눈이 희한하여 아들이 곁에 섰는데도 누군지를 묻네.
햇빛이 창살 사이로 들어 반짝이면 바닥에 떨어진 구슬인 양 집으려 하고,
달빛 따라 꽃 그림자 옮겨가면 섶나무 가지인 양 주우려 하네.
벽화 보느라 코를 스쳐 상처를 내고,
책 상자 잠그려다 눈썹을 끼우고 마네.
한 가지 더욱 웃을 만한 일 있으니,
등불을 불어 끄려다 입술을 태우는 것일세.

편자 주: 『견호집堅瓠集』 을사乙四에 이 시가 실려 있는데, 『소림笑林』에 나온다고 한다.

嘲近視詩云, 笑君雙眼忒希奇, 子立身旁問是誰。日透窗櫺拏彈子, 月移花影拾柴枝。因看畫壁磨傷鼻, 爲鎖書箱夾住眉。更有一般堪笑處, 吹燈燒了嘴唇皮。

知堂案,《堅瓠集乙》四載此詩, 云出《笑林》。

嘲近視詩: 近視眼을 조롱하는 詩. / **笑君**: 웃음 그대여. 웃음을 존대하여 부른 말, '君'은 同輩 상호간, 또는 손윗사람이 손아랫사람을 부르는 칭호. 그대, 자네. / **忒**: 매우, 몹시. / **希奇**: 희한하다. / **日透**: 햇빛이 통하다, 햇빛이 새어들다. / **窗櫺**: 창에 댄 간살, 창살. / **拏**: 집어 들다. / **彈子[dànzi]**: 탄알, 구슬. / **畫壁**: 그림을 그린 벽. / **磨傷**: 스쳐서 상처가 나다, 문질러서 상처가 나다. / **鎖**: 잠그다, 채우다. / **書箱**: 책 상자. / **夾住**: 꽉 끼다, 꼭 집다. '住'는 동작 후 일정한 위치에 머무르게 되는 결과를 나타내는 보어이다. / **一般**: 한 가지. / **堪**: …할 만하다. / **吹燈**: 등불을 불어서 끄다. / **了**: 조사. 동작이나 변화의 완료를 나타낸다. / **嘴脣**: 입술.

소경의 웃음
瞽笑

어떤 소경이 여러 사람들과 함께 앉아 있었다. 사람들이 뭔가를 보고 웃으니, 그 소경도 따라 웃었다.

여러 사람들이 소경에게 물었다.

"뭘 보고 웃는 거요?"

그 소경이 대답했다.

"여러분이 우습다면 우스운 게 틀림없소."

편자 주: 『소찬笑贊』에 이 편篇이 있다.

一瞽者與衆人坐, 衆有所見而笑, 瞽者亦笑。衆問之曰。何所見而笑? 瞽者曰, 你們所笑定然不差。

知堂案:《笑贊》中有此一則。

瞽笑: 소경의 웃음. / 定然: 반드시, 틀림없이. / 差: 틀리다, 그릇되다.

귀머거리 의원
聾醫

가는 귀가 먹은 한 의원이 어느 집에 병자를 치료해 주러 갔다.

병자가 물었다.

"연밥의 속대(蓮心liánxīn')는 먹으면 안 되는지요?"

의원이 대답했다.

"밀가루 음식(麵筋miànjīn)은 먹어서는 안 되오."

병자가 또 물었다.

"연밥의 살(蓮肉liánròu)은 요?"

의원이 대답했다.

"절인 고기(醃肉yānròu)도 많이 먹지 마시오."

병자가 듣다못해,

"의원님, 귀가 먹은 거군요(耳朵是聾的ěrduǒ shì lóng de)."

라고 말하자, 의원이 대답했다.

"만약 안쪽 허벅지가 붉으면(裏股內紅的lǐgǔ nèi hóng de), 반드시 가래톳이 생기지 않도록 해야 하오."[30]

---

30 이 소화에서 가는귀가 먹은 醫員은 병자가 묻는 말을 똑똑히 듣지 못해 늘 엉뚱한 대답을 해줌으로써 병자를 답답하게 만들었다. 그러나 이 의원이 귀가 완전히 먹어 전혀 말을 못 알아듣는 것은 아니므로, 소화의 작자는 병자와 의원의 대화에서

一醫者有重聽, 至一家看病。病人問, 蓮心吃得否? 醫者曰, 麵筋吃不得。病者曰, 蓮肉也。醫曰, 醃肉也少吃些。病者曰, 先生耳朵是聾的。醫曰, 若裏股內紅的, 還須防他生橫痃。

聾醫: 귀머거리 醫員. / **重聽**: 가는귀(작은 소리는 잘 듣지 못하는 귀)가 먹다. / **看病**: 병을 치료하다, 치료를 받다. / **蓮心**: 연밥(연꽃의 열매, 즉 蓮實) 가운데 있는 속대. 쓴맛이 있고 약재로 쓴다. / **吃得否**: 먹을 수 없는가? '否'는 부정을 나타내는 조사로, '…않는가?'의 뜻이다. / **麵筋**: (전분을 빼고 만든) 밀가루 음식. / **吃不得**: 먹을 수 없다, 먹어서는 안 된다. / **蓮肉**: 연밥의 살. 補中·益氣의 한약재로 쓴다. / **醃肉**: 소금에 절인 고기. / **少吃些**: 좀 적게 먹다. / **先生**: 方言에서 '의사'를 부르는 말. / **耳朵**: 귀. / **是…的**: …한 것이다. 서술문의 강조 용법이다. / **裏股**: 허벅다리 안쪽. / **若…的**: …하면, …으면. 가정하여 뒷말의 조건을 나타낸다. / **還**: 또. / **橫痃**: 횡현. 하감창과 같은 병으로 생기는 가래톳(허벅다리 서혜부의 림프선이 부어 켕기고 아픈 멍울).

발음이나 성조가 비슷한 단어와 어구를 사용하여 언어 환경의 현실감각을 높였다(또는 병자와 의원 간의 실제 대화를 기록했을 수도 있겠다). 다만 이러한 현실적 감각성은 한국어 번역으로는 표현하기 어렵고, 중국어로 읽어야만 느낄 수 있다. 예를 들면, '蓮心[liánxīn]'과 '麵筋[miànjīn]'은 단어의 운모와 일부 성조가 같고, '蓮肉[[liánròu]'와 '醃肉[yānròu]'는 첫 글자의 성모와 성조가 다른 것 외로는 나머지는 모두 같으며, '耳朵是聾的[ěrduǒ shì lóng de]'와 '裏股內紅的[lǐgǔ nèi hóng de]'는 전체 단어의 글자 수와 성조 및 구문의 형태가 완전히 일치한다.

말 못하고 듣지 못해도
諱聾啞

한 귀머거리는 자신이 귀가 먹은 것을 싫어했고, 한 벙어리는 자신이 말을 못하는 것을 싫어했다.

귀머거리가 벙어리를 만나 노래 한 곡 불러주기를 간청했다. 마침 벙어리는 그 노래를 알고 있어 입술을 붙였다 뗐다하며 손으로 박자를 맞추는 시늉을 했다.

귀머거리가 한참 동안 귀 기울여 듣는 척하다가 벙어리가 입술을 멈추는 것을 보자마자 말했다.

"오랜만에 아름다운 노래를 들었구려. 이번에 더욱 나아졌소!"

聾啞二人各自諱。聾見啞者, 懇其唱曲, 啞者知其聲也, 乃以脣開合而手爲按節狀。聾者側耳良久, 見其脣止, 卽曰久不聞住音, 今番更進。

諱聾啞: 귀 먹고 말 못하는 것을 꺼리다. / **懇**: 간청하다. / **聲**: 노래. / **爲…狀**: …하는 모양을 짓다. / **按節**: 박자를 맞추다. / **側耳**: 귀를 기울여 듣다. / **良久**: 오랫동안. / **住音**: 아름다운 노래. / **今番**: 이번. / **更**: 더, 더욱. / **進**: 좋다, 잘하다.

코 막힌 개
齆鼻狗

족제비는 개에게 쫓기면 즉시 방귀를 뀌어 냄새가 코를 찌르게 하고 달아난다.

한 수컷 족제비가 밭에서 먹을 것을 찾고 있었는데, 개 한 마리가 쫓아 왔다. 수컷 족제비는 있는 힘을 다해 달아나 굴속으로 돌아 와서는 암컷 족제비에게 하소연했다.

그러자 암컷 족제비가 물었다.

"호신용 방귀를 뀌지 그랬어요?"

수컷 족제비가,

"방귀를 연방 몇 번을 뀌었는데도 그 놈이 전혀 상관하지 않더라고."

라고 답하자, 암컷 족제비가 말했다.

"아! 알았어요. 코가 막힌 개였군요!"

黃鼠遇狗追赶, 卽撤屁以觸其鼻。有雄鼠覓食田間, 一犬逐之, 鼠極力跑脫至穴, 訴之雌鼠。雌鼠曰, 汝防身屁何在? 曰, 連撤數屁, 彼全不理。雌鼠曰, 我知道了, 是個齆鼻狗。

齉鼻狗: 코가 막힌 개. / **黃鼠**: 족제비. / **追赶**: 좇아가다. / **撤屁**: 방귀를 뀌다. / **觸鼻**: 냄새가 코를 찌르다. / **田間**: 논밭, 圃田. / **跑脫**: 빠져 달아나다, 탈출하다. / **防身屁**: 호신용 방귀. / **不理**: 주의하지 않다, 상관하지 않다. / **了**: 조사. 인식·생각·주장·행동 등의 변화가 일어났음을 나타낸다. / **個**: 개. 사람이나 사물을 세는 단위명사로 가장 보편적으로 쓰인다. 앞에 數詞 '一'가 생략되었다. 數詞 '一'는 문장 중간에서 생략하고 쓰지 않을 수 있다.

가짜 방귀
第一聲

어떤 사람이 막 손님을 접대하려는데 어쩌다 방귀가 나와 버렸다.

너무나 부끄러워 자기가 방귀 뀐 것을 감춰 보려고 손가락으로 의자를 문질러 방귀소리를 연이어 지어냈다.

그러자 손님이 말했다.

"역시 처음 소리가 제일 가깝죠!"

一人方陪客, 偶撒一屁, 愧甚欲掩之, 乃連以指磨椅子作聲。客曰, 還是第一聲像。

第一聲: 첫 번째 소리. / **方**: 이제 막, 때마침. / **陪客**: 손님을 접대하다. / **偶**: 우연히, 어쩌다. / **撒屁**: 방귀를 뀌다. / **愧**: 부끄럽다. / **掩**: 숨기다. / **連**: 잇달아, 연거푸. / **磨**: 문지르다. 마찰하다. / **作聲**: 소리를 내다. / **還是**: 그래도, 역시. / **像**: 닮다, 비슷하다.

벌주罰酒놀이
酒令

어떤 사람이 주령酒令을 내길,

"봄비는 기름(膏) 같다."라고 했다.

그러자 어떤 사람이 '기름(膏gāo)'을 '가루떡(糕gāo)'이 아닐까 미심쩍어하며 말했다.

"여름비(夏雨)는 만두 같다."

또 다른 사람이 '여름비(夏雨xiàyǔ)'를 '하우(夏禹xiàyǔ)'가 아닐까 미심쩍어하며 말했다.

"주周나라 문왕文王은 탑떡 같다."

一人出令曰,「春雨如膏。」或疑爲糕也, 曰, 夏雨如饅頭。或又疑爲夏禹也, 曰, 周文王像塔餅。

酒令: 罰酒놀이. 酒席에서 기분을 돋우기 위해 술을 마시며 하는 여러 가지 유희의 규칙. 위반한 사람은 罰酒를 마시게 된다. / **出令**: (벌주놀이를 할 때) 문제를 내다. / **春雨如膏**: 봄비는 기름처럼 귀하다. / **糕**: 가루떡. 쌀가루나 밀가루에 다른 재료를 섞어 찐 떡. / **饅頭**: 소가 없는 찐빵. / **夏禹**: 夏왕조의 시조 禹임금. / **周文王**: 周나라의 開國主 武王의 아버지. / **塔餅**: 탑떡. 구울 때 반죽이 부풀어 올라 속이 빈 상태가 된다.

거울
鏡子

집을 떠나 먼 곳으로 가서 장사를 하는 사람이 있었다.

돌아올 때 상아빗을 사달라고 아내가 부탁하여 남편이 그 모양을 물으니, 초승달을 가리켜서 일러주었다.

남편이 장사를 마치고 막 돌아가려는데 문득 아내가 한 말이 생각나 달을 보니 마침 보름달인지라, 이윽고 둥근 거울 하나를 사서 돌아갔다.

아내가 거울을 비추어 보더니 따지며 말했다.

"사다 달라는 상아빗은 사오지 않고 어떻게 오히려 첩을 얻어 온 거야!"

모친이 이 말을 듣고 말리러 왔다가 문득 거울을 비춰보며 말했다.

"이놈아! 일부러 돈을 써서 어떻게 할멈을 데려 온 게야!"

그리하여 마침내 소송을 걸기에 이르렀다. 관아에서 아전이 와서 이들을 모두 잡아 놓고 거울을 들여다보더니 허둥거리며 말했다.

"아니! 늑장 출동한 나를 잡아가려는 자가 어떻게 여기 와 있는 거지!"

심문이 시작되자, 고을 사또는 거울을 탁자 위에 올려놓고 들여다보고는 격노하여 말했다.

"부부 불화 건을 하필 사또까지 나오게 해서 판결해야겠나!"

有出外生理者, 妻囑回時須買牙梳, 夫問其狀, 妻指新月示之。夫貨畢將歸, 忽憶妻語, 因看月輪正滿, 遂買一鏡回。妻照之罵曰, 牙梳不買, 如何反娶一妾！母聞之往勸, 忽見鏡照云, 我兒有心費錢, 如何娶個婆子！遂至訴訟, 官差往拘之, 見鏡慌云, 如何就有捉違限的！及審, 置鏡於案, 官照見大怒云, 夫妻不和事何必央鄉官來講！

鏡子: 거울. / **出外**: 집을 떠나 먼 곳으로 가다. / **生理**: 장사하다. / **牙梳**: 상아 빗. / **新月**: 초승달. / **貨**: 팔다. / **憶**: 생각하다. / **月輪**: 둥근 달. / **罵**: 꾸짖다, 따지다. / **娶**: 장가가다. / **勸**: 중재하다, 화해시키다. / **有心**: 일부러. / **費錢**: 돈을 쓰다. / **婆子**: 부녀자. 다소 경멸의 뜻을 지닌다. / **遂**: 마침내. / **官差**: 관아에서 파견하던 아전, 곧 군뢰, 사령 따위. / **慌**: 당황하다, 허둥대다. / **違限**: 기한을 어기다. / **案**: 책상, 탁자. / **何必**: 하필 …할 필요가 있는가. / **央**: 간청하다, 부탁하다. / **鄕官**: 고을의 관청, 고을의 관리.

급제
及第

어떤 노복이 과거시험을 보러 가는 주인을 따라 가던 중, 어쩌다 두건頭巾 상자가 떨어지니 소리쳤다.

"두건이 땅에 떨어졌어요."

그러자 주인이,

"'땅에 떨어진다(落地 luòdì)'는 것은 좋은 말이 아니니, 응당 '땅에 미친다(及地 jídì)'고 해야 한다."

라고 일러주니, 노복이 머리를 끄덕였다.

떨어진 짐을 단단히 묶은 다음, 노복이 다시 말했다.

"앞으로 다시는 급제하지(及第 jídì) 않을 겁니다."[31]

一僕隨主人應試, 巾箱偶墜, 呼曰, 頭巾落地矣。主人曰, 落地非佳話, 宜呼爲及地(第), 僕頷之。旣拴好, 因復曰, 今後再不及第了。

及第: 과거에 합격하다. / **巾箱**: (옷감 따위를 넣는) 작은 상자. / **宜**: 응당, 마땅히. / **頷**: 머리를 끄덕이다. / **拴好**: 다 묶다, 잘 묶다. '好'는 동사 뒤에 쓰여 완성되었거나 잘 마무리되었음을 나타내는 결과보어이다.

31 이 소화에서 '落地[luòdì](땅에 떨어지다)'는 곧 '落第[luòdì](시험에 떨어지다)'와 발음이 같기 때문에 과거를 보러 가는 주인에게는 매우 불길한 말로 들렸을 것이므로, '落地'를 '及地'라고 해야 한다고 일러준 것이다. 또 이때 주인이 일러준 '及地'는 곧 '及第[jídì]'와 발음이 같으므로, 이는 주인이 간절히 바라는 것으로 이 소화는 무식한 노복을 통하여 그러한 주인의 염원에 찬물을 끼얹음으로써 이야기를 희화화했다.

거적을 이불 삼아
藁薦

가난한 집에서는 마른 거적을 덮고 자는데도 어린 아들은 이를 숨길 줄 몰라, 아비가 매질하며 타일렀다.

"나중에 묻는 사람이 있거든 이불을 덮고 잔다고만 해."

하루는 아비가 손님을 만나러 나가는데 덮고 자던 거적의 짚이 수염에 걸려 붙은 것을 보고는 아이가 뒤에서 소리쳤다.

"우선 얼굴에 붙은 이불이나 걷어요!"

貧家蓋藁薦, 小兒子不知諱, 父撻而戒之曰, 後有問者, 但云蓋被。一日, 父出見客而薦艸掛鬚上, 兒從後呼曰, 且除面上被！

藁薦: 마른 거적. / 蓋: 덮다. / 諱: 숨기다. / 撻: 매질하다, 잘못을 바로잡기 위해 때리다. / 戒: 타이르다. / 但: 다만. / 被: 이불. / 薦: 거적. 짚을 두툼하게 엮어 자리처럼 만든 물건. / 艸: 풀. '草'와 同字. / 且: 잠깐, 잠시.

쌀자루
米

한 젊은 사내가 이웃집 여인과 사통私通하던 중, 문을 두드리는 소리가 들려왔다.

밖에서 남편이 돌아온 것을 알고 매우 다급해진 여인은 사내를 베자루에 담아 침대 옆에 걸어두고 남편이 물으면 쌀이라 속이기로 작정했다.

사내와 그렇게 하기로 의논하고 나서 문을 열고 남편을 맞아들이니, 아니나 다를까 자루를 보고 수상하게 여긴 남편이 무엇이냐고 물었다.

아내가 두려워 어쩔 줄 몰라 하며 바로 대답을 못하니, 남편이 사나운 목소리로 또 물었다.

그러자 사내가 저도 모르게 자루 속에서 대답했다.

"쌀이요!"

편자 주: 『소찬笑贊』에 이 편篇이 있다.

一少年私鄰家之婦, 聞叩門聲, 知夫歸, 迫甚, 婦議以布囊盛之懸於牀側, 夫問及則紿以米。議定啓門納夫, 夫見囊覺其有異, 問是何物, 妻惶懼不卽對, 夫厲聲再問, 少年不覺於囊中應曰, 米 !

知堂案：《笑贊》中有此一則。

米: 쌀. / 少[shào]年: 젊은 사내. / 私: 사통하다. 남녀가 비밀히 정을 통하는 일. / 鄰家: 이웃집. / 叩門聲: 문을 두드리는 소리. / 迫: 다급하다, 급박하다. / 布囊: 布袋. 베로 만든 자루. / 盛: 담다, 채우다. / 牀: 침상. / 紿: 속이다. / 納: 들이다. / 惶懼: 어쩔 줄 모르도록 두려워하다. / 厲聲: 성이 나서 음성을 높이다, 사나운 목소리로 꾸짖다. / 不覺: 저도 모르게.

공용 구두
合著靴

어떤 형제가 함께 돈을 모아 구두 한 켤레를 샀다.

형은 매일같이 구두를 신고 인사를 다니며 연회에 나갔다. 이를 달가워하지 않던 동생도 매일 밤잠도 자지 않고 구두를 신고 방안을 빙빙 돌아다녔다.

얼마 못가서 구두가 헤지고 말아 형이 또 구두를 함께 사자고 하자, 동생이 말했다.

"관둬! 나는 잠 좀 자야겠어."

편자 주: 『소찬笑贊』에 이 편篇이 있다.

有兄弟共買靴一雙, 兄日著以拜客赴宴, 弟不甘, 亦每夜著之, 環行室中。俄而靴敝, 兄再議合買, 弟曰, 我要睡矣。

知堂案, 笑贊中有此一則。

合著靴: 함께 구두를 신다. / **共**: 함께, 같이. / **拜客**: 손님으로 방문하다, 인사차 방문하다. / **赴宴**: 연회에 나가다. / **不甘**: 달가워하지 않다. / **環行**: 빙빙 돌다. / **俄而**: 이윽고, 얼마 안 되어. / **敝**: 해지다.

동업
合做酒

갑과 을이 자본을 합쳐서 술을 담그기로 의논하고, 갑이 을에게 제안하길,

"당신은 쌀을 내시오. 나는 물을 대겠소."

라고 하니, 을이 물었다.

"쌀은 모두 내가 낸 것인데, 나중에 계산은 어떻게 하지요?"

갑이 대답했다.

"나는 결코 양심을 속이지 않소. 술이 다 익고 나면 이 물만 짜서 나에게 돌려주면 되오."

甲乙謀合本做酒。甲謂乙曰, 汝出米, 我出水。乙曰, 米都是我的, 如何算賬? 甲曰, 我決不欺心, 到酒熟時只逼還我這些水便了, 其餘都是你的。

合做酒: 함께 술을 만들다. / **謀**: 도모하다, 꾀하다. / **合本**: 자본을 합치다, 합자하다. / **做酒**: 술을 빚다. / **都**: 모두, 다. / **算賬**: (장부상의 숫자를) 계산하다, 청산하다. / **欺心**: 양심을 속이다. / **決**: 결코, 절대로. / **逼**: 죄다. / **這些**: 이들, 이것들. 비교적 가까이에 있는 둘 이상의 사람이나 사물을 가리킨다. / **便了**[liǎo]: …하면 된다. / **你的**: 너의 것.

공동 경작
合種田

함께 농사를 짓는 형제가 있었다.

벼가 다 여물자 나누기로 의논하고 형이 동생에게 말하길,

"내가 윗마디를 가질 게, 너는 아랫마디를 가지렴."

라고 하니, 동생이 불공평한 것 아니냐고 의아해 했다.

그러자 형이 말했다.

"그야, 문제없지! 내년에는 너는 위를 가지고, 내가 아래를 가져도 돼."

이듬해, 동생은 빨리 곡물을 파종하자고 형을 재촉하니, 형이 말했다.

"올해는 토란을 심자!"

有兄弟合種田者, 禾既熟, 議分之, 兄謂弟曰, 我取上截, 你取下截。弟訝其不平, 兄曰, 不難, 待明年你取上我取下可也。至次年, 弟催兄下穀種, 兄曰, 今年種了芋艿罷。

合種田: 함께 농사짓다. / 禾: 벼. / 截: 토막, 마디. / 訝: 의아해 하다. / 次年: 이듬해. / 催: 재촉하다, 다그치다. / 明年: 내년. / 下穀種: 곡물을 파종하다. / 芋艿: 토란. / 罷: 문장의 끝에 쓰여 청구의 의미를 나타내는 어기조사.

자랑이 곧 병이지
賣弄

어떤 친척이 새로 침대를 장만했는데, 매우 정교하고 아름다웠다.

이렇게 멋진 침대를 친척들에게 보여주지 않는다면 헛되이 묵혀 두는 것이라 생각하고는 꾀병을 부리며 침대에 드러누워 친척들이 문병을 오게 했다.

새로 바지 한 벌을 지어 입은 저쪽 친척 역시 새 바지를 자랑하고 싶었던 차에, 친척의 와병 소식을 듣고 흔쾌히 문병을 왔다.

도착하자마자 한 쪽 발을 받쳐 올리고 겉옷을 걷어 올려 바지를 밖으로 드러내놓고서야 묻기를,

"영감님께서는 무슨 병환으로 야위어 홀쭉해지셨소?"

라고 하니, 그 꾀병 환자가 말했다.

"제 병 역시 영감님과 같은 병이 아닐는지요!"

一親家新置一牀, 窮工極麗, 自思好牀不使親家一見枉自埋沒, 乃假裝有病偃臥牀中, 好使親家來望。那邊親家做得新褲一條, 亦欲賣弄, 聞病欣然往探。既至以一足架起, 故將衣服撩開, 使褲現出在外, 方問曰, 親翁所染何症而清減至此? ”病者曰, 小弟的賤恙却像與親翁的尊病一般。

賣弄: 뽐내다, 자랑하다. / 親家: 친척. / 置: (값이 비교적 비싼 물건을) 사놓다, 장만하다, 구입하다. / 枉自: 헛되이, 보람 없이. / 偃臥: 드러눕다. / 望: 방문하다, 찾아가 보다. / 欣然: 흔쾌히, 기꺼이. / 探: 찾아가다, 방문하다. / 架起: 받쳐 올리다. / 撩開: 걷어 올리다, 치켜들다. / 清減: 몸이 야위어 홀쭉하다. / 小弟: 소생, 저. 친구 혹은 친한 사람 사이에 자기를 낮추는 말. / 賤恙: 저의 병. 자기의 병을 낮추어 이르는 말. / 却: 역시. / 尊病: 당신의 병. '尊'은 상대방과 관계있는 사람이나 사물을 높여 일컬을 때 썼다.

뜨거운 게 좋아!
熱茶

시골에 사는 친척이 성안에 들어가 친척을 찾아가니, 성안에 사는 친척은 샘물로 송라차松蘿茶를 끓여 대접했다.

시골 친척은,

"음! 좋아, 좋군요!"

라고 하며, 찬탄해 마지않았다.

그러자 친척 영감은 그 사람이 차 맛을 볼 줄 안다고 여겨 물어보았다.

"차가 좋다고 하는데, 찻잎이 좋은 것이오? 아니면 찻물이 좋은 것이오?"

시골 친척이 대답했다.

"뜨거운 게 좋군요!"

鄕下親家進城探望, 城裏親家待以松蘿泉水茶, 鄕人連聲贊曰, 好好。親翁以爲彼能格物, 因問曰, 親家說好, 還是茶葉好, 還是水好？ 鄕人答曰, 熱得有趣。

熱茶: 뜨거운 차. / **鄕下**: 시골, 촌. / **親家**: 친척. / **進城**: 성안에 들어가다, 시내에 들어가다. / **探望**: 찾아가다, 방문하다. / **待**: 대접하다. / **松蘿**: 茶의 이름. 중국 安徽省 松蘿山에서 나는 차. / **泉水茶**: 샘물로 끓인 茶. / **鄕人**: 시골 사람. / **連聲**: 연거푸 말하다. / **贊**: 기리다, 칭찬하다. / **親翁**: 친척 할아버지. / **以爲**: 여기다, 생각하다. / **格物**: 사물의 이치를 궁구하다. (**還是**)…, **還是**…: …인가? 아니면 …인가? / **得**: 조사. 동사나 형용사 뒤에 놓여 결과 또는 정도를 나타내는 보어를 연결시켜준다. / **有趣**: 재미있다. 흥미롭다.

제대로 들은 게야?
問姓

어떤 사람이 영감에게 성姓이 무엇인지 물으니, 장 씨張氏라고 했다.

잠시 후, 재차 물으니 영감이 다시 일러주었다. 이어 세 번째로 물으니 영감이 화를 내며 말하길,

"장가張哥라고 했잖아! 어찌 자꾸 묻는 게야?"

라고 하자, 그 사람이 말했다.

"여기 이 씨李氏 영감 나리, 화를 내실만도 합니다."

一人問翁何姓, 曰, 姓張。少焉再問, 翁復告之。至第三問, 翁慍曰, 已說姓張, 如何屢問? 其人便云, 這位李老官人直得就慍。

問姓: 성씨를 묻다. / **翁**: 늙은이, 영감님. 노인을 높여 이르는 말. / **少焉**: 잠시 후, 얼마 후. / **復**: 다시. / **慍**: 화를 내다. / **屢**: 자주, 여러 번 되풀이하여. / **直得**: …할 가치(필요)가 있다, …할 만하다. 値得. / **這**: 이, 이것. / **位**: 분, 명. 사람을 세는 단위명사. **李老**: 이 씨 영감님. / **官人**: 나리.

애주가
好飮

한 애주가가 꿈에 맛 좋은 술을 얻었다.

술을 데워 마시려는데 문득 꿈이 깨버리자, 후회 막심하여 말했다.

"에이, 데우지 말고 그냥 마실 걸!"

一好飮者夢得美酒, 將熱而飮之, 忽然夢醒, 乃大悔曰, 恨不冷喫!

好[hào]飮: 술 마시기를 좋아하다. 또는 그런 사람. 愛酒家. / 美酒: 맛 좋은 술. / 恨不…: …하지 않은 것이 한스럽다. / 冷喫: 찬 채로 마시다.

가게 보기
守店

어떤 바보가 있었는데, 아비가 외출하면서 가게를 지키라고 시켰다.

문득 물건을 사러 온 자가 들어와 '춘부장 있냐'고 물으니,

"없습니다!"

라고 하여 '자당 있냐'고 물으니, 역시

"없습니다!"

라고 했다.

아비가 돌아와 이를 알고 아들에게 말했다.

"춘부장은 나고, 자당은 네 어미인데, 어찌 없다 할 수가 있느냐?"

그러자 아들이 원망하고 성내면서 말했다.

"아빠와 엄마, 부부 두 사람이 모두 파는 물건인지 누가 알았겠어요!"

有呆子者, 父出門令其守店, 忽有買貨者至, 問尊翁有麼? 曰, 無。尊堂有麼? 亦曰無。父歸知之, 謂子曰, 尊翁我也, 尊堂汝母也, 何得言無。子懊怒曰, 誰知你夫婦兩人都是要賣的!

守店: 가게를 지키다. / 呆子: 바보, 머저리, 멍청이. / 令: 시키다. / 尊翁: 춘부장, 춘당. / 麼: 의문조사. '嗎'와 같다. / 尊堂: 자당. / 汝: 너, 당신, 자네, / 何得: 어찌 …할 수가 있으랴. / 懊怒: 원망하며 성을 내다. / 賣的: 파는 것. '的'는 사람 또는 사물을 나타낸다.

화장火葬
問令尊

어떤 사람이 집을 떠나 멀리 가면서 아들에게 부탁했다.

"만약 누가 너에게 춘부장의 안부를 묻거든, '일이 좀 있어 외출하셨어요. 들어오셔서 차라도 드시지요.'라고 대답하면 된다."

그러고 나서 또 아들이 우둔하여 그 말을 잊어버릴까봐 종이에 적어서 건네주니, 아들은 옷소매에 감추어두고 늘 꺼내보고 있었다.

그런데 사흘이 지나도 찾아오는 사람이 없자, 이제 그 종이가 쓸모없겠다 생각하고 등불에 던져버렸다.

나흘째 되던 날, 문득 손님이 찾아와서는 춘부장을 물으니 급히 소매 속을 뒤졌지만 종이가 있을 리 없었으니,

"없어졌습니다."

라고 하자, 손님이 깜짝 놀라며 물었다.

"언제 떠나신 겐가?"

그러자 아들이 대답했다.

"어젯밤에 불태웠습니다."

一人遠出, 囑其子曰, 如有人問你令尊, 可對以小事出外, 請進拜茶。又以其呆, 恐忘也, 書紙付之, 子置袖中, 時時取看。至第三日, 無人來問, 以紙無用, 付之燈火。第四日忽有客至, 問令尊, 覓袖中紙不得, 因對曰, 沒了。客驚曰, 幾時沒的? 對曰, 昨夜燒了。

問令尊: 춘부장의 안부를 묻다. / **囑**: 부탁하다. / **如**: 만약. / **出外**: 바깥에 나가다. 집을 떠나 먼 곳으로 가다. / **拜茶**: 차를 대접하다. / **呆**: 우둔하다, 멍청하다. / **付**: 넘겨주다. / **時時**: 늘, 항상, / **覓**: 찾다. / **沒**[méi](有): 없어지다. / **幾時**: 언제. / **沒**[mò](世): (세상을) 떠나다. / **的**: 술어동사의 뒤나 문장 끝에 쓰여 시간·장소·방법 따위를 강조한다. / **了**: '沒了'에서 '了'는 상태의 변화를 나타내는 어기조사이고, '燒了'에서 '了'는 동작의 완료를 나타내는 동태조사이다.

식자識字
大一字

아비가 '한 일一' 자字를 써서 어린아이에게 가르쳐주었다.

다음날 아이 곁에서 마침 아비가 탁자를 닦고 있었는데, 젖은 걸레로 탁자 위에 '一(일)' 자를 그려 아이에게 물었지만 알지 못하니, 아비가 일러주었다.

"이것은 내가 어제 너에게 가르쳐 준 '一(일)' 자가 아니냐?"

그러자 아이는 두 눈을 부릅뜨고 말했다.

"하룻밤 사이에 어떻게 이렇게나 많이 커졌어요?"

父寫一字敎幼兒, 明日兒在旁, 父適抹桌, 卽以濕布畫桌上問兒, 兒不識, 父曰, 此吾昨所敎汝一字也。兒張目曰, 隔得一夜, 如何大了許多?

大一字: 큰 일(一) 자. / **幼兒**: 어린아이. / **明日**: 내일. / **適**: 마침. / **抹**: 닦다, 문지르다. / **昨**: 어제. / **張目**: 눈을 크게 뜨다. / **隔**: 사이를 두다. / **如何**: 어떻게. / **了**: 동사 또는 형용사 뒤에 쓰여 동작이나 변화가 이미 완료되었음을 나타내는 동태조사. / **許多**: 대단히 많은, 허다한.

못다 쓴 초대장
萬姓

어떤 사람이 집안 대대로 글자를 모르는 어느 부잣집 영감에게 글 선생을 불러 아들에게 글을 가르쳐주라고 권했다.

글 선생이 와서 처음으로 아들에게 붓을 들고 주서朱書를 베껴 써보라고 가르쳤다.

"가로 긋는 한 획은 '한 일(一)' 자라 새기고, 두 획은 '두 이(二)' 자라 새기며, 세 획은 '석 삼(三)' 자라 새긴다."
라고 일러주자, 아들은 기뻐 붓을 내팽개치고 아비에게 알렸다.

"저는 이제 글자의 뜻을 모두 알았어요. 어찌 선생님께 수고를 끼치겠어요?"

그리하여 글 선생에게 사례하고 내보냈다.

얼마 후, 아비는 평소 친하게 지내던 만 씨萬氏 성을 가진 사람을 초대하여 술을 마시려고, 아들에게 새벽에 일어나 초대장을 만들라고 했다.

오랫동안 기다렸는데도 완성하지 못하여 아비가 독촉하자, 아들이 성을 내며 말했다.

"성씨姓氏도 많은데, 한사코 만 씨萬氏라고 하니 어찌하겠어요? 아침부터 지금까지 겨우 오백 획 조금 더 그었을 뿐인 걸요."

一富翁世不識字, 人勸以延師訓子。師至, 始訓之執筆臨朱書, 一畫則訓曰一字, 二畫則訓曰二字, 三畫則訓曰三字。其子欣然投筆告父曰, 兒已都曉字義, 何煩師爲? 乃謝去之。踰時父擬招所親萬姓者飲, 令子晨起治狀, 久之不成, 父趣之, 其子恚曰, 姓亦多矣, 奈何偏姓萬, 自朝至今纔完得五百餘畫。

萬姓: 만 씨(萬氏) 성(姓). / 世: 대대로. / 延: 부르다, 청하다, 초빙하다. / 執筆: 붓을 잡다. / 臨: (글씨나 그림 따위를) 모사하다, 본뜨다, 베끼다. / 朱書: 주묵으로 글씨를 쓰다. 또는 그런 책. / 畫: 한자의 가로 획. / 欣然: 흔연히, 쾌히, 선뜻. / 煩: 수고를 끼치다. / 爲: 문장 끝에 쓰여 의문의 뜻을 나타내는 조사. / 去: 보내다. / 踰時: 때를 넘기다, 시간이 지나다. / 擬: …하려 하다, …할 예정이다. / 晨起: 새벽에 일어나다. / 治狀: 문서를 처리하다. / 久: 오래 기다리다. / 趣[cù]: 재촉하다, 독촉하다. '促[cù]'와 통용한다. / 恚: 성내다, 화를 내다. / 奈何: …를 어찌 하겠는가? / 偏: 기어코, 꼭. / 纔: 겨우.

천둥소리
呆壻

'바보'로 불리는 어떤 사위가 있었다.

장인이 문 앞의 버드나무 장대를 가리키며,

"저 물건은 어디에 쓰는가?"

라고 물으니, 사위가 답했다.

"저 나무가 자라면 수레바퀴도 만듭니다."

그러자 장인은 기뻐하며 말했다.

"남들은 내 사위가 바보라고들 하지만, 그건 정말 터무니없는 말이야!"

이번에는 부엌에 가서 된장을 찧는 막자사발을 보고 말했다.

"저 막자사발이 커지면 돌절구도 됩니다."

그 때 마침 장모가 방귀를 뀌자, 사위가 말했다.

"저 방귀가 커지면 천둥도 됩니다."

一婿有呆名, 舅指門首楊竿問曰, 此物何用? 壻曰, 這樹大起來, 車輪也做來。舅喜曰, 人言壻呆, 妄也。及至廚下, 見碾醬擂盆曰, 這盆大起來, 石臼也做得。適岳母撒一屁, 曰, 這屁大起來, 霹靂也做得。

呆壻: 바보 사위. / 舅: 장인. / 門首: 문앞, 문전. / 楊竿: 버드나무 장대. / 大起來: 커지다. '起來'는 동사 뒤에 붙어 동작이 완성되거나 목표가 달성됨을 나타내는 복합방향보어. / 也: …도. / 妄: 망령되다, 터무니없다. / 廚下: 부엌, 부엌 안. / 碾: 빻다, 찧다. / 醬: 된장. / 擂[léi]盆: 막자사발, 乳鉢. 약을 갈아서 가루를 내는 사기 또는 유리로 만든 그릇. / 石臼: 돌절구. / 適: 마침. / 岳母: 장모. / 撒: 뿌리다, 방출하다. / 屁: 방귀. / 霹靂: 벼락.

지혜
李三老

대나무 장대를 가지고 성문城門을 들어가려는 사람이 있었다. 가로로 뉘어서 들어가려 해도 안 되고, 똑바로 세워서 들어가려 해도 안 되었다. 그렇다고 자르자니 또한 아까운 생각이 들었다.

어떻게 할까 망설이고 있던 사이, 옆 사람이 말해 주었다.

"십리十里 밖에 이삼로李三老라는 슬기로운 사람이 있는데, 그 자와 상의해 보는 것이 어떻겠소?"

때마침 이삼로가 나귀를 타고 당도하여 사람들이 기뻐 뛰어가 맞이하고 보니, 이삼로가 나귀 꽁무니에 앉아 있는 것이 아닌가. 사람들이,

"어찌하여 나귀 등 복판에 타지 않았습니까?"

라고 묻자, 이삼로가 대답했다.

"고삐가 길어서일 뿐입니다."

有持竹竿入城者, 橫進之不得, 直進之不得, 截之則又可惜也, 正躊躇間, 旁人曰, 十里外有李三老, 智人也, 盍與商之。適三老騎驢而至, 衆欣躍往迎, 見其坐於尻上, 問云, 曷不坐中央? 曰, 繮繩長耳。

李三老: 이삼로(사람 이름) / 竹竿: 대나무 장대. / 橫: 가로로. / 不得: …할 수가 없다. / 直: 똑바로. / 截: 끊다, 자르다. / 可惜: 아깝다. / 正: 마침 / 躊躇: 주저하다, 망설이다. / 盍: 어찌 …하지 아니 하느냐. 의문의 반어를 나타낸다. / 商: 상의하다. / 適: 때마침. / 驢: 당나귀. / 躍: 뛰다, 뛰어 오르다. / 尻: 꽁무니. / 曷: 어찌, 어찌하여. / 繮繩: 고삐.

충고
藏鋤

함께 밭일을 하는 형제가 있었다.

형은 밥을 지으러 먼저 집에 갔는데, 밥이 다 되어 형이 동생더러 돌아오라고 소리쳐 부르니, 동생이 멀리서 대답했다.

"호미를 밭두렁에 숨기고 갈게요."

밥을 먹으면서 형이 동생에게 일러주었다.

"물건을 숨길 때는 아무도 모르게 해야 하는 거야. 너처럼 그렇게 목소리를 높이면 남들이 다 듣고 알아버리니, 어찌 도둑을 맞지 않겠어?"

동생은 '예!' 하고 대답하고는 밥을 다 먹고 밭에 가보았더니, 호미가 이미 없어졌더라.

그래서 급히 돌아와 형의 귓전에 바짝 다가가 목소리를 낮추어 말했다.

"호미를 벌써 도둑맞았어요."

有兄弟藕耕者, 其兄先歸作飯, 飯熟, 聲喚弟歸, 弟遙答云, 待我藏鋤田畔, 卽來也。飯時兄謂之曰, 凡藏物須密, 如汝高聲, 人皆聽見, 豈不被偸。弟唯唯。及飯畢下田, 鋤已失矣, 因急歸, 低聲附兄耳曰, 鋤已被偸去了。

藏鋤: 호미를 숨기다. / **耦耕**: 두 사람이 나란히 논밭을 갈다. / **飯**: 밥, 먹다, 먹이다. / **聲喚**: 소리쳐 부르다. / **田畔**: 밭두렁. / **須**: 반드시 …해야 한다. / **凡**: 무릇. / **唯唯**: 예, 예. 공손하게 대답하는 말. / **下田**: 밭에 나가다. / **附**: 다가가다, 달라붙다. / **了**: 동사 또는 형용사 뒤에 쓰여 동작이나 변화가 이미 완료되었음을 나타내는 동태조사.

오산誤算
較歲

어떤 사람이 딸을 갓 낳아 기르고 있었는데, 두 살 난 사내아이와 중매를 서려는 자가 있었다.

그러자 딸아이의 아비가 화를 내며 말했다.

"우리 딸은 한 살이고 그 아이는 두 살이니 만약 우리 딸이 열 살이 되면 그 아이는 스무 살이 될 텐데, 어찌 그런 늙은 사위를 허락하겠소!"

그 사람의 아내가 이 말을 듣고 말했다.

"당신이 일을 그르치고 있어요. 우리 딸이 금년에는 비록 한 살이지만, 내년에는 그 아이와 동갑이 될 텐데 어째서 허락하지 못한단 말이에요?"

一人新育女, 有以二歲兒來作媒者, 其人怒曰, 我女一歲, 渠兒二歲, 若吾女十歲, 渠兒二十歲矣, 安得許此老壻！ 妻聞之曰, 汝悞矣, 吾女今年雖一歲, 明年便與彼兒同庚, 如何不許？

較歲: 나이를 비교하다. / 新: 갓, 금방. / 育: 자식을 낳아 기르다. / 女: 딸. / 兒: 아들, 사내아이. / 作媒: 중매를 서다. / 渠: 그, 그 사람. / 安: 어찌, 어떻게. 반문을 나타내는 의문부사. / 得: 동사 앞에 쓰여 허가를 나타내는 조동사. / 壻: 사위. / 悞: 잘못하다, 방해하다, 지장을 주다. / 如何: 어떻게. / 同庚: 동갑.

주도酒道
醮酒

인색한 부자父子가 오가는 길에서 매일 엽전 한 푼어치 술을 사마셨다.

술이 쉽게 떨어지지 않게 하려면 어떻게 해야 할까 생각하다가 젓가락으로 술을 찍어 조금씩 맛보기로 약속했다.

그러던 중, 아들이 연거푸 두 번이나 찍자, 아비가 큰소리로 꾸짖었다.

"너 너무 급하게 마시는 거 아니냐!"

有性吝者, 父子在途, 每日沽酒一文, 慮其易竭, 乃約用筯頭醮嘗之。其子連醮二次, 父叱曰, 汝喫如此急酒耶 !

醮酒: 술을 찍다. '醮'은 (액체·가루·풀 따위에) '찍다', '묻히다'의 뜻. / 性吝: 성질이 인색하다. / 途: 길, 도로. / 沽: 사다. / 文: 푼. 옛날 동전을 헤아리는 화폐 단위. / 慮: 생각하다. / 易: 쉽게 / 竭: 다 소모되어 없어지다. / 乃: 이에, 그래서. / 約: 약속하다. / 筯頭: 젓가락. / 嘗: 맛보다. / 叱: 큰소리로 꾸짖다. / 汝: 너, 자네, 당신. / 急酒: 급하게 마시는 술. / 耶: 의문·반문·추측·감탄 등을 나타내는 어기조사.

절인 달걀
醃蛋

갑, 을 두 시골사람이 성城 안으로 들어가 우연히 절인 달걀을 먹게 되었다.

갑이 놀라며 물었다.

"이 달걀은 어째 유별나게 짜지?"

그러자 을이 대답했다.

"알았어! 절인 오리를 쳐서 나온 거야."

甲乙兩鄉人入城, 偶喫醃蛋。甲訝曰, 此蛋何以獨鹹？乙曰, 我曉得了, 是醃鴨哺出來的。

醃蛋: 소금에 절인 달걀, 달걀을 소금에 절이다. / 鄉人: 시골 사람. / 訝: 놀라다, 의아해 하다. / 何以: 어떻게. / 獨: 유독. / 鹹: 맛이 짜다, 소금기가 있다. / 曉得: 알다. / 了: 동사 또는 형용사 뒤에 쓰여 동작이나 변화가 이미 완료되었음을 나타내는 동태조사. / 鴨: 오리. / 哺: 먹이다.

부전자전
性剛

아비와 아들이 모두 성미가 강퍅剛愎하여 남에게 기꺼이 양보할 줄을 몰랐다.

어느 날 아비가 손님에게 식사대접하려고 아들을 성城 안으로 보내 고기를 사오게 했다. 아들이 고기를 받아들고 집으로 돌아가던 중, 막 성문을 나오다가 맞은편에서 오는 사람과 마주쳤다. 두 사람은 서로 길을 양보하지 않아, 마침내 한참동안 우뚝 서 있었다.

아비가 찾아 나와 이를 보고 아들에게 말했다.

"너는 잠시 고기를 가지고 돌아가 손님에게 식사를 대접하여라. 너 대신 나는 여기서 저 자와 맞서 버티고 있으마."

有父子俱性剛不肯讓人者, 一日父留客飮, 遣子入城市肉。子取肉回, 將出城門, 値一人對面而來, 各不相讓, 遂挺立良久。父尋至見之, 謂子曰, 汝姑持肉回陪客飯, 待我與他對立在此。

性剛: 剛直하다, 剛愎하다. / 俱: 모두, 전부. / 留客: 손님을 머무르게 하다. / 遣: 보내다, 파견하다. / 市: 사다. / 値: 만나다. / 對面: 반대편, 맞은편. / 挺立: 똑바로 서다, 우뚝 서다. / 良久: 아주 오랫동안. / 姑: 잠시, 잠깐. / 陪: 모시다, 대접하다. / 對立: 맞서다, 버티다.

호피虎皮
射虎

어떤 사람이 호랑이에게 물려가자, 그 사람의 아들이 활을 집어 들고 쫓아갔다.

활시위를 힘껏 잡아당겨 쏘려는데, 아비가 호랑이 입을 통해 멀리서 말했다.

"얘야! 반드시 다리에 바짝 붙여 쏴야 한다. 호랑이 가죽이 못 쓰게 되면 안 돼!"

一人爲虎銜去, 其子執弓逐之, 引滿欲射。父從虎口遙謂子曰, 汝須是着脚射來, 不要射壞了虎皮。

射虎: 호랑이를 쏘다. / **銜**: 입에 물다. / **引滿**: 활을 팽팽히 당기다. / **汝**: 너, 당신, 자네. / **須是**: 반드시 …해야 한다. / **着**[zhuó]: 붙다, 붙이다. / **射壞**: 쏘아 맞혀 못쓰게 되다. '**壞**'는 동작의 결과를 나타내는 결과보어.

흥정
溺水

어떤 사람이 물에 빠져, 그의 아들이 사람들에게 구해 달라고 소리쳤다.

아비는 물속에서 머리를 내밀고 주위를 흘깃거리며 말했다.

"나를 구하는 데는 은전 세 푼이면 족하오. 만약 더 바란다면 아예 오지들 마시오."

一人溺水, 其子呼人急救, 父於水中探頭曰, 是三分銀子便救, 若要多莫來!

溺水: 물에 빠지다. / **急救**: 응급조처를 취하다. 구급하다. / **探頭**: 머리를 내밀고 엿보다. / **分**: 분, 푼, 전. 돈 한 닢의 일컬음. 옛날 엽전의 단위. 한 돈의 1/10, 한 냥의 1/100.

반만 죽여주시오
半死

어떤 사람이 욕심이 아주 많았다.

한 부자가 그 사람에게 말했다.

"내가 그대에게 은전 천 냥을 그저 주면 나에게 맞아 죽어 주겠소?"

라고 하자, 그 욕심 많은 사람이 한참을 골똘히 생각하더니 말했다.

"나를 때려 반만 죽이고 5백 냥 주시면 어떻겠습니까?"

一人性最貪, 富者語之曰, 我白送你一千銀子, 你與我打死了罷? 其人沉吟良久曰, 只打我半死, 與我五百兩, 何如?

半死: 반죽음. / 性: 성질, 기질. / 最: 가장, 아주. / 白送: 무료로 증정하다. / 罷: 상대방의 의견을 구하는 의문의 어기를 나타낸다. / 沉吟: 깊이 생각하다, 심사숙고하다. / 良久: 아주 오랫동안. / 與: 주다. / 何如: 어떠냐, 어떤가.

손가락
指石爲金

어떤 가난한 선비가 길에서 우연히 옛 친구를 만났다. 친구는 신선神仙이 행한다는 이상한 술법을 터득하고 있었다.

서로 안부 인사를 마친 다음, 이어 신선 친구가 손가락으로 길 가의 벽돌 하나를 가리키자 순금덩이로 변하니 그걸 선물로 주었다.

선비가 적다고 불평하니, 다시 큰 사자석상獅子石像을 가리켰고 또 선사했다.

이 가난한 선비의 불평이 끊이질 않자, 신선 친구가 물었다.

"그럼, 나더러 뭘 더 어떻게 해달라는 건가?

그러자 그 선비가 대답했다.

"그대의 손가락을 주길 원하오!"

一貧士遇故人於途, 故人已得仙術矣, 相勞苦畢, 因指道旁一磚成赤金贈之。士嫌其少, 更指一大石獅爲贈。士嫌未已, 仙曰, 汝欲如何? 士曰, 願乞公此指。

指石爲金: 돌을 가리켜 황금을 만들다. / **故人**: 옛 친구, 오랜 친구. / **仙術**: 신선이 행하는 이상한 술법. / **勞苦**: 수고하다, 위로하다, / **道旁**: 길 가, 길거리. / **磚**: 벽돌. 甎의 속자. / **赤金**: 순금. / **嫌**: 싫어하다, 불만스럽게 생각하다. / **更**: 다시, 또. / **欲**: 바라다, 원하다, 기대하다. / **乞**: 빌다, 구걸하다, 애걸하다. / **公**: 당신, 그대. 남자에 대한 존칭.

십팔 나한十八羅漢
金羅漢

땅을 파다가 황금 나한상羅漢像[32] 하나를 얻은 사람이 그 나한상의 머리를 요란하게 두드리며 물었다.

"이봐! 다른 열일곱 나한은 어디 있는 게야?"

有掘地得金羅漢一尊者, 乃以手鑿其頭不已, 問那十七尊何在。

金羅漢: 황금 나한상. / 掘地: 땅을 파다. / 尊: 佛像을 세는 단위. 基. 一座를 一尊이라 한다. / 鑿: 요란하게 두드리다. / 那: 저, 저것.

32 羅漢은 소승불교의 최상급의 修行者로 공덕을 구비한 聖者를 이른다. 宋元시대는 羅漢畵 창작의 황금시대로, 그 제재에 있어 십육 나한 이외에도 십팔 나한, 오백 나한 등의 구분이 있다. 이 중에서 십육 나한의 제재는 唐 玄奘大師가 번역한 『法住記』에 실려 있는 열여섯 尊者의 姓名에서 기원한 것이다. 이른바 십팔 나한은 십육 나한에 다시 두 尊者를 더한 것으로, 이 두 존자의 성명에 대해서는 일치하지 않는 몇 가지 설이 있을 뿐 정설이 없다.

쥐띠와 소띠
屬牛

어떤 원님의 생신날에 이조吏曹에서 들으니 원님이 쥐띠라 하여 황금을 추렴하여 쥐를 주조해 축수祝壽했다.

그러자 원님이 기뻐하며 말했다.

"우리 부인 생신도 목전인 거 알지요? 부인은 소띠라오."

一官府生辰, 吏曹聞其屬鼠, 醵黃金鑄一鼠爲壽。官喜曰, 汝知奶奶生辰亦在日下乎, 奶奶是屬牛的。

屬牛: 소띠. / **官府**: 관청, 또는 한 관청의 長官을 이르는 말. / **生辰**: '생일'의 높임말. **吏曹**: 文官의 선임·공훈·봉작에 관한 일을 맡아 보았다. / **醵**: 추렴하다. / **鑄**: 주조하다. / **壽**: 祝壽하다. / **日下**: 요즈음, 목하. / **奶奶**: 할머니. 여기서는 부인을 높이어 이르는 말이다.

주걱턱
長面

말안장을 잃어버린 사람이 얼굴이 길고 가운데가 쑥 들어간 사람을 보고 그 얼굴이 자신의 말안장이라며 움켜잡았다.

얼굴을 잡힌 사람이 아무리 아니라고 해도 다툼이 끊이질 않아 관청에 판결을 받으러 가려하고 있었다.

어떤 행인이 자초지종을 물어 알고는 권고했다.

"형씨, 저 사람에게 값을 조금 변상해 주시게. 관청에서 판결하면 아예 잘라내 주라 할 걸요!"

有失去馬鞍者, 見一人面長而凹, 認以爲鞍也, 執之。其人曰, 此吾面也! 爭辯不已, 將往聽斷於官。有行人問知其故, 謂長面人曰, 勸兄賠他些價罷, 若經官定是斷給!

長面: 주걱턱. / 馬鞍: 말안장. / 面: 얼굴. / 長而凹: 길고 오목하다. / 爭辯: 논쟁하다. / 聽斷: 호소를 들어 결정을 내리다. 聽決.

문맹
倒看

한 부자 노인이 어떤 사람에게 차용증을 거꾸로 든 채 빚 독촉을 하자 그 사람이 웃으니, 노인이 화를 내며 말했다.

"나는 이렇게 들고서 자네에게 보여 주는 걸세. 어찌 이걸 내가 본단 말이야!"

一富翁向人索債, 倒持契書, 其人笑之, 翁怒曰, 吾持與汝看, 豈自看耶!

倒看: 거꾸로 보다. / **索債**: 빚을 독촉하다. / **倒[dào]持**: 거꾸로 쥐다. / **契書**: 계약서, 차용증, 영수증. / **與**: …에게. / **豈**: 어찌. / **耶[yé]** : 의문·반문·추측·감탄을 나타내는 어기조사.

아호
表號

말을 빌리려는 사람이 편지를 썼다.

"소생이 어쩌다가 타지로 가게 되어 준족駿足 일기一騎를 꾸어 달라 아룁니다."

주인이 편지를 읽고 '준족'이 무슨 물건이냐고 물어보니, '말'이라고 했다.

그러자 주인이 말했다.

"알고 보니 금수禽獸에게도 아호가 있었구나!"

有借馬者, 柬云, 生偶他往, 告借駿足一騎。主人問駿足何物, 對曰, 馬也。主人曰, 原來畜生也有表號。

表號: 아호(雅號). / **柬**: 편지, 서한. / **生**: 저, 그대. 학문을 배우는 사람의 자칭 및 대칭의 대명사. / **偶**: 어쩌다. / **他往**: 딴 곳으로 가다. / **告借**: 꾸어달라고 말하다. / **駿足**: 준마. 발이 빠른 훌륭한 말. / **騎**: 타는 말, 승용마. / **畜生**: 禽獸, 날짐승과 길짐승.

승부욕
諱輸棋

바둑으로 명성이 있다고 자부하는 사람이 다른 사람과 겨루어 세 판을 연거푸 졌다.

그 후 어느 날, 어떤 사람이 그날 바둑에 대해 물었다.

"전에 어떤 사람과 바둑을 몇 판 뒀지?

"세 판 뒀지."

하고 대답하니,

"승부는 어찌 됐나?"

하고 또 묻자,

"첫 판은 내가 이기지 못했는데, 두 번째 판은 상대가 지지 않았어. 세 번째 판은 나는 비기려고 했는데, 상대가 수락하지 않고 말더군!"

有自負棋名者, 與人角, 連負三局。他日, 人問之曰, 前與某人較棋幾局? 曰, 三局。又問, 勝負如何? 曰, 第一局我不曾贏, 第二局他不曾輸, 第三局我要和, 他不肯罷了。

諱輸棋: 장기에서 지는 것을 꺼리다. / 角[jué] : 다투다, 겨루다, 경쟁하다. / 連: 연거푸, 연이어. / 負: 승부에 지다. / 他日: 다른 어느 날. 다른 어느 날, / 較: 겨루다. / 曾: 일찍이. / 贏: 이기다. / 和: (바둑·시합 따위에서) 비기다. 무승부. / 肯: 허락하다, 동의하다, 수긍하다. / 罷了: 서술문 끝에 쓰여 '단지 …일 뿐이다'의 뜻을 나타낸다.

실족
跌

어떤 사람이 어쩌다가 땅바닥에 넘어졌다. 막 일어나려는데 발이 걸려 다시 넘어지면서 말했다.

"한 번 더 넘어질 줄 진작 알았더라면 일어나지 말걸!"

有一人偶仆地, 方起復跌, 乃曰, 早知還有一跌, 不起來也罷了。

跌: (발이 걸려) 넘어지다. / **偶**: 우연히, 어쩌다. / **仆地**: 땅에 넘어지다. / **方**: 이제 막. / **早知**: 일찍 알다, 진작 알다. / **還**: 또, 더. / **罷了**: 서술문의 끝에 쓰여 '단지…일 뿐이다'의 뜻을 나타낸다.

그물 이불
無被

가난한 고기잡이 부부가 겨울에 그물을 이불 삼아 덮고 자면서, 한밤중에 손가락으로 그물코를 밖으로 찔러보며 서로 살짝 소곤거렸다.

"미안하지만, 이불이 없는 사람은 어떻게 견뎌낼까?"

貧漁夫婦於冬天以網爲被, 中夜以指透網外, 私相謂曰, 如此寒夜, 虧那無被的如何熬過。

無被: 이불이 없다. / **中夜**: 한밤중. / **透**: 뚫다, 통하다, 통과하다. / **私相**: 서로 몰래, 서로 살짝. / **虧**: 실례지만, 미안하지만. / **熬過**: 참아내다, 견뎌내다.

문을 닫으시오!
關門

어느 가난한 집에 도둑이 들었다.

온 데를 다 더듬어 봐도 훔쳐 갈만한 게 없어 바닥에 침을 뱉고 가려는데, 잠자리에서 이를 지켜보고 있던 가난한 주인이 소리쳤다.

"어이, 도둑! 나를 생각해서 문 닫고 가면 안 될까!"

그러자 도둑이 빈정거리며 말했다.

"자! 한번 물어보자고. 문은 닫아 뭘 할 건데?"

偷兒入一貧家, 徧摸一無所有, 乃唾地而去。貧漢於床上見之喚曰, 賊可爲我關了門去！ 偷兒笑曰, 我且問你關他做甚麽？

關門: 문을 닫다. / 偷兒: 도둑. / 徧: 두루, 모두. / 摸: 더듬어 찾다. / 一無所有: 아무 것도 없다. / 唾: 침을 뱉다. / 床: 침대. / 喚: 부르다, 외치다. / 了: 조사. 뜻이 없이 단음절 단어에 붙어 이음절로 되게 한다. / 甚[shén]麽: 의문사, 무엇. / 且: 또, 자~.

도둑이 도둑을 맞다
偸裙

좀도둑이 한 가난한 집에 들어가니, 그 집에는 침대 앞에 오직 쌀독만 하나 놓여 있을 뿐이었다.

도둑이 치마를 벗어 바닥에 깔고 막 쌀독을 들어 쌀을 쏟으려는데, 침대에서 몰래 엿보고 있던 주인이 그 치마를 살그머니 잡아당기며 도둑이 들었다고 급히 소리쳤다.

그러자 도둑도 따라서 고함쳤다.

"정말로 도둑이 들었소! 방금 벗어놓은 치마를 눈 깜짝할 사이에 훔쳐 갔소."

편자 주: 여기서 말하는 치마(裙)는 남자의 치마(裳)로, 지금도 시골사람들 중에는 입는 사람이 있다. 방언에서는 농고攏袴라고 한다.

偸兒入一貧家, 其家止米一小甕置臥牀前, 偸兒解裙布地, 方取甕傾米, 牀上人竊窺之, 潛抽其裙去, 急呼有賊。賊應聲曰, 眞個有賊, 方纔一條裙在此, 轉眼就不見了。

知堂案, 此所謂裙卽男子之裳, 今鄕民尙有着者, 方言曰攏袴。

偸裙: 치마를 훔치다. / 偸兒: 좀도둑. / 甕: 독, 단지. / 解: 벗다. / 布: 펴다, 넓게 깔다. / 方: 막. / 傾: 쏟다. / 竊窺: 몰래 엿보다. / 潛: 몰래, 살그머니. / 抽: 뽑다, 당기다. / 呼: 외치다. / 應聲: 소리와 동시에, 소리가 나자마자. / 眞個: 정말로, 진실로. / 方纔: 방금. / 轉眼: 눈 깜짝할 사이, 순식간에.

솥 장수
賣鍋

솥을 파는 사람은 반드시 솥바닥을 땅에 내동댕이쳐서 소리를 내어 그 솥이 손상된 데가 없다는 것을 증명해 보인다.

어떤 솥 장수가 어쩌다가 땅바닥에 내던진 솥이 그만 깨지고 말았다.

그러자 솥 장수가 솥을 사러 온 사람에게 말했다.

"이런 솥 같으면 안 팔고 말지요."

賣鍋者必以鍋底擲地作聲, 以明無損。一人偶擲地而破, 謂人曰, 如此等鍋就不賣與你了。

賣鍋: 솥을 팔다. / **鍋底**: 솥바닥. / **擲地**: 땅에 던지다. / **作聲**: 소리를 내다. / **偶**: 우연히, 어쩌다. / **此等**: 이런 것들. / **了**: 인식·의견·행동 등에 변화가 있음을 나타내는 어기조사.

딴 살림
父各爨

아비와 아들이 함께 잔치자리에 가서 아비는 상석上席에 앉고 아들은 맞은 편 자리로 건너가 앉았다.

동석同席해 있던 사람이 괴이하게 여겨, 상석에 앉은 분이 부친이 아니냐고 물으니 아들이 대답했다.

"비록 가친家親이긴 하지만, 따로 밥해 먹은 지 오래됐어요."

有父子同赴宴, 父上坐而子逕就對席者。同席疑之, 問上席是令尊否? 曰, 雖是家父, 然各廿久矣。

父各爨: 아비는 따로 밥을 짓다. '爨'은 '불을 때다', '밥을 짓다'의 뜻이다. / **赴宴**: 잔치자리에 가다. / **逕**: 지나다, 통과하다. / **就**: 나아가다. / **對席**: 자리를 마주하다, 또는 그 자리. / **同席**: 같이 앉다, 또는 같은 자리. / **疑**: 괴이하게 여기다. / **令尊**: 남의 아버지에 대한 경칭.

소탐대실
爲小失大

어떻게든 기회를 만들어 이득을 보려는 자가 있었다.

저 멀리서 어떤 사람이 옷을 걷어 올리는 것을 보고 틀림없이 소변을 볼 줄 알고 그 사람이 자기 맞은 편 집 변소로 갈까봐 자기가 먼저 대변을 보려는 척하며 맞은 편 집 변소에 가서 걸터앉으니, 소변을 보려던 사람은 생각한 대로 자기 집 변소로 들어갔다.

한참이 지나자, 맞은 편 집 변소에 들어가 있던 자가 자기도 모르게 방귀를 한 번 뀌고는 똥을 조금 지리니, 이내 크게 후회하며 말했다.

"작은 것(소변) 때문에 큰 것(대변)을 놓쳤군!"

有造方便覓利者, 遙見一人揭衣, 知必小解, 恐其往所對鄰廁, 乃僞爲出恭者而先踞其上, 小解者果赴己廁。久之其人不覺撒一屁, 帶下小糞, 乃大悔恨曰, 爲小失大 !

爲小失大: 작은 것 때문에 큰 것을 잃다. 小貪大失. / **方便**: 기회, 수단, 편의, / **揭衣**: 옷을 걷어 올리다. / **小解**: 오줌을 누다, 소변을 보다. / **鄰廁**: 이웃집 변소. / **僞爲**…: …으로 위장하다. …하는 체하다. / **出恭**: 똥을 누다, 대변을 보다. / **踞**: 걸터앉다. / **果**: 생각한 대로. / **己廁**: 자기 집 변소. / **撒一屁**: 방귀를 한 번 뀌다. / **帶下小糞**: 똥을 조금 지리다. 여기의 '下'는 동사 뒤에 놓이는 보어로 '내리다'의 뜻이다.

'齋(재)' 자와 '齊(제)' 자
齋字

남자 중이 '재계齋戒할 齋(재)' 자字를 읽으니 여자 중은 이 글자를 '가지런할 齊(제)' 자로 알고, 둘이 서로 옳거니 그르니 다투고 있었다.

그러자 어떤 사람이 잘라 말했다.

"위쪽은 같지만, 아래쪽은 조금 차이가 납니다."

一僧讀齋字, 尼認是齊字, 因而相爭。一人斷之曰, 上頭是一樣的, 但下頭略有些差。

齋字: '齋(재)'字. '齋'는 '齋戒하다'의 뜻이다. / **僧**: 男僧, 比丘. / **尼**: 女僧, 比丘尼. / **齊字**: '齊(제)'字. '齊'는 '가지런하다'의 뜻이다. / **斷**: 단정하다. 판가름하다, / **上頭**: 위쪽. / **是…的**: …인 것이다. 강조를 나타낸다. / **一樣**: 같다. / **下頭**: 아래쪽. / **略**: 대강, 대략. / **有些**: 좀, 조금, 약간. / **差**: 차이나다.

공문 제자(1)
孔門弟子

어떤 사람이 "공자孔子 문하의 일흔 둘 현인賢人 중, 이미 성년이 된 사람이 몇 명이고, 아직 성년이 되지 않은 사람이 몇 명인지"를 물으니,

"성년이 된 사람은 서른 명이고, 성년이 되지 않은 사람은 마흔두 명이라" 하여 증명할 만한 무슨 근거라도 있냐고 물으니,

"『논어論語』에 이르길, '성년이 된 사람이 오륙 명(冠者五六人)'이라 했으니 오륙은 삼십이요, '어린아이가 육칠 명(童子六七人)'이라 했으니 육칠은 사십이가 아닙니까?"
라고 했다.

다시 그 삼천 제자는 나중에 모두 어떻게 되었냐고 물으니,

"그 때가 막 전쟁으로 어지러운 세상이 되어, 이천 오백 명은 군대에 충원되어 갔고, 그 나머지 오백 명은 객지를 떠돌며 장사꾼이 되었다"고 하여, 또 증거가 뭐냐고 물으니,

"『논어』 주註에 이르길, '병사 이천 오백은 사師(군대軍隊)라 하고, 오백은 여旅(여상旅商)라 한다'고 했습니다."[33]

---

33 '冠者五六人'과 '童子六七人'은『論語 · 先進二十五』의 "莫春者, 春服旣成, 冠者五六人, 童子六七人, 浴乎沂, 風乎舞雩, 詠而歸。(늦은 봄에 봄옷이 다 지어지면 어른 오륙 인과 아이 육칠 인을 불러 沂水에서 목욕하고 舞雩에서 바람 쐬다가 시

라고 대답했다.

편자 주: 『견호집堅瓠集』 갑이甲二에서 북제北齊 석동통石動筩이 말한 것이라 했다.

或問孔門七十二賢人已冠者幾人, 未冠者幾人? 答曰, 已冠者三十人, 未冠者四十二人。問何證, 曰, 論語云,「冠者五六人,」五六得三十,「童子六七人,」六七四十二人也。又問那三千弟子後來都甚結果, 答曰, 時將戰國了, 二千五百都充了軍去, 那五百個做了客商。又問何證, 曰, 論語註云,「二千五百人爲師, 五百人爲旅。」

知堂案,《堅瓠集》甲二云, 北齊石動筩所說。

孔門弟子: 공자 문하의 제자. / 賢人: 재덕을 겸비하여 聖人의 다음 가는 사람. 賢者. 冠者: 冠禮(남자가 처음으로 갓을 쓰고 어른이 되는 예식)를 끝낸 성년 남자. / 五六得三十: 5 곱하기 6은 30. 여기의 '得'은 '이루어지다'의 뜻이다. / 都: 모두. / 甚[shén]: 의문사. 무엇. / 將: 막, 곧. / 戰國: 전쟁으로 어지러운 세상. 또는 '戰國時代'의 준말, / 了: 조사. 상황의 변화를 나타낸다. / 充: 충원하다. / 個: 사람이나 사물을 세는 단위명

를 읊으며 돌아오리다.)"에 나오는 말이다. 이는 공자가 제자들에게 "만약 남이 너희들을 알아 써준다면 무엇을 하려 하느냐?(如或知爾, 則何以哉?)"라고 물었을 때 제자 曾晳이 유유자적한 생활을 동경하여 한 말이나, 이 소화의 내용과는 무관하다. 다만, 曾晳의 말 중에서 概數 관계의 병렬된 두 수를 乘數와 被乘數 관계로 바꿔 셈하여 합하니, 교묘하게도 孔門 72賢弟子의 總數와 딱 들어맞은 것이다. 또 그 자리에서 다른 제자 子路가 말한 "千乘之國, 攝乎大國之間, 加之以師旅, 因之以飢饉, 由也爲之, 比及三年, 可使有勇, 且知方也。(千乘의 나라가 대국 사이에 끼어 전쟁을 당하고 기근에 시달린다 해도, 제가 이를 다스린다면 앞으로 3년 안에 백성은 용기를 얻게 하며, 또 道義를 알게 하리이다.)" 중에서 '師旅(자로의 말 중에서는 '전쟁'의 뜻)'의 주석 '二千五百人爲師, 五百人爲旅'을 그 중의 '師'는 '軍隊'로, '旅'는 '客商'의 뜻으로 바꿔 말한 것이다. '孔門弟子 3千說'과 '72賢人說'은 秦 승상 呂不韋의 『呂氏春秋·遇合』에 최초로 나오고, 그 후 西漢 司馬遷의 『史記』와 淮南王 劉安의 『淮南子』도 그 설을 따른 것으로 보이나, 오늘날 그 정확한 사정은 알 수 없다.

사. / **做**: …가 되다. 여기서 '充了', '做了'의 '了'는 모두 조사로서, 동작의 완료를 나타낸다. / **師**: 군사. 周代의 軍制로 2,500명을 이르는 말. / **旅**: 군사. 500명을 1隊로 하는 軍制. '師旅'는 병사 500명을 1旅, 5旅를 師로 하는 '군대'를 말하며, 또 군대가 수행하는 '전쟁'을 이르는 말이기도 하다. 이 소화에서는 '旅'를 '나그네'의 뜻으로 보아 '旅商(타향으로 떠돌아다니면서 장사하는 사람)'으로 풀었다. / **客商**: 고향을 떠나 객지에서 하는 장사. 또는 그 사람. / **堅瓠集**: 역대 인물과 일화를 모은 淸代 필기소설. 작자는 褚人獲이며, 총 10集이다. / **石動筩**: 北齊 高祖 주변에서 활약하던 배우. 교묘한 말솜씨로 지혜를 다투는데 뛰어났다. 隋代 侯伯의 『啓顔錄』에 石動筩이 등장하는 이 소화의 原形이 보존되어 있다.

공문 제자(2)
孔門弟子二

공자 문하의 제자들이 시험을 치르고 난 뒤, 시험석차를 발표할 때가 다가왔다.

'자장子張이 19등을 했다(子張第十九)'는 소식이 들리자, 여러 사람들이 말했다.

"자장은 용모가 당당하더니 과연 성적이 괜찮게 나왔군!"

또 '자로子路가 13등을 했다(子路第十三)'고 알려지자, 여러 사람들이 말했다.

"그 촌스런 사람도 기백氣魄이 높아 좋은 성적으로 합격했군!"

또 '안연顔淵이 12등을 했다(顔淵第十二)'고 알려지자, 여러 사람들이 말했다.

"그 사람은 학문이 가장 뛰어난데, 좀 억울하겠군!"

그런데 '공야장公冶長이 5등을 했다(公冶長第五)'고 알려지자, 놀라며 말했다.

"그 사람은 평소 그저 그렇고 그렇더니만, 도대체 어떻게 높은 성적으로 합격했담?"

어떤 사람이,

"누가 돌봐준 덕분이지."

라고 말해주니, 누가 돌봐주었냐고 묻자 대답했다.

"장인丈人인 공자라나!"34

孔門弟子入試, 臨揭曉, 聞報「子張第十九」, 衆曰, 他一貌堂堂, 果有好處。又報「子路第十三」, 衆曰, 這粗人也中得高, 虧他那一陣氣魄。又報「顏淵第十二」, 衆曰, 他最有學問, 屈了他些。又報「公冶長第五」, 駭曰, 那人平時不見怎的, 如何倒中得高。一人曰, 他虧有扶持。問誰扶持他? 曰, 丈人。

孔門弟子二: 공자 문하의 제자(2). / **揭曉**: (시험성적 등을) 발표하다, 공개하다. / **子張**: 공자의 제자. 성은 顓孫, 이름은 師. 子張은 字. 『論語·子張』에 "曾子曰: '堂堂乎張也! 難與並爲仁矣.'(曾子가 말했다. "子張의 위풍은 당당하나 함께 仁을 행하기가 어렵구나.")"라는 말이 보인다. / **一貌**: 한 면모. / **堂堂**: 용모가 장엄하고 대범한 모양 / **子路**: 孔門十哲의 한 사람. 孔門四科(德行·言語·政事·文學) 중 '政事'에 뛰어났다. 성은 仲, 이름은 由. 子路는 字. 『論語·先進』에 "閔子侍側, 誾誾如也; 子路, 行行如也; 冉有, 子貢, 侃侃如也。子樂。'若由也, 不得其死然.'(閔子騫은 스승을 옆에서 모실 때 얼굴이 화순했고, 子路는 강강했고, 冉有와 子貢은 부드럽고 즐거워 보여 공자께서 기뻐하셨다. 다만 '仲由와 같으면 天壽를 다하지 못할 것 같다'고

34 이 소화에서 '子張第十九', '子路第十三', '顏淵第十二', '公冶長第五'는 원래 모두『論語』의 篇名이다.『논어』의 편명은 각 편 첫 문장에서 '子曰' 또는 '孔子'를 제외한 그 다음 첫 두 글자를 따서 명명한 것으로, 이는 각 편의 구별을 위한 것이어서 내용과는 상관이 없을 뿐만 아니라 어떤 편명은 '學而', '述而'처럼 문자 자체로 완전한 뜻을 이루지 못한다.『論語』는「學而第一」에서「堯曰第二十」까지 모두 20편으로 구성되어 있는데, 이 소화의 작자는 그 중에서 孔子의 제자 이름이 들어간 편명만 따서 이를 제자의 시험성적의 순위로 바꾸어 소화를 구성한 것이다. 여기에다 당시 사람들이 이미 잘 알고 있던 공자 제자들의 실제 신분·성격적 특징과 학문적 성취를 결부시켜 시험성적의 석차를 비교함으로써 사회적 출세와 직결되는 시험 결과에 대한 당시 사람들의 첨예한 관심과 솔직한 반응을 드러내 보여주었다는 점이 바로 이 소화의 묘미이자 성공요인이다.

걱정하셨다.)"라고 전하는데, 공자는 子路가 그 거칠고 剛强한 성품 때문에 天壽를 다하지 못할 것을 늘 염려했다. 후에 자로는 衛나라 '孔悝의 難'에서 그의 성품대로 현실과 타협하여 굽히지 않고 결국 죽음을 택했다. / 粗人: 촌스러운 사람. 예절을 분별 못하는 粗野한 사람. / 也: …도, 역시. / 中[zhòng]得高: 높은 성적으로 시험에 합격하다. '得'은 조사로 동사와 보어를 연결시켜준다. / 顔淵: 孔門十哲의 한 사람. 孔門四科 중 '德行'에 뛰어났다. 본명 顔回, 별칭 顔淵, 字 子淵. 孔門 72賢人 중 으뜸으로 '復聖'이라 불린다. / 虧: 덕분에, 덕택으로. / 屈了他些: 그를 좀 욕보이다. '了'는 조사. 행동 또는 상태에 대한 완료 또는 변화를 나타낸다. / 公冶長: 공자의 제자이며, 그의 사위. 字는 子長. / 不見怎的: 그리 대단하게 보이지 않다, 그저 그렇고 그렇다. 시원치 않다, 不怎麽樣. / 倒: 도대체. / 虧: 다행히, 덕분에. / 扶持: 도와주며 돌보아주다.

천리마
千里馬

관공關公이 적토마赤兎馬를 타고 하루에 천 리를 가니, 주창周倉도 칼을 쥔 채 역시 하루에 천 리를 따라갔다.

관공은 이런 주창을 가엾이 여겨 준마駿馬를 찾아 사주려 했으나, 두루 찾았음에도 천 리를 달리는 말은 없고 오직 한 마리가 하루에 구백 리를 달린다 하여 후한 값을 쳐주고 주창에게 사주었다.

주창은 그 말을 타고 관공을 따라갔지만 하루에 백 리가 처지고 이틀에 이백 리가 처지게 되자, 관공을 놓칠까봐 말에서 내려 전과 같이 걸어가기로 했다.

그러나 또 관공이 사준 말을 차마 버리지 못해 말발굽을 찾아 도려내어 칼자루 끝에 매달아 어깨에 지고는 나는 듯이 달려갔다 한다.[35]

35 이 소화에 등장하는 '關羽'는 蜀漢의 名將으로, 張飛와 더불어 劉備를 도와 戰功이 뛰어났고, 후에 荊州의 싸움에서 呂蒙의 將인 馬忠에게 피살되었다. 또 '周倉'은 원래 黃巾賊의 수령 張寶 휘하의 將으로 황건적이 궤멸된 후 도적이 되었다가, 전부터 관우를 경모해 오다 진심으로 수행하기를 원하므로 裴元紹의 소개에 의해 관우의 部將이 되었다. 후에 東吳가 荊州를 습격하여 관우를 죽이고 그의 首級을 보내오자 나아가 항복한 뒤 스스로 목을 찔러 죽었다. 그러나 주창은 소설 속의 인물이지 실존 인물은 아니다.

關公乘赤兎馬日行千里, 周倉握刀從行, 日亦千里, 公憐之, 欲覓一良馬賜焉, 而遍索無千里者, 止一馬日行九百, 乃厚價市之贈倉。倉乘馬從公, 一日差百里, 兩日差二百里。倉恐失公, 仍下馬步行, 而又不忍棄馬, 乃以索攢馬蹄懸之刀頭, 肩之而飛走。

千里馬: 천리마. / **關公**: 關羽. / **赤兎馬**: 삼국시대 魏의 呂布가 탔다는 駿馬의 이름. 후에 關羽의 소유가 되었다. / **周倉**: 소설『三國演義』중의 인물. / **良馬**: 駿馬. / **遍索**: 두루 찾다. / **止**: 겨우, 오직. / **市**: 사다. / **差**[chà]: 차이나다. / **仍**: 여전히. / **攢**: 도려내다. / **馬蹄**: 말굽.

제2부

소도선笑倒選

〔청淸〕진고모陳皐謨

운수풀이
利市

어떤 사람이 정월 초하룻날 신년 인사를 하러 나갔다.

반드시 첫 날 운수가 좋아야 한다고 해서 탁자 위에는 '길할 길吉' 자를 써 두었다. 그러나 두서너 집을 연이어 들렀지만 의외로 차 한 잔을 얻어 마시질 못했다.

집에 돌아와 한참 동안 '길吉' 자를 거꾸로 보다가 말했다.

"'입 구口'와 '마를 간干' 두 글자를 썼으니 입안이 말라 당연히 차 한 잔 얻어 마시지 못할 밖에…… 그럴 줄 알았으면 '열 십+', '한 일—', '입 구口' 순으로 바르게 읽어 열한 입이 되었다면 열한 집에서 목을 축일 수도 있었을 텐데……"

一人正月初一日出門賀節, 云頭一日必得利市方妙, 遂於桌上寫一吉字, 不意連走數家求一茶不得。及歸, 將吉字倒看良久曰, 寫了口干二字, 自然沒得喫了。早知如此, 何不順看, 竟有十一家替我潤口。

利市: 재수, 운수. / 賀節: 새해를 축하하다. '年賀'를 이른다. / 不意: 뜻밖에, 상상외에. / 口干: 입이 마르다. 여기서 '干'은 '마르다'의 뜻이다. / 自然: 물론, 응당, 당연히. / 竟: 결국, 마침내. / 潤: 축이다, 축축하게 하다.

문맹
借牛

어떤 사람이 부자 노인에게 소를 빌려달라고 편지를 써서 하인을 보냈다.

부자 노인은 한창 손님을 마주하고 있던 차라 차마 자신이 글을 알지 못한다고 말하지는 못하고 봉투를 열어 편지를 읽는 척하다가 대답했다.

"알았다, 조금 있다가 내가 직접 갈 것이야."

有走柬借牛於富翁者, 富翁方對客, 諱不識字, 僞啓緘視之, 對曰, 知道了, 少停我自來也。

借牛: 소를 빌리다. / 走: 종, 노비, 하인. / 柬: 서한, 편지. / 諱: 꺼리다, 감추다. / 僞: 거짓으로. / 緘: 봉하다. / 少停: 잠시 시간이 지나다, 조금 있다가, 잠시 후.

봉군封君
封君

자식이 높은 벼슬 한 덕에 군君으로 봉해진 시정市井의 봉옹封翁이 고을 사또를 처음 알현하면서 심히 황송하여 상석에 앉기를 한사코 사양하니 사또가 말했다.

"외람되게도 영식令息과는 동년배가 되니, 제가 웃어른으로 모심이 마땅합니다."

그러자 봉옹이 눈을 부릅뜨고 물었다.

"사또 나리도 개띠십니까?"

有市井獲封者, 初謁縣官, 踼蹐甚, 堅辭上坐。縣官曰, 叨爲令郎同年, 理還該侍坐。乃張目問曰, 你也是屬狗的麽?

封君: 옛날 자손이 큰 벼슬을 하여 조정으로부터 작위나 칭호를 받은 사람. 封翁. / **謁**: 신분이 높은 사람을 뵙다. / **踼蹐**: 황송하여 몸을 굽히다. / **堅辭**: 굳이 사양하다, 고사하다. / **叨**: 은혜를 입다, 신세를 지다, 외람되이. / **令郎**: 상대방을 높이어 그의 아들을 이르는 말. 令息. / **該**: …해야 한다. / **侍坐**: 웃어른을 모시고 앉다. / **張目**: 눈을 부릅뜨다. / **屬狗的**: 개띠. 여기서 '개띠'는 주인의 환심을 사기 위해 교태를 부리는 개처럼 관직의 유지와 승진을 위해 상급자에게 아부하여 잘 보이려 하는 관리의 행태를 빗댄 말이다. / **麽**: 의문조사. '嗎'와 같다.

자식 덕과 부모 덕
公子

어떤 사람이 자식 잘 둔 봉군封君과 아비 잘 만난 공자公子는 누가 더 행복한지 물었다.

"봉군이 되었을 때면 늙어서 치아가 이미 약해질 것이지만, 공자라면 어려서부터 최고로 즐겁기만 하겠지."
라고 답해주자, 그 사람이 어디론가 황급히 달려갔다.

어딜 그리 급히 가느냐고 쫓아가 물으니,

"가친家親을 학교에 보내러 갑니다."
라고 했다.

一人問封君與公子孰樂, 答曰, 做封君齒已衰矣, 惟公子最樂。其人急趨而去, 追問其故, 曰, 欲送家父上學。

公子: 諸侯의 자제, 지체가 높은 집안의 나이 어린 자제. / **封君**: 자손이 顯貴해져서 그 父祖가 조정으로부터 封典을 받는 사람. 封翁. / **孰**: 누구, 어느. / **樂**: 즐겁다, 기쁘다. / **做**: …가 되다, …노릇을 하다. / **追問**: 캐묻다, 추궁하다.

풍수
風水

풍수설을 맹신하는 사람이 걸핏하면 음양장이를 찾아가 물었다. 하루는 토담에 깔려 쓰러져서는 살려달라고 다급하게 소리치니 집안사람들이 말했다.

"잠깐만 참고 계세요. 음양선생한테 가서 오늘 흙을 옮겨도 되는지 물어보고 올게요."

有酷信風水者, 動輒問陰陽家, 一日, 偶被牆壓倒, 亟呼救命, 家人輩曰, 且忍着, 待我去問陰陽先生, 今日可動得土否。

風水: 음양오행설에 근거하여 地相을 보고 집터·묏자리 따위의 좋고 나쁨을 알아내는 술법. 地術. / **酷**: 매우, 심히. / **動輒**: 툭하면, 걸핏하면. / **陰陽家**: 天文·曆數·卜筮·地相 등에 의하여 길흉·화복을 예언하는 일을 업으로 하는 사람. 음양선생, 음양장이. / **亟**: 시급히, 조속히. / **且**: 잠깐, 잠시. / **否**: 의문문 끝에 쓰여 물음을 나타내는 의문조사로 구어의 '嗎'·'麽'와 같다.

이발사
剃頭

한 이발사가 스님의 머리를 밀다가 칼을 잘못 놓치는 바람에 스님의 한쪽 귀가 잘려 떨어져나갔다.

스님이 너무 아파 엉겁결에 소리를 지르자, 이발사가 황급히 땅에 떨어진 귀를 주워 양 손으로 받들고 말했다.

"스님, 당황하지 마세요. 귀는 원래대로 꼼짝 않고 여기 있습니다요."

一待詔剃僧頭, 失刀割墜一耳, 僧痛極失聲, 待詔慌於地下拾此耳, 兩手捧之曰, 師父不要忙, 原件不動在此。

剃頭: 머리를 깎다. / **待詔**: 早期 白話에서 '이발사'의 별칭. / **失刀**: 칼을 떨어뜨리거나 놓치거나 하다. / **失聲**: 엉겁결에 소리를 지르다. / **慌**: 다급하다. / **捧**: 받들다. / **拾**: 줍다. / **忙**: 당황하다.

임시변통
性急

성질 급한 주인이 하인이 잘못을 저질러 무릎을 꿇려 놓고 꾸짖고 있었다.

냉큼 대령하라고 한 곤장마저도 빨리 당도하질 않자, 마침내 분을 참지 못하고 조급하기가 이를 데 없었다.

그 모습을 보다 못한 하인이 주인에게 말했다.

"일단 제 뺨을 한 대 치시는 걸로 임시변통을 좀 하시지요."

有性急者, 僕有過跪而責之, 連叫板子不至, 躁甚。僕謂主曰, 且打個巴掌應一應急罷。

性急: 성급하다. / 僕: 종, 하인. / 跪: 꿇어앉다. / 責: 나무라다, 꾸짖다. / 連: ~조차도, ~마저도. / 板子: 곤장. / 躁: 조급하다. / 巴掌: 손바닥, 빰치기. / 打(一)個巴掌: 빰을 한 대 치다. / 應急: 임시변통하다, 응급조치하다. / 罷: 문장 끝에 쓰여 상의·제의·청구를 나타내는 조사.

체면
虱子

어떤 사람이 친구 면전에서 이를 한 마리 잡고는 구겨진 체면을 세우려고 땅바닥에 패대기치며 침을 뱉으면서 말했다.

"난 인 줄 알았지 뭐야!"

그러자 친구가 조용히 그것을 주워서는 들여다보며 말했다.

"난 이가 아닌 줄 알았어!"

一人在朋友面前捉著一虱, 欲裝體面, 故丟下地啐曰, 我只道是個虱子！ 其友從容拾起來看曰, 我只道不是個虱子。

虱子: 이. '虱'은 '蝨'과 同字. / **裝體面**: 체면을 차리다. / **丟下**: 떨어뜨리다. / **啐**(맛볼 쵀; cui): (침이나 가래를) 뱉다, (침이나 가래를 뱉으며) 욕하다, 호되게 꾸짖다. / **道**: …라고 생각하다, …라고 말하다. / **從容**: 차분하고 조용한 모양. / **拾起來**: (떨어진 것을) 주워 올리다.

아쉬운 꿈
夢戲酌

어떤 사람이 연극을 보면서 술도 마시는 극장에 가는 꿈을 꿨다. 막 자리를 잡고 앉으려는데 아내가 놀라게 하는 바람에 깨서는 투덜거렸다.

그러자 아내가 말했다.

"투정부리지 말고 일찌감치 가서 더 주무세요. 연극은 아직 채 반도 다 못한 것 같으니까요."

一人夢赴戲酌, 方定席, 爲妻驚醒, 乃罵其妻。妻曰, 不要罵, 趁早睡去, 戲文還未到半本哩。

夢戲酌: 연극을 보며 술 마시는 꿈을 꾸다. / **方**: 막. / **定席**: 자리를 잡다. / **驚醒**: 놀라서 깨다. / **趁早**: 일찌감치. / **還**: 아직. / **哩**: 서술문의 끝에 써서 사실을 확인하는 어기를 나타낸다.

묽은 술
淡酒

맹물을 탄 술로 손님을 대접한 사람이 있었다. 손님이 술맛을 보고나서 그 댁 요리의 묘미妙味를 극찬하니, 주인이 물었다.

"저희 집 안주 요리는 아직 차려내지도 않았는데, 그걸 어떻게 아십니까?"

그러자 손님이 말했다.

"다른 것은 다 그만 두고라도, 술을 넣고 끓인 이 백비탕白沸湯은 이미 더 이상 맛있을 수가 없으니까요."

有以淡水酒飲客者, 客嘗之, 極譽其烹庖之妙。主人曰, 粗肴尚未設, 何以知之? 客曰, 勿論其他, 這一味酒煮白滾湯已好喫不過了。

淡酒: 묽은 술. / 淡水: 맑은 물. / 嘗: 맛보다. / 譽: 기리다, 칭찬하다. / 烹庖: 삶은 음식, 삶은 요리. / 粗肴: 거친 안주. 겸양어. / 白滾湯: 맹탕으로 끓인 물, 끓인 맹물. 白沸湯. / 不過: 형용사 뒤에 쓰여 '지극히'의 뜻을 표시한다. / 了: 성질이나 상태를 강조하는 어기조사.

빈 밥상
請客

어떤 사람이 차린 음식도 없이 손님을 초대하여 젓가락질을 몇 번 하지도 않았는데 음식이 동나버리니, 손님이 말했다.

"등불이 있으면 좀 빌려 주시지요."

그러자 주인이 물었다.

"등불은 어디다 쓰시려고요?"

손님이 대답했다.

"제 밥상 위의 음식이 하나도 보이질 않아요."

一人請客無肴, 一舉筯卽完矣。客曰, 有燈借一盞來。主人曰, 要燈何用? 客曰, 我桌上的東西一些也不看見了。

請客: 손님을 초대하다. / **肴**: 생선·육류 등의 요리. / **筯**: 젓가락. / **完**: 다하다, 없어지다. / **盞**: 燈 따위를 세는 단위명사. / **東西**: 물건, 음식. / **一些**: 약간, 조금. / **也**: …도.

나무좀
在裏面喫

손님을 밖에 두고 몰래 들어가 밥을 먹던 주인이 있었다.

손님이 큰 소리로 말했다.

"대청마루가 멋지긴 한데, 아깝게도 대들보를 받치는 기둥이 모두 좀먹어 상했구먼."

그러자 주인이 부리나케 나와 물었다.

"어디, 어디가 그런가요?"

손님이 말했다.

"그 놈은 안에서 파먹는데 밖에서 어찌 알리오?"

有客在外而主人潛入喫飯者, 容大聲曰, 好一座廳堂, 可惜許多梁柱都蛀壞了! 主人忙出曰, 在那里? 客曰, 他在裏面喫, 外面如何知道?

在裏面喫: 안에서 밥을 먹다. / **廳堂**: 대청마루, / **可惜**: 아깝게도. / **梁柱**: 대들보를 받치는 기둥. / **蛀**: 좀먹다.

송별주
遠送當三杯

손이 주인을 찾아왔는데, 주인은 묵어가게 하지 않고 일어나 문까지 배웅하며 말했다.

"옛말에 '멀리 나가 떠나보내는 것은 술 석 잔과 같다'고 했으니, 내 그대를 몇 리까지 보내드리리다."

주인은 객이 자기 집에 머무를까봐 황급히 객의 소매를 끌고 나가니, 객이 웃으며 말했다.

"좀 침착하시오! 나는 이런 급한 술은 못 마시오."

客訪主人, 主人不留飮食, 起送至門, 謂客曰, 古語云, 遠送當三杯, 待我送君幾里。恐客留滯, 急曳其袖而行, 客笑曰, 從容些！我喫不得這般急酒。

遠送當三杯: 먼 송별은 술 석 잔에 상당한다. 손님을 작별하여 떠나보낼 때 먼 길을 나가 보내는 것은 술 석 잔을 함께 더 마시는 것과 같다는 뜻으로, 두 사람의 정분이 두터움을 의미한다. / **留滯**: 묵다, 머물다. / **曳**: 끌다. / **從容**: (태도가) 조용하다, 침착하다. / **些**: 형용사 뒤에 놓여서 '약간'의 뜻을 나타낸다. / **喫不得**: 먹지 못하다. / **這般**: 이러한, 이와 같은.

자리다툼
爭坐位

장님과 난장이와 곱사등이 셋이 술자리에서 자리다툼을 하게 되자, 각자 허풍을 제일 잘 떠는 사람을 첫 자리에 앉히도록 했다.

장님이 말했다.

"나는 안하무인眼下無人이니, 마땅히 내가 앉아야 해."

또 난장이가 말했다.

"나는 보통사람(常人chángrén; 키다리長人chángrén)과 비교가 되지 않으니, 내가 마땅히 앉아야 해."

그러자 곱사등이가 말했다.

"그렇게 다투지들 마! 너희들은 모두 내 조카뻘(姝裴zhíbèi; 곧은 등直裴zhíbèi)이니 물론 내가 앉아야겠지."[36]

36 常人(보통사람)과 長人(키다리)은 중국어로는 모두 [chángrén]이고, 姪輩(조카뻘)와 直背(곧은 등)도 중국어로는 모두 [zhíbèi]로 同音이다. 이 소화 속의 장님과 난장이와 곱사등이는 자신의 처지에서 보아 사실을 말한 것이지만 달리 들으면 모두 흰소리가 된다.

瞎子矮子駝子三人喫酒爭坐, 各曰, 說得大話的許坐第一位。瞎子曰, 我目中無人, 該我坐。矮子曰, 我不比常(長)人, 我該坐。駝子曰, 不要爭, 算來你們都是姪輩(直背), 自然該讓我坐。

爭坐位: 자리다툼을 하다. / **瞎子**: 장님. / **矮子**: 난장이. / **駝子**: 곱사등이. / **大話**: 큰소리, 흰소리. / **目中無人**: 眼下無人. / **該**: …응당 해야 한다. / **常人**: 보통사람. / **長人**: 키다리. / **算來**: 헤아려보건대. / **姪輩**: 조카뻘. '裴'는 항렬의 뜻이다. / **直背**: 곧은 등.

아까운 술
好酒

부자父子가 함께 술 단지를 메고 가다 길이 미끄러워 넘어지는 바람에 술 단지를 박살내고 말았다.

아비가 노발대발하는 사이, 아들은 땅에 엎드려 바닥에 흐르는 술을 정신없이 핥다가 머리를 쳐들고 아비에게 말했다.

"설마 요리 안주를 더 기다리는 건 아니겠지요?"

父子扛酒一罏, 路滑打碎。其父大怒, 其子伏地大飲, 抬頭向父曰, 難道你還要等菜?

好酒: 맛있는 술. / **扛**: 들다, 메다, 지다. / **罏**: 술 단지. / **打碎**: 부수다, 깨지다. / **抬頭**: 머리를 들다. / **難道**: 설마 …하겠는가? / **還**: 또, 더. / **菜**: 요리.

실물失物
失鋤

남편이 밭에서 돌아오자, 아내가 호미를 어디에 두고 왔는지 물었다.

남편이 큰소리로,

"밭에!"

라고 대답하니 아내가 남편에게,

"좀 살살 말해요! 남이 들으면 가져가지 않겠어요?"

라고 하며, 빨리 가서 보고 오라고 재촉했다.

과연 호미가 없는지라, 급히 돌아와 아내의 귀에 입을 대고 속삭였다.

"없어졌어!"

夫田中歸, 妻問鋤放何處, 夫大聲曰, 田裏。妻曰, 輕說些, 被人聽見却不取去? 因促之往看, 無矣, 忙歸附妻耳云, 不見了!

失鋤: 호미를 잃다. / 輕: 가볍게, 살살, 살짝. / 些: 조금, 약간. / 却: 도리어. / 附: 다가가다, 대다, 붙이다. / 了: 어기조사. 문장의 말미에 쓰여 변화 또는 새로운 상황의 출현을 나타낸다.

피차일반
應賊

어떤 도둑이 땅을 파고 남의 집에 들어가 보니, 집안 단속을 얼마나 신중하게 해두었던지 훔쳐 갈 물건이라곤 없었다.

도둑이 문을 나가며 욕을 해댔다.

"이런 비양심적인 사람들이 있나? 물건이란 물건은 죄다 감추어버렸군!"

그러자 주인이 응수했다.

"노형도 그렇게 충직하고 온후하게 보이지는 않군요. 문을 열었으면 집안 식구들을 위해 닫고 나가야지요."

一賊挖入人家, 其家收拾謹愼, 無物可偸。賊出門詈曰, 有這等欺心人家, 是件東西都藏過了！主人應曰, 老兄也不見忠厚, 開了門就不替我關上了。

應賊: 도둑과 맞서다. / 挖: 파다. / 收拾: 치우다, 정돈하다. / 謹愼: 신중하다. / 詈: 빗대어 욕하다. / 這等: 이런 類의, 이런 따위의. / 欺心: 남을 속이고자 하는 마음, 자기의 양심을 속이다. / 老兄: 노형. 처음 만났거나 그다지 가깝지 않은 남자 어른들 사이에서 상대편을 대접하여 부르는 말. / 忠厚: 충직하고 온후하다.

도둑 막는 방법
祛盜

한 얼간이가 도둑이 문으로 들어오는 소리를 듣고, 급히 '개인 주택'이라고 써서 대청 위에 붙였다.

도둑이 이미 대청 위로 올라오는 소리를 듣고, 다시 '통로 없음' 넉 자를 써서 안방에다 붙였다.

도둑이 안방까지 들어오는 소리를 듣고, 변소로 도망가서는 도둑의 발자국 소리가 가까와지다 멈추자 변소 문을 닫고 헛기침을 하면서 말했다.

"안에 사람 있소!"

一癡人聞盜入門, 急寫「各有內外」四字, 貼於堂上。聞盜已登堂, 又寫「此路不通」四字, 貼於內室。聞盜復至, 乃逃入厠中, 盜踪跡及至, 乃掩厠門, 咳嗽曰, 有人在此！

祛盜: 도둑을 물리치다. / **癡人**: 어리석은 사람, 못난이. / **貼**: 붙이다. / **堂上**: 마루 위, 대청 위. / **內室**: 안방. / **厠**: 뒷간, 변소. / **掩**: 문을 닫다. / **咳嗽**: 기침하다.

제일 큰 목욕통
大浴盆

거짓말하기를 좋아하는 자가 사람들에게,

"제 고향에 있는 어떤 절에는 천 명이 함께 발을 씻을 수 있는 큰 통이 있지요."

라고 하니 옆에 있던 사람이,

"그게 뭐가 대단해요! 우리 고장에서 처음 들은 이야기인데 들어보면 깜짝 놀랄 걸요."

라고 하여 사람들이 무슨 일인지 물으니 대답했다.

"어떤 절에서 대나무 한 그루를 심었는데 채 3년도 안 되어 수백만 장(丈)이 자랐다는 거예요. 그리고 지금은 하늘을 떠받치고 더 이상 자랄 수가 없어 다시 하늘에서 땅으로 뻗어 내려오고 있다나요. 정말 놀랄 만한 일 아니어요?"

여러 사람들이 믿질 않자, 이 사람 다시 말했다.

"내가 방금 말한 그런 긴 대나무가 없다면 조금 전에 들은 천 명이 함께 발을 씻을 수 있는 그렇게 큰 통에는 무엇으로 대나무 테를 만들어 두르지요?"

好說謊者對人曰, 敝處某寺有一脚盆, 可使千人同浴。旁一人曰, 此何足奇, 敝地有一新聞, 說來始覺詫異。人問何事, 對曰, 某寺種竹一林, 不及三年遂長至幾百萬丈, 如今頂住天公長不上去, 又從天上長下來, 難道不是奇事。衆人不信, 此人曰, 沒有我這根長竹, 叫把甚麽篾子箍他那個大脚盆。

大浴盆: 큰 목욕통. / **說謊**: 거짓말하다. / **敝處**: 저의 고장, 저의 고향. '敝'는 자기를 낮추어 하는 말. / **脚盆**: 발을 씻는 대야. / **詫異**: 이상하게 생각하다. / **篾子**: 대오리, 댓개비. / **丈**: 길이의 단위. 1尺의 10배. 3.33m. / **如今**: 지금. / **頂住**: 버티다, 지탱해내다. / **天公**: 하느님. / **長不上**: 자라서 올라가지 못하다. '不上'은 가능보어이다. / **長下來**: 자라서 아래로 내려오다. '下來'는 방향보어이다. / **篾子箍**: 대로 만든 테. / **他**: 겹치다.

기대
望孫出氣

어떤 불효자가 늘 자신의 아비를 때렸으나 아비는 손자를 안고 잠시도 손을 떼지 않으며 소중하게 바라보니, 이웃사람이 물었다.

"아드님은 불효하는데도 손자를 심히 사랑하는 것은 무슨 까닭입니까?"

그 아비가 대답했다.

"별 거 아닙니다! 손자를 키워 나를 대신하여 분풀이할 수 있게 하려는 것입니다."

一不肖子常毆其父, 父抱孫不離手, 望愛惜之。隣人問曰, 令郎不孝, 你却甚愛令孫, 何也？ 答曰, 不爲別的, 要抱他大來好替我出氣。

望孫出氣: 손자가 분풀이해 줄 것을 기대하다. / **不肖子**: 불효자. / **毆**: 때리다. / **離手**: 손을 떼다. / **望**: 바라다, 기대하다. / **愛惜**: 아끼다, 소중하게 여기다. / **令郎**: 아드님. 윗사람의 아들에 대한 높임말. / **令孫**: 다른 사람의 손자를 높여 이르는 말. / **來**: 동사의 앞에 놓여 어떤 일을 하려고 하는 적극성이나, 상대방에게 어떤 행동을 하게 하는 어감을 나타낸다. / **好**: …할 수 있도록, …할 수 있게끔.

발이 닮았어요!
脚像觀音

어떤 사람이 자기 아내의 미모를 자랑하려고 한 사내아이를 가리키며 물었다.

"우리 집 이 부인은 정말 살아 있는 관세음보살 같지 않니?"

사내아이가,

"너무 닮았어요."

라고 하자 또 물었다.

"어디가 닮았지?"

사내아이가 대답했다.

"발이 닮았어요!"

一人自誇妻美, 指一童子問曰, 我家這位娘子可像一尊活觀音? 童子云, 極像。又問那一件像? 答云, 脚像。

脚像觀音: 발이 관세음보살을 닮다. / **娘子**: 아내, 부인. / **可**: 정말. 강조를 나타내는 부사이다. / **像**: 닮다, 비슷하다. / **尊**: 佛像을 세는 단위. 基. / **觀音**: 관세음보살. 아미타불의 왼편에서 교화를 돕는 보살로, 중생이 괴로울 때 그 이름을 외면 곧 구제한다고 한다.

발을 데다
燒脚

한 노인이 겨울밤에 술에 취해 잠을 자면서 발을 쬐는 화로를 이불 속에 두었다가 다리를 데었다.

다음 날 아침 노인은 집안사람들을 나무라며 말했다.

"나 같이 늙은 사람은 술을 몇 잔 마시면 화롯불이 발을 태워도 모른다지만, 너희는 모두 젊은 것들이 사람이 불에 타는 냄새도 못 맡는 다더냐?"

一老翁冬夜醉臥, 置脚鑪於被中, 誤焚其腿, 早起罵人曰, 我老人家多喫幾杯酒, 火焚了脚便自不知, 你們都是後生家, 難道連燒人臭也不聞得？

燒脚: 발을 데다. / **脚鑪**: 발을 쬐는 화로. / **被**: 이불. / **腿**: 다리. / **早起**: (이른) 아침. / **後生家**: 젊은이들. '家'는 명사 뒤에 쓰여 同類의 사람을 나타낸다. / **連**: …조차도. / **聞**: 냄새를 맡다.

헌 달력
賞曆本

선달 그믐날 밤, 주인은 송년 선물을 가지고 온 노복奴僕을 대우한답시고 한 해 동안 사용한 헌 달력을 주며 수고를 치사致謝하니, 노복이 말했다.

"이 달력은 아마 쓸모가 없을 것 같은데요."

그러자 주인이 답했다.

"나도 집에 둬봤자 쓸모가 없기는 마찬가지야."

除夜遇送年禮至者, 以舊曆本勞之。僕曰, 恐無用了。主曰, 我留在家也是無用。

賞曆本: 달력을 주다. '**賞**'은 윗사람이 아랫사람에게 주는 것을 말한다. / **除夜**: 선달 그믐날 밤. / **遇**: 대접하다, 대우하다. / **送年**: 묵은해를 보내다. / **勞**: 수고를 / **致謝**하다. / **恐**: 아마. / **了**: 강조의 뜻을 나타내는 어기조사. / **留**: 남겨두다.

높이가 맞질 않아
書低

공부하려고 스님이 거처하는 방까지 세 낸 한 서생書生이 하는 일이라곤 돌아다니며 노는 것밖에 없었는데, 갑자기 한낮에 돌아와서는 시동侍童을 불러 책을 가져오라 했다.

시동이 양梁 소명 태자昭明太子 소통蕭統의 『문선文選』을 가져오는 것을 보고 말했다.

"낮아!"

또 후한後漢 반고班固의 『한서漢書』를 가져 오는 것을 보고 말했다.

"낮다!"

다시 한漢 사마천司馬遷의 『사기史記』를 가져 오는 것을 보고 말했다.

"낮다니까!"

스님이 괴이쩍어하며,

"이 세 책은 그 어느 것 하나만 잘 알아도 족히 박학博學이라 칭할만한데 어째서 모두 낮다고만 합니까?"

하고 물어보니 서생의 말이,

"책을 가져다 베개로 삼으려 했을 뿐입니다."

라고 했다.

一秀才賃僧房讀書, 惟事遊玩而已, 忽至午歸房, 呼童取書來。童持文選, 視之曰, 低。持漢書, 視之曰, 低。又持史記, 視之曰, 低。僧大詫曰, 此三書熟其一足稱飽學, 俱云低, 何也? 試問之, 乃取書作枕耳。

書低: 책이 낮다. / **賃**: 세내다. / **僧房**: 승려의 居所. / **讀書**: 책을 읽다, 공부하다. / **事**: 행하다. / **遊玩**: 돌아다니며 놀다. / **午**: 午時(낮 11시에서 1시까지의 시간), 정오, 한낮. / **童**: 종, 하인. / **文選**: 梁의 昭明太子 蕭統이 편찬한 중국 최초의 文選集. 원본은 30권이었으나 唐의 李善이 주석을 붙여 60권이 되었으며, 唐宋 이래 과거 보는 선비들에게 널리 읽혔다. / **漢書**: 중국 二十四史의 하나로, 前漢의 史書. 後漢 班彪의 뜻을 이어 아들 班固가 지었다. 120권. / **史記**: 漢 司馬遷이 지은 역사서. 위로는 黃帝에서부터 아래로는 漢 武帝에 이르기까지 12本紀·10表·8書·30世家·70列傳으로 나누어 쓴 紀傳體의 史書. 130권. / **詫**[chà]: 이상히 여기다. / **熟**: 알다. / **飽學**: 학식이 가득하다, 박학. / **俱**: 모두. / **試問**: 시험 삼아 묻다, 물어보다. 상대방에게 질문을 하거나 상대방과 다른 의견을 표시할 때 쓴다. / **作**: …로 삼다.

직해直解
直解

동몽童蒙의 스승이 『맹자孟子』의 "塡然鼓之, 兵刃旣接, 棄甲曳兵而走"(전연고지, 병인기접, 기갑예병이주. 요란하게 북을 치자 창칼이 맞부딪히는데 갑옷을 내팽개치고 병기를 질질 끌면서 달아나다) 세 구절을 강해講解하기를,

"둥, 둥, 둥! 죽여, 죽여, 죽여! 뛰어, 뛰어, 뛰어!"

라고 했다.

蒙師講「塡然鼓之, 兵刃旣接, 棄甲曳兵而走」三句曰, 鼕鼕鼕, 殺殺殺, 跑跑跑。[37]

直解: 직해하다, 그대로 해석하다. / 蒙師[méngshī]: 童蒙의 스승. 계몽 교육을 하는 선생님. / 塡然: 북소리가 요란한 모양. / 兵刃: 칼이나 창 따위와 같이 날이 있는 병기. / 鼕: 북소리.

37 『孟子·梁惠王上』에 나오는 말로, 전체 문장은 "孟子對曰 : '王好戰, 請以戰喩 : 塡然鼓之, 兵刃旣接, 棄甲曳兵而走, 或百步而後止, 或五十步而後止。以五十步笑百步, 則何如 ? '"(맹자께서 대답하셨다. "왕께서 전쟁을 좋아하시니 전쟁으로 비유하겠습니다. 요란하게 북을 쳐서 창칼이 맞부딪힐 때 갑옷을 버리고 병기를 끌면서 달아나는데, 어떤 자는 백보를 도망간 뒤에 멈추고, 어떤 자는 오십 보를 도망간 뒤에 멈추고서 오십 보를 도망 간 것으로 백 보를 도망간 것을 비웃는다면 어떻겠습니까?")이다.

시험답안
湊不起

어떤 선비가 과거에 응시하러 가서 글을 짓는데 구상하기가 어려웠다. 하인이 과장科場의 출입문에 가서 기다리며 보니 사람들은 시험답안지를 내고 줄줄이 나올 즈음 해는 막 지려하고 있었다.

한 하인이 다른 하인에게 물었다.

"글을 한 편 지으려면 대략 몇 자를 써야 하는지 모르지?"

다른 하인이 대답했다.

"아마도 오륙백 자 넘지 않을 걸."

다시 처음 하인이 말했다.

"설마 심중에 오륙백 자가 없어서 이때까지 나오지 못하는 건 아니겠지?"

그러자 나중 하인이 안심시키며 말했다.

"그렇게 속 태우지 마. 그 사람이 비록 오륙백 자가 심중에 있다 하더라도 단 시간에 모아서 써내지 못할 뿐일 거야."

一士人赴試作文, 艱於構思。其僕往候於試門, 見納卷而出者紛紛矣, 日且暮。甲僕問乙僕曰, 不知作文章一篇約有多少字? 乙僕曰, 想來不過五六百字。甲僕曰, 五六百字難道胸中沒有, 到此時尚未出來? 乙僕慰之曰, 你勿心焦, 渠五六百字雖在肚裏, 只是一時湊不起耳。

湊不起: (힘이 모자라서) 모으지 못하다. '…不起'는 동사의 뒤에 붙어서 불가능을 나타내는 보어이다. / 赴試: 과거에 응시하러 가다. / 構思: 구상하다. / 納卷: 시험답안지를 내다. / 紛紛: 뒤섞이어 어수선한 모양, 연이은 모양. / 且: 바야흐로, 이제 막. / 多少: 얼마, 몇. / 想來: 생각해보니 아마도, 생각건대. / 慰: 위로하다, 안심시키다. / 焦: 초조하게 굴다, 애를 태우다, 안달하다. / 渠[qú]: 그, 그 사람. / 肚裏: 뱃속, 심중.

약방문藥方文
抄藥方

어떤 사람이 얼토당토아니한 일임에도 걸핏하면 약방문藥方文을 기록했다.

우연히 길에서 묶여 있는 죄수를 보았는데, 방광이 크게 부어오른 자로 막 목을 베어 머리가 떨어지니 오줌통이 어느덧 처음처럼 줄어들었다.

그리하여 즉시 귀가하여 약방문을 적었다.

"오줌통이 크게 부어오른 증상을 치료하는 처방으로는 목을 치면 곧 낫는다."

一人好抄藥方。偶在路上見縛一囚, 乃大氣脬者, 將斬, 頭一落, 脬忽縮小如初。因卽回家寫曰, 醫大氣脬方, 割下頭卽愈。

抄藥方: 藥方文을 抄錄하다. / 好[hào]: 툭하면, 걸핏하면. / 大氣: 크게 부어오른 증상. / 脬: 오줌통, 방광. / 將: 지금, 방금, 막. / 割下: 자르다. / 愈: 병이 낫다.

맨발이 더 좋아
不穿襪

강남江南 사는 한 친구가 맨발로 남의 집에 갔다가 개한테 발을 물렸다. 너무 아파 손으로 더듬어보니 피가 났지만 되레 기뻐하며 말했다.

"또 양말을 안 신었네!"

옛날, 어느 가난한 사람이 술을 담그면서 입던 옷으로 술을 덮어 띄우느라 알몸에 병이 들었다. 어떤 사람이 그 사람을 나무라니 대답했다.

"사람이 걸린 병은 고칠 수 있지만, 술이 잘못 뜨면 고칠 수가 없지 않소."

一江南友赤足至人家, 被犬咬其腿, 大痛, 以手摸之, 血出。大喜曰, 又是不穿襪!

古有貧人造酒，以衣覆之，身以不得衣而病。或咎之，答曰，人病可醫，酒病不可醫。同此意。

穿襪: 양말을 신지 않다. / **赤足**: 맨발이 되다, 맨발. / **咬**: 물다. / **摸**: 더듬다, 어루만지다. / **覆**: 덮다, 씌우다. / **或**: 어떤 사람. / **咎**: 나무라다, 책망하다.

진秦나라 때 사람
秦時人

어느 글방의 스승과 제자가 하루 종일 희학질만 하고 일찍이 글을 읽고 그 뜻을 풀어본 적이 없었다.

그러니 주인이 심히 노하여 한 친구에게,

"옛날부터 지금까지 정말로 저런 것들이 있겠느냐?"

라고 하소연하니, 친구가 대답했다.

"있지! 필시 진秦나라 때 사람일거야. 진나라 때의 법도로는 어쩌다 시서詩書를 말한 자는 사형에 처하여 그 시체를 거리에 그대로 내버려두었거든."

一書館中師弟終日戲謔, 未嘗講讀, 主人怒甚, 訴於一友云, 從古以來可曾有此等人否？友對曰, 有, 這必是秦時人, 秦時法度偶語詩書者棄市。

秦時人: 진나라 때 사람. / 書館: 글방, 서당. 옛날의 私塾. / 戲謔: 실없는 말로 하는 농. 농담. / 未嘗: 일찍이 …한 적이 없다. / 曾…否: 일찍이 …한 적이 있느냐? / 講讀: 글을 읽고 그 뜻을 밝히다. / 此等: 이런 것들. / 詩書: 詩經과 書經. / 棄市: 죄인을 사형에 처하여 그 시체를 거리에 내버려두다.

돈을 꾸다
借銀

부잣집에 돈을 꾸러 간 자가 있었다. 손에는 차용증을 들고 있었고, 얼굴에는 희색이 넘쳐흘렀다.

부자 영감이 그 자를 보고 말했다.

"나 또한 차용증서 따위는 필요 없소만, 단지 오늘 이렇게 화기애애한 모습을 그린 행락도行樂圖를 우리 집에 두고 간다면 돈을 빌려주겠소."

그러자 그 자가 물었다.

"저는 돈을 꾸러 왔는데, 제 그림은 엇다 쓰시려 구요?"

부자 영감이 대답했다.

"아니오! 난 그저 훗날 내가 당신 집에 빚 받으러 가면 오늘 이런 상판이 아닐까봐……"

有往富家借銀者, 手持券字, 滿面春風而至, 富翁見曰, 我亦不要你借券, 只將今日這樣和悅的行樂圖畵在我家, 我卽借與你。其人曰, 我來借銀, 要我圖像何用? 富翁曰, 非也, 但恐我後日往你家要銀子, 不是今日這樣的嘴臉了。

借銀: 돈을 꾸다. / **券字**: 차용증 / **借券**: 차용증서. / **和悅**: 화기애애하다. / **行樂圖畵**: 행락도. 즐겁게 노는 광경을 그린 그림. / **何用**: 무얼 하는가? 엇다 쓰는가? / **這樣**: 이러한, 이렇게. / **嘴臉**: 얼굴 모습, 낯짝, 상판. / **了**: 어기조사. 상황이나 상태의 변화를 나타낸다.

제3부

소득호선笑得好選

〔청淸〕석성금石成金

이백 살까지 살면 어쩐담
愁二百歲

어떤 노인이 부귀를 다 갖추었을 뿐만 아니라, 집안에는 자손까지 많았다.

백세 생일이 되어 하객들이 문을 가득 메웠지만, 노인은 기쁘지 않은지 눈살을 찌푸리고 있었다.

이렇게 온갖 복을 다 누리는데도 또 무슨 근심거리가 있는지 여러 사람이 노인에게 물으니,

"아무 것도 걱정할 건 없어. 단지 나중에 이백 살 생일을 지낼 일이 걱정이야. 그때가 되면 축하하러 올 사람이 수천 수백도 더 될 텐데 나더러 그걸 어떻게 다 기억하라는 거야!"

라고 했다.

一老人富貴兼全, 子孫滿堂, 百歲壽日, 賀客塡門, 老人攢眉似有不樂。衆問如此全福, 尙有何憂？老人曰, 各樣都不愁, 只愁我後來過二百歲壽誕, 來賀的人更添幾千幾百, 教我如何記得淸！

愁二百歲: 200세를 걱정하다. / **兼全**: 겸하여 갖추다, 여러 가지를 다 갖추다. / **滿堂**: 방안에 가득 차다. / **壽日**: 생일. / **塡門**: 찾아온 손(客) 등이 문을 가득 메우다. / **攢眉**: 눈살을 찌푸리다. / **全福**: 행복을 온전히 누리다. / **壽誕**: 탄생일. / **更**: 다시, 재차. / **教**: …로 하여금 …하게 하다. / **記得淸**: 똑똑히 기억하다. '得'은 동사나 형용사 뒤에 놓여 결과나 정도를 나타내는 보어를 연결하는 조사이다.

까만 이와 하얀 이
黑白齒

새까만 이를 가진 기생과 새하얀 이를 가진 두 기생이 있었다. 이가 새까만 기생은 검은 이를 감추어 숨기고 싶어 했고, 이가 새하얀 기생은 흰 이를 드러내 보이고 싶어 했다.

어떤 손님이 이가 까만 기생에게 성姓이 뭐냐고 물으니, 그 기생은 입을 조심스레 다물고 볼을 약간 도드라지게 하여 목에서 "고가顧家예요."라고 대답했다. 나이를 물으니, 또 볼을 도드라지게 하여 "십오 세예요."라고 대답했다. 잘하는 게 뭐냐고 물으니, 또 목에서 "북 치는 거예요."라고 대답했다.

이가 하얀 기생에게 성姓이 뭐냐고 물으니, 그 기생은 입을 한껏 벌려 흰 이를 드러내며 "진가秦家예요."라고 대답했다. 나이를 물으니, 입을 또 한껏 벌려 흰 이를 드러내며 "십칠 세예요."라고 대답했다. 잘하는 게 뭐냐고 물으니, 또 입을 크게 열고 흰 이를 다 드러내어 "거문고 타는 거예요."라고 말했다.[38]

38 두 기생의 말을 중국어의 字音으로 읽으면 입모양이 더욱 분명하게 대조된다. '姓顧〔gù〕', '年十五〔wǔ〕', '會敲鼓〔gǔ〕'는 마지막 글자의 韻母가 모두 〔wu; 우〕音으로, 입을 벌리지 않고서도 발음할 수 있는 말인 반면, '姓秦〔qín〕', '年十七〔qī〕', '會彈琴〔qín〕'은 마지막 글자의 聲母가 모두〔qi; 치〕音으로, 발음할 때 양 입술이 떨어져 이가 다 드러나게 된다.

有二娼妓, 一妓牙齒生得烏黑, 一妓牙齒生得雪白, 一欲掩黑, 一欲顯白。有人問齒黑者姓甚, 其妓將口謹閉, 鼓一鼓在喉中答應, 姓顧。問多少年紀, 又鼓起腮答, 年十五。問能甚的, 又在喉中答, 會敲鼓。問齒白者何姓, 其妓將口一齜答, 姓秦。問靑春幾歲, 口又一齜答, 年十七。問會件甚麽事, 又將口一大齜, 白齒盡露, 說道, 會彈琴。

黑白齒: 까만 이와 하얀 이. / **牙齒生得烏黑**: 이가 새까맣게 나다. 여기의 '得'은 동사나 형용사 뒤에 놓여 결과나 정도를 나타내는 보어를 연결하는 結構助詞이다. / **姓甚**: 姓이 무엇인가? '甚'은 의문사로 '무엇'의 뜻이다. / **將口謹閉**: 입을 조심스레 다물다. 여기의 '將'은 목적어를 동사 앞으로 끌어내어 동작의 처치 결과를 강조하는 용법의 전치사로, '…을 어떻게 하다'로 푼다. / **鼓一鼓**: 볼을 좀 불룩하게 하다. 동사의 중첩 용법으로 수사 '一'는 동작이 지속되는 시간이 그리 길지 않음을 나타낸다. '좀 …하다', '한 번 …하다'로 푼다. 여기서 '鼓'는 동사로 쓰여 '불룩하게 하다'의 뜻이다. **答應**: 응답하다. / **問多少年紀**: 몇 살이냐고 묻다. '年紀'는 '나이'의 뜻이다. / **鼓起腮**(뺨 시; sāi)**答**: 볼을 불룩하게 하여 대답하다. / **問能甚的**: 잘하는 게 뭐냐고 묻다. / **敲鼓**: 북을 치다. / **齜**(이 갈 재; zī): 입을 열고 이를 드러내다. / **問會件甚麽事**: 무슨 일을 잘하냐고 묻다. 여기의 '件'은 數量詞로 앞에 수사 '一'이 생략되었다. 白話文에서 수사 '一'은 문두에 나오지 않는 한 문중에서는 항상 생략이 가능하다. '甚麽'는 의문사로 '어떤', '무슨'의 뜻이다.

아들의 호칭
稱兒子

아비와 아들이 함께 길을 가는데 어떤 모르는 사람이 아들을 가리키며 서로 어떤 사이냐고 물었다.

아비가 대답했다.

"이 사람은 비록 조정朝廷에서 극히 총애를 받는 이부상서吏部尚書의 진정한 외손의 9대 친사위라고는 하지만, 오히려 내가 낳은 아들이라고 하는 게 더 나을 것 같소."

父子同行, 有不知者指子問曰, 此位何人? 父答曰, 此人雖然是朝廷極寵愛吏部尚書眞正外孫第九代的嫡親女婿, 却是我生的兒子。

稱兒子: 아들을 稱하다. / **此位**: 이 분. '位'는 수량사로, 사람의 수를 세는 경칭이다. / **何人**: 어떤 사람. / **雖然**: 비록. / **嫡親**: 한 핏줄을 이은 혈육. 즉 부모·자식·형제·자매들을 가리킨다. / **却**: 도리어, 오히려.

관棺의 제자題字
題柩

집안이 부유해서 자랑하며 으스대던 어떤 왕씨王氏 노파는 자신이 죽으면 들어갈 관棺에 제자題字하고 싶어 했다. 도사道士에게 후하게 사례하며 반드시 좋은 글자를 많이 붙여 마을의 영광으로 삼게 해 달라고 부탁했다.

도사道士가 아무리 생각해도 이 노파를 기릴 만한 마땅한 글자가 떠오르질 않자, 결국 '한림원翰林院 시강侍講 대학사大學士 국자감國子監 제주祭酒의 이웃 왕씨 할머니의 관'이라 제자題字했다.

有一王婆, 家富而矜誇, 欲題壽材, 厚贈道士, 須多着好字爲里黨光。道士思想並無可稱, 乃題曰, 翰林院侍講大學士國子監祭酒隔壁王婆婆之柩。

題柩: 棺에 題字하다. '柩'는 사람의 시체를 넣는 궤인 '棺'이다. / **王婆**: 王氏 부인. '婆'는 늙은 여자를 지칭하는 말이다. / **矜誇**: 자랑하며 으스대다. / **壽材**: 棺에 쓰는 목재. 壽板. / **厚贈**: 금품 따위를 후하게 내려주다. 충분하게 보수를 쳐주다. / **着**: 붙이다. / **里黨**: 마을. 鄕里. / **思想**: 생각하다. / **稱**: 일컫다, 기리다. / **翰林院**: 淸朝에서 國史의 편찬과 經書의 侍講을 담당했던 관청. / **侍講**: 天子 또는 東宮의 御前에서 經典을 강의함, 또는 그 사람. / **大學士**: 벼슬 이름. 唐代의 修文館, 宋代의 昭文官·集賢殿에 두었으며 宰相이 이를 겸했다. / **國子監**: 儒學 훈도의 政令을 맡고, 國子學(천자·제후·귀족의 자제 및 전국의 준재를 교육하던 학교) 이하의 모든 학교를 다스리던 교육 행정 관청. / **祭酒**: 學政을 맡은 長官. / **隔壁**: 벽을 사이에 둔 이웃집.

재봉사의 고민
不肯下剪

어떤 사람이 재봉사를 집에 불러 옷을 마름질해 달라고 했다. 재봉사는 한참을 말없이 지켜보기만 할 뿐, 선뜻 가위를 대려 하지 않았다.

주인이 왜 그러냐고 물으니 재봉사가 말했다.

"제가 이 옷을 재단하여 만약 제 것을 짓는다면 당신 것을 못 짓게 되고, 만약 당신 것을 짓는다면 제 것을 못 짓게 되니 어찌하면 좋을 지요?"

有請裁縫工人到家中裁衣, 其人默視多時, 不肯下剪。主人問故, 其人曰, 這衣服我若下剪, 有了我的就沒了你的, 若有了你的又沒了我的, 如何是好?

不肯下剪: 가위질을 하지 않으려 하다. / **裁縫工人**: 재봉사, 재단사. / **裁衣**: 옷을 마름질하다, 옷을 알맞게 줄이다. / **默視**: 잠자코 지켜보다. / **不肯**: …하려고 하지 않다. / **下剪**: 가위를 대다, 재단하다.

해몽
夢鼓上擲骰

한 노인이 첩장가를 들고 싶어 했다. 나무로 만든 덧옷을 걸치고 다락에 올라 주사위를 북 위에 던지는 꿈을 꾸고는 곧바로 해몽하러 갔다. 마침 스승이 나가고 없어 그 대신 제자가 이렇게 해몽해 주었다.

"나무로 만든 덧옷을 걸치고 다락에 오른다는 것은 점점 높아진다는 것이고, 주사위를 북 위에 던진다는 것은 명성도 얻고 미색도 얻는다는 것입니다."

이 노인은 너무나 기뻐 바로 첩을 맞아들였다. 그러나 달 반도 채 못 되어 숨이 곧 끊어질 듯 죽게 되자, 다시 그 해몽하는 집을 찾아갔다. 스승은 지난 일을 밝혀 묻고는 지난 번 해몽은 제자가 틀렸다고 말했다.

"나무로 만든 덧옷을 걸치고 다락에 오르려면 발꿈치를 들고 발끝으로 한 걸음 한 걸음 올라가야 할 터인데 반드시 넘어질 게 뻔합니다."

노인이 또 물었다.

"주사위를 북 위에 던진다는 것은 요?"

스승이 대답했다.

"주사위를 북 위에 던진다는 것은 틀림없이 백골이 피부 거죽 위에 겹겹이 널리게 된다는 것입니다."

一老年人欲娶妾, 得一夢, 穿木套上樓, 又骰子在鼓上擲, 卽往詳夢, 其師不在, 徒弟詳曰, 穿木套上樓, 步步高也, 骰在鼓上擲, 有聲有色。此老喜極, 卽娶一妾, 不半月奄奄欲死, 乃又到詳夢家, 適師在, 問明前事曰, 此小徒之誤也。穿木套上樓, 一步蹻一步, 必跌無疑。此老曰, 骰在鼓上擲呢? 師曰, 骰在鼓上擲者, 是這一把枯骨頭定要累殺(屢撒)在這兩片皮上。

夢鼓上擲骰: 북 위에 주사위를 던지는 꿈을 꾸다. / **木套**: 나무로 만든 덧옷. / **骰子**: 주사위. / **擲**: 던지다. / **詳夢**: 해몽하다. / **有聲有色**: 名聲도 얻고 美色도 얻다. / **奄奄**: 숨이 곧 끊어질 듯한 모양. / **適**: 마침. / **前事**: 앞서 한 일, 지나간 일. / **蹻**: 발돋움하다. 발꿈치를 들고 발끝으로 서다. / **跌**: 넘어지다. / **把**: 數量詞. 자루 모양의 긴 물체를 세는 단위 명사. / **枯骨頭**: 죽은 사람의 썩은 뼈. 백골. / **累殺(屢撒)**: 거듭 흩뿌리다. / **兩片皮**: 두 장의 거죽(껍질). '皮兒兩張'이라 하여 '사람이 죽다'라는 뜻의 성어가 있다.

나까지 쳐도 셋뿐인 걸
連我三人

한 선비가 사람들에게,

"예로부터 지금까지 성인聖人이란 세상에서 뛰어나기가 가장 어려운 사람들이지. 반고盤古는 천지개벽 시초에 인간과 만물을 낳았으니 어느 누가 그와 견줄 수 있겠어? 내가 그 자에게 양보해서 한 손가락 꼽는 거지. 그 뒤, 공자孔子가 무리에서 월등히 빼어나 시서예악詩書禮樂에서 만세萬世의 사표師表가 되었으니 어떤 사람이 그를 존경하고 심복하지 않겠어? 내가 두 번째 이 자에게도 양보할 밖에. 그래서 두 손가락 꼽는 거지. 이 두 사람 뒤로 내 손가락을 꼽을 만한 사람이 더는 없었던 거지."

라고 하더니, 한참을 조용히 생각하다가 고개를 끄덕이며 말했다.

"그래! 성인은 정말 어려운 거지? 나를 함께 넣어도 겨우 세 사람뿐인 걸!"

편자 주: 『소찬笑贊』 중에 한 편이 있다. 당조唐朝 산인山人 은안殷安은 일찍이 어떤 사람에게 이렇게 말한 적이 있었다. "자고로 성인聖人은 다섯을 넘지 못했다. 복희伏羲 · 신농神農 · 주공周公 · 공자孔子로 네 손가락을 꼽았던 거지. 그때 이후로는 손가락을 꼽을 수 있는 자가 없었어." 그러자 그 사람이 "어르신 한 분이 계시니 다섯 손가락을 꼽지요."라고 하니, "내가 어찌 감히……"라고 했다. 찬贊하여 가로되, 은안이 대성인으로 자부했다는 것은 唐朝로부터 오늘날까지 아는 사람이 없다. 생각해보면 성인은 가장假裝할 수 없으

니, 가장할 수 있을 때는 성인이 아니라 또한 명유名儒가 될 터이다.

一士謂人曰, 自古至今, 聖人最難世出, 當初盤古王開天闢地, 生人生萬物, 誰人比得他來, 我要讓他。乃屈一指。其後孔夫子出類拔萃, 詩書禮樂, 爲萬世師表, 那個人不敬服他, 我只好讓這第二個。乃屈二指。自此二人後再沒有屈得吾指的。默想良久, 點頭曰, 是呀, 你說聖人難不難, 併連我纔得三個人。

知堂案,《笑贊》中有一則云 : 唐朝山人殷安嘗謂人曰, 自古聖人數不過五, 伏羲神農周公孔子, 乃屈四指, 自此之後無屈得指者。其人曰, 老先生是一個。乃屈五指, 曰, 不敢。贊曰, 殷安自負是大聖人, 而唐朝至今無知之者, 想是不會裝聖人, 若會裝時, 卽非聖人亦成個名儒。

連我三人: 나를 포함하여 세 사람이다. / **世出**: 세상에서 뛰어나다. / **盤古**: 고대 중국의 전설상의 임금. 천지개벽 시초에 이 세상을 다스렸다고 한다. / **誰人**: 누구. / **比得他來**: 그와 비교할 수 있다. '他'는 제3인칭 대명사로 그, 그 사람. / **要**: 마땅히 …해야 한다. / **讓**: 양보하다. / **只好**: 부득이, 할 수 없이. / **孔夫子**: 孔子를 높여 이르는 말. '夫子'는 덕행이 높아 모든 사람의 스승이 될 만한 사람에 대한 경칭. 고대 중국에서 공자는 六經, 곧 詩·書·禮·樂·易·春秋를 刪述했다고 전하여 후세에 유교의 시조가 되었다. / **出類拔萃**: 같은 무리 가운데에서 훨씬 빼어나다. 『孟子·公孫丑』에 나오는 성어. / **那[nǎ]個人**: 어떤 사람. / **敬服**: 존경하여 심복하다. / **默想**: 조용히 생각하다. / **良久**: 오랫동안. / **併**: 함께. / **連**: 합하다, 포함하다. / **纔**: 겨우.

효심
割股

어떤 아비가 병이 들어 의원을 불러 약을 써보려 했지만, 의원이 말했다.

"병이 이미 구제할 방법이 없네요. 오직 효심 있는 자식이 넓적다리 살을 베어 감화시켜야 혹 소생할 수 있을지도……"

그러자 아들이 말했다.

"그건 어렵지 않아요."

의원이 간 뒤, 아들은 칼을 뽑아 들고 밖으로 나갔다. 때가 여름철인지라 어떤 사람이 문밖에서 알몸으로 달게 자고 있는 것을 보고는 칼로 그 자의 넓적다리 살을 한 덩이 베어냈다.

자고 있던 사람이 놀라 일어나며 아파죽는다고 고함치자, 아들은 손을 가로저으며 말했다.

"쉿! 소리 지르지 마세요. 넓적다리 살을 베어 부모를 살리는 것이 세상에서 가장 좋은 일이란 걸 모른단 말입니까?"

有父病, 延醫用藥, 醫曰, 病已無救, 除非有孝心之子割股感格, 或可回生。子曰, 這個不難。醫去, 遂抽刀出, 是時夏月, 逢一人赤身熟睡門外, 因以刀割其股肉一塊。睡者驚起喊痛, 子搖手曰, 莫喊莫喊, 割股救父母你難道不曉得是天地間最好的事麽?

割股: 넓적다리 살을 베어내다. 효자가 부모의 병을 고치기 위하여 자기 다리의 살점을 베어 내어 먹이는 효행을 비유하여 이르는 말이다. / **延**: 불러들이다, 초빙하다. / **除非**: 오직 …해야 비로소. / **感格**: 감동시키다, 감화시키다. / **回生**: 회생하다, 소생하다. / **赤身**: 알몸. / **熟睡**: 숙면하다. / **曉得**: 알다. / **難道**: 설마 …하겠는가? 반문의 어기를 강조하는 문장에 쓰인다. / **麽**: 句末에 사용하여 의문을 나타내기도 하고, 반어법을 구성하여 긍정의 뜻을 표시하기도 한다.

당신을 마음에 뒀나봐
看上了你

한 돌팔이 의사가 아내를 얻어 아들딸 두 아이를 낳고 잘 살고 있었다. 하루는 남의 집 아들을 치료하다 죽자, 결국 자신의 아들로 물어주었다. 그 뒤, 또 남의 집 딸을 치료하다 죽게 되자 거듭 자신의 딸로 물어주고 말았다.

집에는 이제 아내 한 사람만 남아 처량해 견딜 수 없어 하던 차에 문득 누가 문을 두드리며 진료를 청했다. 의사가 진료 받을 사람이 누구냐고 물으니,

"제 안사람입니다."

라고 했다.

의사는 아내에게 울먹이며 말했다.

"여보, 큰일 났어! 이번에는 또 당신을 마음에 둔 자가 왔소."

一庸醫娶妻生男女二人, 一日醫死了人的兒子, 遂以子賠之, 又醫死了人的女兒, 復以女賠之, 只剩一妻在家, 淒涼不堪。忽有人敲門請看病, 醫問看何人, 答曰, 敝房。醫對妻哭曰, 不好了, 又有人看上了你了。

看上了你: 당신을 마음에 들어 하다. / **庸醫**: 돌팔이 의사. / **不堪**: 견딜 수 없다, 참을 수 없다. / **看病**: 진찰하다, 치료하다. / **敝房**: 집사람, 안사람. / **看上**: 보고 마음에 들다, 눈에 들다, 반하다.

생김새가 같아
面貌一樣

어떤 사람이 아들을 안고 문밖에 한가하게 서 있자니, 곁에 있던 사람이 놀리며 말했다.

"부자父子가 정말로 한 핏줄인지 알 수 있긴 한데, 자네 이 아들 생김새가 나와 꼭 같게만 보이는구먼."

아들을 안고 있던 사람이 말했다.

"자네와 이 아들은 원래 한 어미에게서 태어난 형제니, 생김새가 어찌 같지 않겠나?"

一人抱兒子在門外閒立, 傍有一人戲之曰, 可見父子骨血眞個是一脈, 只看你這個兒子的面貌與我的面貌就是一般無二。抱子者答曰, 你與這兒子原是一母生出來的弟兄, 這面貌怎麽不是一樣的。

面貌一樣: 얼굴 생김새가 같다. / 戲: 희롱하다, 조롱하다, / 骨血: 핏줄, 골육. / 眞個: 실로, 정말로. / 一般無二: 같다, 동일하다.

대변을 한 번 더 보라
再出恭

시골마을의 한 우매한 사람이 예법禮法을 몰라, 유학관儒學館 앞에 와서 똥을 한 무더기 쌌다. 유학관 선생이 그 말을 듣고 화가 나서 고을의 관아로 넘겨 잘못을 추궁하려 했다.

사또가 심문했다.

"무슨 까닭으로 성인聖人을 모독하였느냐?"

시골 농부가 말했다.

"소인이 성안으로 들어갈 때는 매일같이 유학관 앞을 지나갑니다. 그 때는 뒤가 급해 편의대로 일을 보았을 뿐이지, 감히 성인을 모독한 적은 없습니다요."

사또가 물었다.

"매를 맞겠느냐? 벌금을 내겠느냐?"

시골 농부는 매 맞기가 무서워,

"소인, 벌금을 내겠습니다."

라고 대답하니, 사또가 판결했다.

"해서는 안 될 짓을 한 죄는 물어 마땅하다. 벌금으로 은銀 한 냥 닷 푼을 바치도록 해라. 그 자리에서 무게를 달되, 곳간 아전에게 바쳐서는 안 되느니라."

시골 농부가 은덩이 하나를 꺼내 달아보니 석 냥 정도 나가자, 사또에게 아뢰었다.

"소인이 가서 반으로 잘라 바치겠습니다."

그러자 사또가 말했다.

"가져와 보라. 내가 좀 보겠노라."

사또가 보니 순은純銀 덩이였던지라, 얼굴에 금방 화색이 돌며 우선 그 은을 소매 속에 황급히 집어넣고 시골 농부에게 말했다.

"이 은덩이는 잘라서는 안 되겠어. 우리 사또 나리가 허락했다 하고, 내일 너는 유학관 앞에 가서 대변을 한 번 더 보도록 하여라."

村莊愚人不知禮, 來至儒學殿前撒糞一堆, 學師聞之怒, 送縣究辦。縣官審問, 因何穢觸聖人, 村農曰, 小人上城每日皆從學前走, 一時恭急, 隨便解手, 非敢褻瀆聖人。官曰, 你願打願罰？ 村農畏打, 曰小人願罰。官曰, 該問不應, 納銀一兩五錢, 當堂秤下, 不須庫吏收納。村農取出銀一錠, 約有三兩, 稟官曰, 待小人去剪一半來交納。官曰, 取來我看！ 見是紋銀一錠, 就和顏悅色, 先將銀子慌忙納入袖中, 對村農曰, 這錠銀子不須剪開, 當我老爺說過, 准你明日再到學殿前出一次大恭罷。

再出恭: 대변을 한 번 더 보다. / **出恭**: 변소에 가다, 대변을 보다. / **恭**: 대소변. / **村莊**: 시골마을, 촌락. / **儒學殿**: 儒學館. 여기서는 '縣學'을 가리킨다. / **聖人**: 성인. 儒家의 창시자 孔子에 대한 존칭. / **撒糞**: 똥을 싸다. / **一堆**: 한 무더기. / **縣**: 고을. 지

방 행정구역 이름. 여기서는 '縣廳', 곧 고을의 관아를 말한다. / **究辦**: 추궁하다. / **縣官**: 縣의 관리. 여기서는 '縣長'을 말한다. / **穢觸**: 더럽힘을 범하다. 모독하다. / **上城**: 성안으로 들어가다. / **一時**: 그 당시. / **隨便**: 편의대로, 마음대로. / **解手**: (대소)변을 보다. / **褻瀆**: 모독하다, 모욕하다. / **不應**: '不應'의 죄. 즉, 해서는 안 될 일을 한 죄. 여기서는 예법을 어기고 유학관 앞에 똥을 싼 일을 말한다. / **當[dāng]**: 그 자리에서. / **秤下**: 저울에 달아내다. / **不須**: …해서는 안 된다. / **庫吏**: 창고의 출납을 맡아보는 관원. / **收納**: 받다, 수납하다. / **取出**: 꺼내다. / **錠**: 덩이. / **稟**: (상급자나 윗사람에게) 알리다, 아뢰다. / **交納**: 바치다, 납부하다. / **取來**: 가져오다. / **紋銀**: 銀의 함유량이 가장 많은 銀塊. 馬蹄銀. 곧 純銀을 말한다. / **和顔悅色**: 환한 얼굴. / **將**: 전치사. …을. 목적어를 동사 앞으로 끌어내어 동사의 처리 결과를 강조한다. / **納入**: 받아 넣다. / **剪開**: (가위로) 잘라내다. '開'는 동작 후 원래의 상태에서 분리되어 떼어지는 결과를 나타내는 보어이다. / **當[dàng]**: 간주하다. / **過**: 조사. …한 적이 있다. 동사 뒤에 붙어 과거의 경험을 나타낸다. / **老爺**: 나리. / **大恭**: 대변. / **罷**: 조사. 말끝에 붙어 제의·권유·명령을 나타낸다.

술은 조금 합니다만……
不喫素

한 스님이 어느 집 모임의 자리에 동석했다. 주인은 그가 출가한 까닭으로 조심스레 물었다.

"스님, 술 드실 수 있을는지요?"

스님은 웃으며 대답했다.

"술은 오히려 조금 합니다만, 소식素食만 하지 않을 뿐입니다."

有僧同至人家席上, 主人以其出家乃問曰, 師父可用酒否? 僧笑曰, 酒倒也用些, 只是不喫素。

不喫素: 素食하지 않다. / 席上: 어떤 모임의 자리. / 喫素: 素食하다. 고기반찬이 없는 밥을 먹다.

축수祝壽
限定歲數

한 노인이 나이가 백세가 되어, 어떤 사람이 축수祝壽하러 와서는 축하하기를,

"우리 영감님, 백이십 살까지 장수하시기를 빕니다."

라고 하니, 노인이 버럭 화를 내며 말했다.

"나는 일찍이 그 집 밥을 먹어본 적이 없는데, 무엇 때문에 내 나이를 미리 정해놓고 내가 몇 백 년을 더 살 것을 허락해주지 않는 거요?"

一老翁年登百歲, 有慶壽者祝曰, 願吾翁壽過一百二十歲。翁大怒曰, 我不曾喫了你家的飯, 爲何限定我的歲數, 不許我多過幾百年。

限定歲數: 나이를 한정하다. / **年**: 나이, 연령. / **慶壽**: 생일을 축하하다. / **曾**: 일찍이. / **爲何**: 왜, 무엇 때문에. / **歲數**: 나이, 연세.

인삼탕
人參湯

어떤 부잣집 도령이 이른 새벽 문을 나섰다.

한 가난뱅이가 짐을 지고 땅바닥에 엎어져 일어나지 못하고 있는 것을 보고는 사람들에게 물었다.

"이 자는 왜 땅바닥에 엎드려 있는 거요?"

옆에 있던 사람이 대답했다.

"이 사람은 밥을 먹지 못해 배가 고파서 땅바닥에 자빠져 한숨 돌리고 있는 게지요."

그러자 도령이 말했다.

"밥을 먹지 못한 바에야 어째서 인삼탕 한 잔 먹지 않고 나왔을까? 그렇게만 했어도 한참동안 속이 든든할 텐데……"

有富貴公子早晨出門, 見一窮人挑擔子, 臥地不起, 問人曰, 此人因何臥倒? 傍人答曰, 這人沒得飯喫, 肚餓了, 倒在地上歇氣的。公子曰, 旣不曾喫飯, 因何不喫一盞人參湯出門, 也飽得好大半日。

人參湯: 인삼탕. / **富貴公子**: 귀족 자제, 부잣집 도련님. / **早晨**: 이른 새벽. / **挑擔子**: 어깨에 짐을 메다. / **傍人**: 곁의 사람. / **肚**: 배. / **了**: 조사. 어떤 상태·인식·행동 등의 변화를 나타낸다. / **的**: 조사. 동작 진행의 시간·장소·방식 등을 강조한다. / **歇氣**: 한숨 돌리다. 휴식하다. / **旣**: …한 바에야, …한 이상. / **不曾**: …한 적이 없다. / **盞**: 수량사. 등잔 따위를 세는 단위명사. / **也**: 역시, 또한. / **好大半日**: 한참동안.

정상적인 날씨
四時不正

어떤 부자 노인이 겨울철 따뜻한 다락집에서 가죽옷을 껴입고는 화롯불을 에워싸고 모여서 술을 마시고 있었다.

술기운이 거나하게 돌고 땀이 흐르자, 옷을 풀고 관을 벗으며 큰소리로 짜증을 부렸다.

"올 겨울이 이렇게 심히 따뜻한 걸 보면 계절이 정상이 아닌 게야."

그러자 문밖에서 사내종이 추위에 떨며 대꾸했다.

"나리는 안에서 계절이 정상이 아니라고 말씀하시지만, 문밖에 있는 우리는 홑옷에 주린 배로 찬바람이 뼈에 사무치니 계절은 지극히 정상입니다요."

一富翁冬月煖閣重裘, 圍爐聚飮, 酒半汗出, 解衣去帽, 大聲曰, 今年冬月如此甚煖, 乃四時之不正也。門外奴僕寒戰答曰, 主人在內說四時不正, 我等門外衣單腹餓, 寒風入骨, 天時正得很呢!

四時不正: 사철이 바르지 않다. / 煖閣: 화로를 따뜻하게 한 다락집. / 重裘: 가죽옷을 껴입다. / 酒半: 술이 한창이다. '半'은 한창·절정의 뜻이다. / 寒戰: 추위에 떨다. 寒慄. / 我等: 우리들. '等'은 여럿을 나타내는 접미사. / 天時: 때의 운행. / 正得很: 아주 바르다. '得'은 정도를 나타내는 보어를 연결시켜주는 結構助詞이다. / 呢: 서술문의 끝에 써서 사실을 확인하는 어기를 표시하는 조사. 상대방을 믿도록 하거나 사태나 상황의 단정을 나타낸다.

귀신 쫓는 부적
驅鬼符

한 도사가 귀신에 홀려 마침내 온몸과 얼굴이 진흙투성이가 된 채 살려달라고 고함쳤다.

옆에 있던 사람이 이 소리를 듣고는 급히 달려와 얼굴을 핥아 구해주니, 도사가 감사하며 말했다.

"빈도貧道, 목숨을 건져주신 큰 은혜를 입었으니, 오늘 귀신 쫓는 부적 하나로 감사의 마음을 전하고자 합니다."

一道士被鬼迷住, 竟將濕泥塗滿身面。道士高喊救命, 傍人聞知忙來啐臉救活, 道士感激曰, 貧道承救命大恩, 今有驅鬼符一道奉謝。

驅鬼符: 귀신 쫓는 부적. / **迷住**: 홀리다. '住'는 결과보어로, 동사 뒤에 붙어 동작이 이루어진 뒤 일정한 위치에 머무름을 나타낸다. / **竟**: 결국, 끝내. / **將**: 전치사. 목적어를 동사 앞으로 끌어내어 동작의 처치에 의한 결과를 강조한다. / **聞知**: 듣고 알다. / **感激**: 매우 고맙게 느끼다. 감사하다. / **啐臉**: 얼굴을 핥다. / **貧道**: 덕이 적다는 뜻으로, 승려나 도사가 자신을 겸손하게 이르는 말. / **道**: 수량사. 명령·문제·제목 등을 셀 때 쓰는 단위명사. / **奉謝**: 감사를 드리다.

눈치
攘羊

어떤 아낙이 이웃집 양 한 마리를 훔쳐 와서 침상 밑에 숨기고는 아이한테 절대로 말해서는 안 된다고 했다.

그 뒤, 양을 도둑맞은 이웃집 사람이 이 거리 저 거리를 다니면서 요란을 떨며 욕을 해대니 그 아이가 말했다.

"우리 엄마는 결코 이웃집 양을 훔친 적이 없거든요."

아낙이 일을 키우지 않으려고 더는 말하지 말라는 듯 아이를 흘겨보자, 아이는 엄마를 가리키며 이웃집 사람에게 말했다.

"우리 엄마 이 눈은 침상 밑에 있는 저 양 눈하고 정말 꼭 같지 않나요!"

一婦攘鄰家羊一隻, 藏匿牀下, 囑其子勿言。已而鄰家沿街叫罵, 其子曰, 我娘並不曾偸你的羊。婦惡其惹事, 因以目睨之, 子指其母謂鄰人曰, 你看我娘這隻眼睛, 活像牀底下的那隻羊眼。

攘羊: 양을 훔치다. / **鄰家**: 이웃집, 이웃 사람. / **藏匿**: 숨기다. / **已而**: 그 뒤. / **叫罵**: 큰소리로 욕을 하다. / **娘**: 아가씨, 어머니. 여기서는 '어머니'의 뜻이다. / **並不**: 결코 …하지 않다. / **曾**: 일찍이, 이전에. / **惡**: 두려워하다. / **惹事**: 일을 저지르다, 문제를 일으키다. / **睨**: 흘겨보다. / **你看**: 정말 …하지 않은가. / **活像**: …와 꼭 같다.

투숙
投宿

어떤 사람이 길을 가다 캄캄한 밤에 묵을 곳이 없어 어느 집 문을 두드리며 하룻밤 묵어가기를 청했다.

그 집은 여자 혼자만 살고 있어 안에서 응답하길,

"우리 집에는 사람이 없어요."

라고 하자, 그 사람이 물었다.

"그대는요?"

여인이 또 말했다.

"우리 집에는 남자가 없어요."

그러자 그 사람이 말했다.

"저는요?"

一人行路, 黑夜無寓, 因敲一家門投宿。其家止一婦人, 在門內應曰, 我家無人。投宿者曰, 你呢? 婦曰, 我家無男人。投宿者曰, 我呢?

原註, 笑說順話的, 改潘游龍語。

投宿: 투숙. / 寓: 머무르다, 객지에 묵다. / 止: 겨우, 오직. / 呢: 의문조사. 의문문의 끝에 써서 의문의 어기를 나타낸다.

사람이 되려면……
拔毛

원숭이 한 놈이 죽어 염라대왕을 알현하고는 사람의 몸으로 환생케 해달라고 청원했다.

염라대왕은,

"사람이 되려 한 이상, 반드시 몸에 난 털을 모조리 뽑아야 하느니라."

하고는 곧바로 저승 차사差使를 불러 털을 뽑게 했다. 겨우 털 한 오라기를 뽑았을 뿐인데, 원숭이는 아파죽는다고 소리쳤다.

염라대왕이 웃으며 말했다.

"너는 털 한 오라기도 기꺼이 뽑아주려 하지 않으면서 어떻게 사람이 되려 한단 말이냐!"

一猴死見閻王, 求轉人身。王曰, 旣要做人, 須將身上的毛拔去。卽喚小鬼拔毛, 纔拔一毛, 猴叫痛極。王笑曰, 你一毛也不肯拔, 如何也想要做人！

拔毛: 털을 뽑다. / **閻王**: 염라대왕. / **轉**: 윤회하다. / **人身**: 사람의 몸. / **要**: …하려 하다. / **旣**: …한 바에야, …한 이상. / **將**: 전치사. ~을 (어떻게) 하다. / **拔去**: 뽑아 없애다. / **小鬼**: 저승 差使. 差使는 고을 員이 죄인을 잡으러 보내던 관아의 하인을 이른다. / **纔**: 겨우. / **不肯**: 기꺼이 …하려 하지 않다. / **做人**: 사람이 되다.

안면법安眠法
磕睡法

아기에게 젖을 물리던 어느 관가의 유모는 아기가 울어대면서 좀처럼 자려하지 않자 어찌할 바를 몰라 했다.

그러다 갑자기 관리에게 얼른 책을 한 권 갖다 달라 했다. 관리가 무엇에 쓸 것인지를 물으니 유모가 대답했다.

"제가 늘 가만히 보면 관리들은 책을 들기만 하면 곧 잠들어 버리더군요."

有一乳母哺養小兒, 因兒啼哭不肯安睡, 乳母無奈, 驀然叫官人快拏本書來。官人問其何用, 應曰, 我常間見官人一看書便睡着了。

磕睡法: 安眠法. / 磕睡: 꾸벅꾸벅 앉아서 졸다. / 哺養: 먹여 기르다. / 啼哭: 큰소리로 울다. / 安睡: 편안하게 잘 자다. / 無奈: 어찌 할 바를 모르다. / 驀然: 갑자기, 금새. / 叫: …으로 하여금 …하게 하다. / 拏: 손에 들다. / 間見: 엿보다. '間'은 '몰래', '가만히'의 뜻이다. / 一…便…: …하자마자 곧 …하다. / 睡着: 잠들다. '着'은 동태조사로 동사의 뒤에 붙어 목적이 실현되었거나 어떤 결과에 이르렀음을 나타낸다. / 了: 어기조사. 동작의 완료나 강조의 어기를 나타낸다.

주먹맛도 좋아!
拳頭好

어떤 사람이 북경北京에 갔다가 집에 돌아와서는 말끝마다 북경이 좋다고 자랑했다.

어느 날 밤, 우연히 달빛을 맞으며 아비와 함께 가는데, 길가에 있던 누군가가 오늘밤 달이 참 좋다고 말했다.

제자랑 하기 좋아하던 그 아들이 말했다.

"이 따위 달이 뭐가 좋아요? 북경의 달은 얼마나 더 좋은지 몰라요!"

아비가 화를 내며,

"세상에 언제나 달은 하나이거늘 어째서 유독 북경의 달만 좋단 말이냐?"

하고 핀잔을 주고는 얼굴에 주먹을 한 대 날렸다.

한 대 얻어맞은 아들은 울음 섞인 목소리로 소리쳤다.

"이 따위 주먹맛을 희한하게 여길까? 북경의 그 주먹맛은 얼마나 더 좋은지 몰라요!"

有一人往北京回家, 一言一動無不誇說北京之好。一晚, 偶於月下與父同行。路有一人曰, 今夜好月。誇嘴者說, 這月有何好, 不知北京的月更好得很。其父怒罵曰, 天下總是一個月, 何以北京的月獨好！照臉一拳打去, 其子被打帶哭聲喊曰, 希罕你這拳頭, 不知那北京的拳頭更好得很！

拳頭好: 주먹맛이 좋아! / **拳頭**: 주먹. / **一言一動**: 하나하나의 말과 행동. / **誇**: 자랑하다. / **偶**: 우연히. / **誇嘴**: 제 자랑을 하다. / **更**: 더욱. / **好得很**: 훨씬 좋다. '得'는 정도를 나타내는 보어를 연결해주는 조사. / **總是**: 내내, 언제나. / **照**: 향하여, 대하여. / **臉**: 얼굴. / **喊**: 외치다, 고함을 지르다. / **希罕**: 희한하게 여기다, 대단하게 생각하다.

톱질
鋸酒杯

어떤 사람이 잔칫집에 갔다.

주인이 술을 따르는데 번번이 반잔만 따라 주니, 그 손님이 주인에게 부탁했다.

"귀댁에 톱이 있으면 저에게 좀 빌려 주시지요."

주인이 무엇에 쓰려는지 물으니, 손님이 술잔을 가리키며 말했다.

"이 잔의 위 반절은 기왕 술을 채울 수 없을 바에는 톱으로 잘라버려야지 빈 채로 두어 무엇 하려 구요?"

一人赴席, 主人斟酒每次只斟半杯。其人向主云, 尊府有鋸子借我一用。主問何用, 客指杯云, 此杯上半截旣然盛不得酒, 就該鋸去, 留他空着有何用處。

鋸酒杯: 술잔을 톱질하다. / **赴席**: 연석에 가다, 연회에 참석하다. / **斟酒**: 술을 따르다. / **每次**: 매번, 번번이. / **尊府**: 귀댁. / **鋸子**: 톱. / **上半截**: 윗부분, 반절. / **旣然**: 이미 이렇게 된 바에야, 기왕 그렇게 된 이상. / **盛[chéng]不得**: (물건을 용기에) 담을 수 없다. '不得'는 동사 뒤에 붙어서 '…할 수가 없다'는 뜻을 나타내는 가능보어. / **該**: …해야 한다. / **鋸[jù]**: 켜다, 톱질하다. / **留**: 남겨두다. / **空着**: 비어 있다, 빈 채로 있다. '着[zhe]'는 상태의 지속을 나타내는 동태조사.

곱사등이를 고친다
醫駝背

한 의원이 곱사등이를 고칠 수 있다고 장담했다.

"활등처럼 휘고 새우처럼 굽어도, 설사 머리가 빙 돌아 허리까지 닿더라도 나에게 한번 치료를 받으면 금방이라도 꼿꼿하게 펴진다오."

어떤 꼽추가 그 말을 곧이듣고 치료해 달라고 했다. 그러자 의원은 큰 널빤지 두 개를 찾아와 한 판을 바닥에 깔고 그 위에 꼽추를 반듯하게 눕힌 다음, 또 한 판을 덮고는 양끝을 굵은 밧줄로 단단히 동여맸다.

꼽추는 몹시 아파 고함을 지르며 그만 두라고 사정했지만, 의원은 끝내 들은 체도 않고 발에 힘을 더해 계속 밟았다. 꼽추는 등이 펴지면서 곧 죽고 말았다.

사람들이 의원을 붙잡아 끌어내 두들겨 패자, 의원이 말했다.

"나는 곱사등이만 고칠 뿐이지, 사람이 죽고 사는 것은 내 알 바 아니오."

有一醫人自誇能治駝背, 雖灣如弓, 曲如蝦, 卽或頭環至腰, 但請我一治, 卽刻筆直。有駝背人信其言, 請其治之, 乃索大板二片, 以一板放地, 令駝人仰睡板上, 又將一板壓上, 兩頭用粗繩着緊收綑。駝人痛極喊聲求止, 醫總不聽, 反加足力重躧踩, 駝背隨直亦卽隨死。衆揪醫打, 醫者曰, 我只知治駝背, 我那里管人的死活呢？

醫駝背: 곱사등이를 치료하다. / **自誇**: 스스로 자랑하다. 自矜, 自慢. / **蝦**: 새우. / **卽或**: 설사 …하더라도 / **卽刻**: 즉시, 곧. / **筆直**: 곧다, 꼿꼿하다. / **仰睡**: 위를 향하여 반듯하게 눕다. 仰臥. / **粗繩**: 굵은 밧줄. / **着緊**: 단단히 대다. / **收綑**: 한데 묶다. / **總**: 끝내. / **躧踩**: 밟다. / **隨…隨…**: …하면서 …하다. 행동의 연속 또는 중첩을 표시한다. / **亦卽**: 곧. / **揪**: 묶다, 잡다. / **那里**: 어찌, 어떻게. / **管**: 상관하다. / **呢**: 의문조사. 의문을 나타낸다.

외과 치료
剪箭

어떤 병사가 화살을 맞고 진지陣地에서 돌아와 통증이 그치질 않자, 외과 명의를 불러 치료해 달라고 했다.

의원은 어렵지 않게 치료할 수 있다고 거듭 장담하며 큰 가위를 집어 겉으로 드러난 화살대만 잘라내고는 사례금을 요구하면서 가려했다.

병사가 말했다.

"화살대만 제거한다면 누가 못하겠소만, 살 속에 박혀 있는 화살촉은 급히 치료해야 할 터인데 어찌 그냥 가려한단 말이오?"

그러자 의원이 고개를 가로 저으며 말했다.

"내가 할 외과치료는 이미 다했소이다. 그건 내과 소관인데, 왜 또 나더러 치료하라는 거요?"

有一兵中箭陣回, 疼痛不已, 因請外科名醫治之, 醫一看連云不難, 卽持大剪將露在外邊的箭管剪去, 隨索謝要去。兵曰, 箭管誰不會去, 但鏃在肉內的急須醫治, 何以就去？ 醫搖頭曰, 我外科的事已完, 這是內科的事, 怎麽也叫我醫治？

剪箭: 화살대를 가위로 자르다. / **中[zhòng]箭**: 화살을 맞다. / **疼痛**: 몸이 쑤시고 아프다, 또는 그 통증. / **已**: 그치다. / **大剪**: 큰 가위. / **將**: …을. 목적어를 동사 앞으로 전치시켜 동작의 처치 결과를 강조한다. / **箭管**: 화살대. / **隨**: …하는 김에, …하면서. / **索**: 구하다. / **謝**: 갚다, 사례하다. / **搖頭**: (거절·부정·의심의 뜻으로) 고개를 가로 젓다. / **怎麽**: 어찌, 왜. / **叫**: …하게 하다.

의원醫員의 선물
遷居奉藥

어떤 의원이 이사를 가면서 이웃집과 작별하며 말했다.

"여태껏 이웃 분들께 폐를 많이 끼쳤소이다. 오늘 이사하면서 이별의 선물로 드릴만한 물건이 없어, 여러분께 약을 지어 올리니 한번 복용해 보시지요."

그러자 이웃사람들이 저마다 앓는 병이 없다며 한사코 사양하니 의원이 말했다.

"제가 지은 약을 드시기만 하면 저절로 병이 생길 것이오."

一醫家遷居, 辭鄰舍曰, 向忝鄰末, 目今遷居, 無物可爲別敬, 每位奉藥一服。鄰人辭以無病, 醫人曰, 你只喫了我的藥, 自然有病了。

遷居奉藥: (醫員이) 이사하며 (선물로) 약을 바쳐 올리다. / **辭**: 헤어지다, 이별하다. / **向**: 여태껏. / **忝**: 더럽히다, 욕되게 하다. / **末[me]**: 조사. 말끝에 붙어 함축적인 어기를 나타낸다. / **目今**: 지금, 현재. / **別敬**: 이별의 선물. / **辭**: 거절하다, 사양하다. / **只**: 단지 … 하기만 하면. / **了**: 조사. 앞의 '了'는 다음 이어지는 행동에 대한 약속 또는 가정의 뜻을 나타내며, 뒤의 '了'는 상태의 변화를 나타낸다.

호랑이의 고민
虎訴苦

어떤 스님이 불경佛經 한 권과 요발鐃鈸 한 조를 가지고 사람들을 대신하여 불사佛事를 행하러 시골로 내려갔다.

도중에 문득 호랑이를 만나 덤벼들려 하자 스님은 놀라 어찌할 바를 몰라 요발을 던져 공격하니, 호랑이가 입을 딱 벌려 받아서는 씹어 부서뜨려 삼켜버렸다.

이를 본 스님이 아까보다 더 무서워져 이번에는 불경을 내던지니, 호랑이가 불경을 보고는 급히 머리를 돌려 굴속으로 뛰어들어갔다.

굴속에 있던 새끼호랑이가 물었다.

"아빠는 산에 사냥 나가더니 어디서 이리 급히 오는 거예요?"

호랑이가 말했다.

"너무 재수 없어! 내가 어떤 스님을 만났거든. 그 자가 던져주는 얇고 말랑말랑한 과자를 두 판 밖에 먹지 않았는데, 절의 기부장을 던져 내놓으며 나더러 시주하라는 거야. 다행히 빨리 도망쳤으니 망정이지 그렇지 않았다면 그 자에게 뭔가를 보시해야 했을 거야."

편자 주: '박취薄脆'는 다과茶菓 이름으로, 참깨떡 같으며 얇다. 북평北平에 있다.

和尙攜經一部鐃一副下鄕代人家做佛事, 忽遇一老虎撲來, 和尙驚慌無措, 抛鐃擊之, 虎張口接住, 嚼碎呑下, 和尙更怕, 又用經抛去, 虎見經來急轉頭跑進洞。小虎問曰, 父親搜山, 何來之速也? 虎曰, 好晦氣! 我遇着一個和尙, 只喫了他兩片薄脆, 他就抛下緣簿來化我, 虧我跑得快, 不然叫我把甚的布施他?

知堂案, 薄脆茶食名, 如芝麻餅而薄, 北平有之。

虎訴苦: 호랑이가 고충을 하소연하다. / **和尙**: 화상. 수행을 많이 한 승려. '승려'의 경칭. / **鐃**: 鐃鈸, 銅鈸. 佛家에서 法會 때 쓰는 두 짝으로 된 타악기. 구리로 둥글넓적하게 만들고 가운데가 불룩하며 중간에 끈을 꿰어 양손에 하나씩 들고 마주 쳐서 소리를 낸다. / **一部**: 한 부, 한 권. / **一副**: 한 조, 한 쌍. / **佛事**: 佛家에서 부처에게 供養하는 모든 행사. 佛會, 法事. / **撲來**: 달려들다, 덤벼들다. / **驚慌無措**: 놀라 어쩔 줄을 모르다. / **抛**: 던지다. / **擊**: 공격하다. / **張口**: 입을 벌리다. / **嚼**[jiáo]**碎**: 씹어서 부스러뜨리다. / **呑下**: 삼켜버리다. / **抛去**: 던져버리다. / **來**: 동사술어 앞에서 뜻이 없이 쓰여, 앞의 동사의 동작에 이어 뒤의 동사의 동작을 제시하는 구실을 한다. 뒤의 '他就抛下緣簿來化我'에서 '來'도 같은 용법이다. / **跑進**: 뛰어들다. / **搜山**: 산에서 사냥하다. / **好晦氣**: 너무 재수 없다. 여기의 '好'는 부사 용법으로 '매우'의 뜻이다. / **片**: 편, 판, 조각. 작게 쪼개진 물건이나 얇고 납작한 물체를 세는 단위명사. / **薄**[báo]**脆**: 얇고 말랑말랑한 과자. / **抛下**: 던져 내놓다. '下'는 동사 뒤에 붙어 행동의 완전한 결속이나 결과를 나타내는 보어이다. / **緣簿**: 寺院에 희사하기를 권유하는 기부장, 희사금 장부. / **化**: 동냥하다, 시주하다. / **虧**: 다행히. 跑得快: 빨리 도망치다. '得'은 동사나 형용사 뒤에 놓여 결과 또는 정도를 나타내는 보어를 연결시켜주는 조사이다. / **把**: 전치사. 동사 뒤에 간접목적어가 있을 때, 직접목적어를 동사 앞으로 끌어내어 말이나 문장을 명료하게 해준다. / **叫**: …하게 하다. / **甚**[shén]**的**: 그 무엇. / **布施**: 보시하다. 중에게 讀經 또는 佛事의 보수로 금전이나 물건을 주는 일.

경조사
比送殯

분별없는 아들이 정신 나간 말을 곧잘 하곤 했다.

매형 집에 혼사婚事가 있어 아비는 아들을 데리고 함께 잔치자리에 갔다. 아들이 막 말을 꺼내려 하자, 아비가 말했다.

“남의 집 혼사는 기쁜 일이니, 절대로 불길한 말을 해서는 안 된다.”

아들이 말했다.

“말씀하지 않으셔도 혼사는 장례가 아니란 것 쯤은 저도 알아요.”

癡兒好說失志話。因姊丈家娶親，父攜兒同往赴席，兒方欲開言，父曰，他家娶親喜事，切不可說失志話。兒曰，不勞你吩咐，我曉得娶親比不得送殯。

比送殯: 葬禮보다야! / **送殯**: 屍身을 葬地로 보내는 일. 葬禮를 지내다. 出喪하다. / **癡兒**: 어리석은 아이, 분별없는 아이. / **失志話**: 정신 나간 말, 갈팡질팡하는 말. / **姊丈家**: 매형 집. / **娶親**: 장가들다. / **赴席**: 연회에 가다. / **方**: 마침. / **開言**: 말하다, 발언하다. / **切**: 제발, 부디, 절대로. / **不勞**: 수고할 것 없다, 애쓸 것 없다. / **曉得**: 알다. / **比不得**: 비교할 수 없다.

진짜 방귀 뀐 사람
罵放屁

여럿이 앉아 있는 가운데 방귀 뀐 자가 있었다.

누가 방귀를 뀌었는지도 모르면서 모두 함께 한 사람을 의심하여 손가락질을 하며 욕해댔다.

그 사람은 정말 방귀를 뀌지 않았는데도 따지지 않고 웃고만 있었다.

그러자 여러 사람들이,

"뭐가 그리 우스운 게야?"

하고 물으니, 그 사람이 말했다.

"진짜 방귀 뀐 그 자도 다른 사람들 틈에 끼어 함께 나를 욕했을 거라 생각하니 절로 웃음이 나네."

羣坐之中有放屁者, 不知爲誰, 衆共疑一人, 相與指而罵之, 其人實未曾放屁, 乃不辯而笑。衆曰, 有何可笑? 其人曰, 我好笑那放屁的, 也跟在裏頭罵我。

罵放屁: 방귀 뀐 자를 욕하다. / **共**: 모두, 함께. / **指**: 가리키다. / **未曾**: …한 적이 없다. / **辯**: 시비를 바로잡다, 변명하다. / **可笑**: 우습다. / **好笑**: 웃음을 자아내다. / **…的**: …한 사람. 지정된 사람이나 사물을 나타낸다. / **也**: …도. / **跟**: 따르다. / **裏頭**: 안, 속, 가운데.

부록

苦茶庵笑話集序

查笑話古已有之, 後來不知怎地忽爲士大夫所看不起, 不復見著錄, 意者其在道學與八股興起之時乎。幼時讀聖經賢傳, 見孟子述宋人揠苗助長芒芒然歸情狀, 不禁微笑, 孔夫子說其父攘羊其子證之, 至今尙有如此笑話, 若韓非子所錄種種宋人故事, 簡直是後來呆女壻的流亞了。《隋經籍志》中著錄魏邯鄲淳的《笑林》三卷, 至唐有侯白的《啓顔錄》等, 宋初所編類書中尙多引用, 但宋朝這類的著作便很少, 雖然別方面俗文學正逐漸生長, 笑話在文學的地位却似乎沒落下去了。明代中間王學與禪宗得勢之後, 思想解放影響及於文藝, 馮夢龍編《笑府》十三卷, 笑話差不多又得附小說戲曲的末座了, 然而三月十九天翻地覆, 胡人卽位, 聖道復興, 李卓吾與公安竟陵悉爲禁書, 墨憨齋之名亦埋沒灰土下,《笑府》死而復活爲《笑林廣記》, 永列爲下等書, 不爲讀書人所齒, 以至今日。其實, 這是很不公道的, 笑話自有其用處, 顯明可數。其一, 說理論事, 空言無補, 擧例以明, 和以調笑, 則自然解頤, 心悅意服, 古人多有取之者, 比於寓言。其二, 群居會飮, 說鬼談天, 詼諧小話亦其一種, 可以破悶, 可以解憂, 至今能說笑話者猶得與彈琵琶唱小曲同例, 免於罰酒焉。其三, 當作文學看, 這是故事之一, 是滑稽小說的根芽, 也或是其枝葉, 研究與賞鑒者均可於此取資, 唯中國滑稽小說不知爲何獨不發達, 笑話遂有孤苦伶仃之感耳。其四, 與歌謠故事諺語相同, 笑話是人民所感的表示, 凡生活情形, 風土習慣, 性情好惡, 皆自然流露, 而尤爲直截徹透, 此正是民俗學中第三類的好資料也。如小脚的嗜好, 固爲社會上明白的事實, 詩文歌謠彈詞戲劇隨處致其贊美, 再看笑話中《脚像觀音》及《逐段烘》諸條, 則美刺具備, 而男子們對於小脚之感情乃大明瞭矣。又如《換灰》(此本未錄)《賣糞》, 具見南方民間風俗之一斑, 此種小事從來文人學士素不屑記, 除了賈思勰郝懿行這幾位, 但這都是北方學者, 編笑話者多係南人, 大抵缺少這種樸實的學風, 而無意中却在這裏保留下好些風俗瑣事, 大是可喜的事。石天基紀錄過一則笑話, 說兒子割了別人的股去行孝, 這一面是《二十四孝》提倡的一個反影, 一面又何嘗不是中國社會的一個寫眞, 忠實地寫下來只略略地滑稽化而已。我們自國難以來這兩年裏所見所聞, 像這《割股》的事情豈不亦已多乎? 這種的笑話是先民的脈案, 然而到現在還還可應用, 皮鞭打出去, 鞭梢還回到自己的脊梁上來, 笑話也而有苦辣的諷刺小說的風味, 此又其別有意義的用處之一也。但是, 我的意思還是重在當作民俗學的資料, 茲先選抄明淸文人所編者爲一集, 如能更往民間從老百姓口頭錄下現時通行笑話爲第二集, 則其價値當更大矣。

笑話的內容, 根據《笑林廣記》的分類, 有十二類, 卽一古艷(官職科名等), 二腐流, 三術業, 四形體, 五殊禀(癡呆善忘等), 六閨風, 七世諱(幫閒娼優等), 八僧道, 九貪吝, 十貧窶, 十一譏刺, 十二謬誤, 是也。總合起來又可以簡單地分做挖苦與猥褻兩大類, 二者之間固然常有相混的地方, 但是猥褻的力量很大, 而且引人發笑的緣故又與別的顯然不同, 如挖苦呆女壻的故事, 以兩性關係爲材料, 則聽者之笑不在其呆而在猥褻, 如《戳破肚皮》(見《笑府》, 此本未錄)等例可見, 卽均屬此類, 故猥褻的笑話爲數殆極多。所謂挖苦者指以愚蠢殘廢謬誤失敗爲材料的皆是, 此類性質不一, 有極幼稚簡單者, 亦有較複雜者。大抵人情惡常而喜變, 對於違反習俗改變常態的事物言動多愛興趣, 此在兒童最爲明顯, 故「張貌」則笑, 見爹爹戴寶寶的帽或寶寶戴爹爹的帽亦均可笑, 而賈波林在銀幕上且以此藝術傾倒一世, 可謂偉矣。其次則幸災樂禍, 雖是人之大病, 然而此種機微的表現在凡人都不能免, 聽了人家的愚蠢謬誤, 能够辨別, 顯出智力的優勝, 見了別人的殘廢失敗, 反映出自己的幸運, 這大抵是使人喜樂的原因, 或者也可以作精神的體操之一助罷? 十年前我記錄《徐文長的故事》數則, 說明中曾云,「從道德方面講, 這故事裏的確含有好些不可爲訓的分子, 然而我們要知道, 老百姓的思想還有好些和野蠻人相像, 他們相信力卽是理, 無論用了體力智力或魔力, 只要能得到勝利, 卽是英雄, 對於愚笨孱弱的失敗者沒有什麽同情, 這只要檢查中外的童話傳說就可以知道。」這幾句話借了來又可以當作別一部分的說明。至於猥褻的分子在笑話裏自有其特殊的意義, 與上面所說的頗有不同, ——的確, 猥褻的事物在各色社會上都是禁制的, 牠的突然的出現原也一種違反習俗改變常態的事, 與反穿大皮鞋或酒渣鼻有些相像, 不過牠另有一種無敵的刺激力, 便去引起人生最强大的大欲, 促其進行, 不過並未抵於實現而以一笑了事, 此所以成爲笑話而又與別的有殊者也。這個現象略與呵癢相似。據藹理斯說, 呵癢原與性的悅樂相近, 容易引起興奮, 但因生活上種種的障礙, 不能容許性的不時的發現, 一面遂起阻隔, 牴牾之後阻隔隨去, 而餘賸的力乃發散爲笑樂, 其實悅樂在笑先, 笑則不復樂也。英國格萊格(J. Y. T. Greig)在所著《笑與喜劇的心理》第五章論兩性的猥褻的(男女關係事物)不雅的(兩便事物)篇中曾說,「在野蠻民族及各國缺少教育的人民中間猥褻的笑話非常通行, 其第一理由是容易說。只消一二暗示的字句, 不意地說出, 便會使得那些耕田的少年和擠牛奶的女郎都格格的笑, 一種猥褻的姿勢使得音樂堂裏充滿了笑聲, 其第二個更爲重要的理由則是有力量, 猥褻的笑話比別種的對於性欲更有强烈的刺激力。」由此看來, 我們對於這類笑話的橫行可以得到諒解, 但是其本相亦隨明瞭, 短長顯然可知, 翻開各笑話書卽見此類疊出不窮, 而選擇安排到恰好處, 可入著作之林者, 蓋極不易得, 卽爲此故。其表示刻露者, 在民俗資料上多極有價値, 今惜未能選入, 但可取其稍稍爾雅者耳。猥褻歌謠故事與猥褻語之蒐集工作亦甚切要, 今日國風乃趨於浮薄與苛酷兩端, 如何可言, 卽云且待將來, 亦不知此將在何日或畢竟有否也。

閒話少說。且說不佞今所集錄笑話, 凡三種, 皆明末淸初原本, 一爲《笑府》, 二爲《笑倒》,《山中一夕話》本, 三爲《笑得好》,《傳家寶》一二集本。我的意思是想使笑話在文藝及民俗學上稍回復他的一點地位, 故有種計畫, 一輯錄古書中的笑話, 二蒐集民間的笑話, 三選取現存的笑話書。第一種考古的工作非我現在所能擔任, 第二種事業雖更繁重我却願意投效, 不過成功須在將來, 到那時再說, 目下所做的便是那第三種的玩意兒了。說到現存的笑話書, 範圍很大, 分量也當不小, 要求完備當然是不可能, 此外還有一個限制, 便是儘先取用有編者姓名的, 結果是決定了這三種書, 而《笑林廣記》以至《一見哈哈笑》之流也就只能暫請落第了。

《笑府》原本十三卷, 是墨憨齋主人撰。墨憨齋是馮夢龍的公開的筆名, 他用這別號所編著的戲曲小說等書甚多, 其地位蓋在李卓吾金聖歎之間, 是明季純文學界的主帥之一人。他所編《古今談概》集史傳笑談之大成, 至清初爲人刪改, 名《古今笑》或《古笑史》, 有李笠翁的序文,《笑府》則純係假作, 以譏笑爲目的, 二者的異同正猶傳說之與童話焉。《笑府》後改編爲《笑林廣記》, 原本遂不傳, 今所知者唯大連滿鐵圖書館云有一部, 亦未得見, 今但以日本刻選本二種爲依據, 其一有二卷, 一只一卷, 題風來山人刪譯, 風來山人爲十八世紀日本天才作家, 譯雖未知眞僞, 但其聲名正足與墨憨抗衡, 故書坊遂取用之亦未可知。二本內容多不同, 今叄酌抄錄, 猥褻類有太甚者不得已暫從捨割, 原有序文, 今錄於下, 亦妙文也。文曰：

> 古今來莫非話也, 話莫非笑也。兩儀之混沌開闢, 列聖之揖讓征誅, 見者其誰耶？夫亦話之而已耳。後之話今, 亦猶今之話昔, 話之而疑之, 可笑也, 話之而信之, 尤可笑也。經書子史, 鬼話也, 而爭傳焉。詩賦文章, 淡話也, 而爭工焉。褒譏伸抑, 亂話也, 而爭趨避焉。或笑人, 或笑於人, 笑人者亦復笑於人, 笑於人者亦復笑人, 人之相笑寧有已時？《笑府》, 集笑話也, 十三篇猶云薄乎云爾。或閱之而喜, 請勿喜, 或閱之而嗔, 請勿嗔。古今世界一大笑府, 我與若皆在其中供話柄, 不話不成人, 不笑不成話, 不笑不話不成世界。布袋和尙, 吾師乎, 吾師乎。墨憨齋主人題。

說到這裏, 不禁聯想起《開卷一笑》卷七的一篇布袋和尙的《呵呵令》來了, 不嫌繁冗, 把全文錄在下面, 因爲很有點兒意義, 而且原書也不易見。文曰：

> 你道我終日裏笑呵呵, 笑着的是誰？我也不笑那過去的枯髏, 我也不笑那眼前的螻蟻。第一笑那牛頭的伏羲, 你畫什麽卦, 惹是招非, 把一個囫圇圇的太極兒弄得粉花碎。我笑那喫草的神農, 你嘗什麽藥, 無事尋事, 把那

千萬般病根兒都提起。我笑那堯與舜, 你讓天子, 我笑那湯與武, 你奪天子, 你道是沒有個傍人兒覷, 覷破了這意思兒也不過是個十字街頭小經紀。還有什麽龍逢比干伊和呂, 也有什麽巢父許由夷與齊, 只這般唧唧噥噥的, 我也那裏工夫笑着你。我笑那李老聃五千言的道德, 我笑那釋迦佛五千卷的文字, 乾惹得那些道士們去打雲鑼, 和尙們去打木魚, 弄些兒窮活計, 那曾有什麽靑牛的道理, 白牛的滋味, 怪的又惹出那達磨老臊胡來, 把這些乾屎橛的渣兒, 嚼了又嚼, 洗了又洗。又笑那孔子的老頭兒, 你絮叨叨說什麽道學文章, 也平白地把好些活人都弄死。又笑那張道陵許旌陽, 你便白日昇天也成何濟, 只這些未了精精兒到底來也只是一個寃苦的鬼。住住住！還有一笑。我笑那天上的玉皇, 地下的閻王, 與那古往今來的萬萬歲, 你戴着平天冠, 穿着袞龍袍, 這俗套兒生出什麽好意思？你且去想一想, 苦也麽苦, 癡也麽癡, 著什麽來由乾碌碌大家喧喧嚷嚷的無休息。去去去！這一笑笑得那天也愁, 地也愁, 人也愁, 鬼也愁, 三世佛也愁, 那管他燈籠兒缺了半邊的嘴。呵呵呵！這一笑, 這一笑, 你道是畢竟的笑着誰？罷罷罷！說明了, 我也不笑那張三李四, 我也不笑那七東八西, 呀, 笑殺了他的咱, 却元來就是我的你。

這末了幾句就是墨憨齋所師法的地方罷, 上頭對於兩儀列聖的不敬其實也從此出, 不但此也, 卽那歸玄恭或熊魚山所作的有名的《萬古愁》曲其格調意思與《呵呵令》很多相像, 我們不好說布袋和尙一定是這羣人的老師, 但至少總可以見那時文壇上有這麽一種空氣, 而《萬古愁》這種作法也不是作者一人的創始, 這是很明了的事實了。

《開卷一笑》有日本寶曆五年(西曆一七五五)翻刻第二卷本, 巢菴主人小序中云,《開卷一笑》明李卓吾所輯, 屠赤水亦加參閱, 後人删補改曰《山中一夕話》, 上集下集各有七卷, 上集專集詞賦傳記, 下集多出笑言嘲詠。北京大學藏有一部, 有老田海內氏家藏圖書印, 蓋亦係從海外傳來, 原刻上集七卷, 序目皆改稱《一夕話》, 而板心均仍作《開卷一笑》, 卷首署「卓吾先生編次」。第三卷尚留存「一衲道人屠隆叄閱」一行字樣, 餘悉挖改矣。下集原刻未見, 今通行《山中一夕話》蓋卽其改刻本；其中有《笑倒》一卷, 皆錄笑話, 今便據以選錄。全書上有序, 爲咄咄夫所作, 文亦佳妙, 今併抄之於下：

莫怪一夕間有許多饒舌也。古今一旦暮爾, 孩髦一夢覺爾, 竊聞堯舜中天方屬正午, 不知今夕何夕, 曾交未申時不？嗟乎哉, 蒼蒼者天, 茫茫者地, 卽不幻出無數皮囊, 亦覺饒有別趣, 何苦板板捏住輪迴, 奪頭誘人於生生死死之中, 復誘人於不生不死之地哉。因悟天地無人殊大寂寞, 定不可少此萬億陪堂, 演此一本大戲文來也。咄咄夫不知何許人, 亦不知生旦淨丑中那脚色, 更不知演到第幾齣將半本未？一夕思煩神躁, 忽欲邀天地於几案而問答之, 而又苦聲臭都無, 不可理會, 因大呼曰, 天何言哉, 夕死可矣。於是從無可消遣中覓一消遣法, 唯有對快士作快談, 代爲天地設一傳宣官而已。因與口先鋒約曰, 今夕大悶, 賴爾能頤我, 原爲天地輪迴, 今且欲輪迴天地也。話須沖破斗牛, 愼勿效俗儒喋喋, 不令人點首勿話, 不令人怕案勿話, 不令人忽笑忽哭, 不令人忽欲手舞足蹈勿話, 如有聽之欲臥者皆汝罪, 若不話寧但作咄咄聲, 悶氣猶得從此處發洩也。爰集十種話, 聊破一夕顔, 若以爲勝十年讀書也則吾豈敢。時戊戌春正月望日, 咄咄夫題於半菴。

《笑倒》爲十種之四, 上面有一篇小引, 其文曰：

大地一笑場也, 裝鬼臉, 跳猴圈, 喬腔種種, 醜狀般般。我欲大慟一番, 既不欲浪擲此閑眼淚, 我欲埋愁到底, 又不忍鎖殺此瘦眉尖。客曰, 聞有買笑征愁法, 子曷效之？予曰, 唯唯。然則笑倒乎, 哭倒也。集《笑倒》。

《笑倒》和《笑府》的序態度頗有點相近, 都是發牢騷, 借了笑話去嘲弄世間, 但是到了《笑得好》便很不相同, 笑話還是笑話, 却是拏去勸善懲惡, 有點像寓言了。《笑得好》一卷, 二集一卷, 首有自序, 說明用意, 而文殊不佳, 今姑錄存於下:

> 人性皆善, 要知世無不好之人, 其人之不好者總由物欲昏蔽, 俗習薰陶, 染成痼疾, 醫藥難痊, 墨子之悲深可痛也。卽有賢者, 雖以嘉言法語, 大聲疾呼, 奈何迷而不悟, 豈獨不警於心, 更且不入於耳, 此則言如不言, 彼則聽如不聽, 眞堪浩歎哉。正言聞之欲睡, 笑話聽之恐後, 今人之恒情, 夫旣以正言訓之而不聽, 曷若以笑話怵之之爲得乎。予乃著笑話書一部, 評列警醒, 令讀者凡有過愆偏私矇昧貪癡之種種, 聞予之笑, 悉皆慚愧悔改, 俱得成良善之好人矣, 因以笑得好三字名其書。或有怪予立意雖佳但語甚刻毒, 令聞者難當, 未免破笑成怒, 大非聖言含蘊之比, 豈不以美意而種恨因乎? 予謂沉疴痼疾非用猛藥何能起死回生, 若聽予之笑, 不自悔改而反生怒恨者, 是病已垂危, 醫進良藥, 尙遲疑不服, 轉咎藥性之猛烈, 思欲體健身安, 何可得哉? 但願聽笑者入耳警心, 則人性之天良頓復, 遍地無不好之人, 方知刻毒語言有功於世的不小, 全要聞笑卽愧卽悔, 是卽學好之人也。石成金天基撰。

用笑話作教訓, 說得古一點, 這倒是孔孟的傳統罷, 不過物以希爲貴, 古人偶一爲之, 後世又當作古逸笑話的吉光片羽, 所以很有意思, 若是整本的去做, 就難免是笨伯了。而且頂奇怪的是在這道學派的笑話集中特別多那些極不堪的故事, 有些簡直除猥褻外別無什麼可取, 附加的教訓自然全是胡扯, 在這里我想那編者的態度實在也同普通說猥褻話的一樣, 教訓只是一種掩飾, 向來標榜名教而寫淫書的人便多是如此,《野叟曝言》著者夏二銘卽其一例。但平心論之, 石天基《傳家寶》四集的宗旨大都是教人苟全性命於治世而已, 衛道氣還不十足, 其編集笑話雖內容蕪穢, 也還肯用眞姓名, 這是還可取的一點罷。

中國現時似乎盛行「幽默」, 這不是什麽吉兆。帝俄時代一個文人說, 諷刺是奴隷的言語, 這話很有意思。鄉民相遇, 說某人「伽藍菩」了, 雖與當鋪錢店的夥計酒醉飯飽將頭比屁股爲戱仿佛相似, 實際却有一個暗黑的背景。讓人民去談論, 發洩他們的鳥氣, 無論是眞的苦痛或是假的牢騷, 這倒是一種太平氣象罷。在此刻來編集笑話, 似乎正赶上幽默的流行, 有點兒近於趨時, 然而不然, 我沒有幽默, 不想說笑話, 只是想聽人家說的笑話, 雖然聽笑話在笑話裏也要被嘲笑。我現在找幾種編者署名的笑話書, 再由我署名編選爲一集, 當作俗文學及民俗資料的一種, 將來如能找到原刊《笑府》和《開卷一笑》下集加以補正, 那便是我最大的快樂了。

中華民國廿二年七月廿七日, 周作人記於北平。

徐文長的故事

小引

兒時聽鄉人講徐文長故事, 覺得頗有趣味, 久想記錄下來, 不知怎地終於不果, 現在偶遇機緣, 就記憶所及, 老實地寫出。這些故事大抵各處都有類似的傳說, 或者篇篇分散, 或者集合, 屬於一個有名的古人。英國「市本」(Chapbook)中有《培根長老的故事》, 卽以Roger Bacon 爲「箭垛」, 插上許多魔術故事。南京舊刻有《解學士詩》, 將許多打油詩都送給解縉, 隨處加上本書的敍述。我希望讀者如知道這類有趣味的傳說, 高興時記錄一點, 發表出來, 不但可供學者研究之用, 就是給我們素人看了消遣, 也是很可感謝的。

至於我寫這篇的原因, 十分之一由於想供傳說學的資料, 十分之二由於覺得很是好玩, 十分之三由於想不再講俏皮話, 以免招怨, 十分之四——最重要的是怕得罪了人, 法廳追問時, 被報館送了出去, 雖然是用着別號或匿名。因此我就找到這個講不負責的笑話方法, 倒是十分合式的一種辦法。中國反正是一團糟, 我們犯不着爲了幾句空話被老頭子小伙子(他們原是一夥兒)受恨, 上區成訟；我們倘被通緝, 文沒有名流代爲緩頰, 眞是「火筒裏煨鰻」了。啊,「舊性不改, 依舊落海」, 又要說出不相干的話了, 趕快停筆, 還是講徐文長的故事罷。甲子六月六, 記於鳳皇磚齋。

其一

徐文長在街上遇見賣缸的, 問一斤賣幾文。賣缸的見他外行, 答說「百文(?)一斤」。徐文長叫他扛著, 跟了他走了許多路, 到得家裏, 他進去拿出鐵鎚和秤來, 說「我只要秤二斤就夠了」。賣缸的只好又扛了回去。

其二

徐文長在橋邊看見一個鄉下人生挑着一擔糞走來, 他便說, 「這橋上挑了不好走, 我帮你抬過去罷。」鄉下人見他是斯文人, 不敢勞他, 但是他一定願意帮忙, 於是把一隻糞桶抬過橋去了。隨後他對鄉下人說道, 「我乏極了, 那一桶不能再抬, 請你自己設法罷。」

其三

有一個去找徐文長, 說他的女兒喜歡站在門口, 屢戒不聽, 問他有沒有什麽好法子。徐文長說只要花三文錢, 便可替他矯正女兒的壞脾氣。那父親很高興, 拿出三文錢交給徐文長, 他便去買了一文錢的豆腐和兩文錢的醬油, 托在兩隻手上, 赤着背, 從那女兒的門外走過。正走到他的前面, 徐文長把肚皮一癟, 褲子掉了下來, 他便嚷着說, 「啊呀, 褲子掉了, 我的兩隻手不得空, 大姑娘, 請你替我繫一繫好罷。」那姑娘跑進屋裏去, 以後不再站門口了。

其四

徐文長住在一個寺裏, 方丈待他很怠慢。他每清早, 承和尚睡着未起的時候, 穿戴了個僧衣僧帽, 往後園去, 對着一家樓窗小便,這乃是一個武宮的小姐的繡房。她把這事告訴了父親, 把方丈拿去, 一頓板子打殺了。後來寃鬼尋着了他, 有一天他回家去, 恍惚看見他的妻和一個和尚同睡, 用刀砍去, 原來却只是她獨自睡着。徐文長因爲這件事, 坐了好幾年的監, 好容易纔得放免。

按袁宏道著 徐文長傳 云,「有沙門負貴而穢, 酒閒偶言於公(胡宗憲), 公後以他事杖殺之,」似所說非全無依據。傳又云,「以疑殺其繼室,」陶望齡著傳亦云,「渭爲人猜而妬, 妻死後有所娶, 輒以嫌棄, 至是又擊殺其後婦。」文長自著年表曰《畸譜》, 紀其事曰,「四十六歲, 易復, 殺張, 下獄。」則在精神錯亂中因妬殺妻當亦係事實。果報之事, 據別一傳說云,「後來皇帝召見徐文長, 有所問詢, 正擬回答, 忽覺頭痛不可忍, 說不出話來, 不稱旨, 遂不見登用。退朝脫去朝冠, 見裏面有一個蝎子, 頭頂已被螫腫。」此乃傳說中一種普通的「母題」, 在各故事中常見類似的例。

其五

有人同徐文長賭賽, 如他能夠往三埭街連呼「墮貧」三聲, 當請他吃酒。徐文長便到三埭街的舊貨店着一個瓷瓶叫道,「那個大瓶賣多少錢？那個大瓶, 那個大瓶！」店裏的人無可如何, 他終於得勝而去了。

又有鄉村演戲, 請徐文長寫戲台的匾, 文曰,「天下太平。」但是他們的報酬少給了一點, 所以等到把匾掛好之後, 大家一看, 見第三個字缺了一筆, 變成「天下大平」了。村民大窘, 又去求他, 他隨後走來, 把筆擲上去在大字下點了一下, 大家這纔安心了。

按紹興自明以來有種公奴名曰「惰民」, 本地則稱「墮貧」(Doobing), 與大瓶大平同音。據說清雍正元年後, 政府屢次宣布除籍, 但社會上還是同樣的歧視, 他們也仍甘以「墮貧」自居。他們的職業, 男的做戲子吹手, 收雞毛, 換糖(用麥糖或炒豆換破布), 釣田雞等, 女的稱老漫(Laumoen), 有喜喪等事時爲人家服務, 近來更業賣笑, 浪子社會稱之曰「鰻線」。府城內的惰民聚居於三埭街(Sandaaka), 自成部落, 甚有勢力, 平民往區內, 如觸犯忌諱, 常被侮辱。但在三埭街以外則又被平民所輕蔑, 俗諺有云,「人生路不熟, 看見墮貧叫阿叔,」謂不得已而問路於墮貧, 有失身分也。革命以後, 重行宣布解放, 迄未發生效力。

其六

徐文長買白菜, 賣菜的說一文一斤, 他說一文兩斤, 賣菜的粗魯地答說,「那只好買糞吃。」徐文長便不再計較, 說他要, 照討價買下了, 可是秤來秤去費了許多工夫, 賣菜的覺得很餓了, 等徐文長進去算帳之後, 他看桌上有兩個燒餅, 便拿來吃了。徐文長出來, 向桌上張望, 賣菜的便說,「這里兩個燒餅是我借吃了。」徐文長頓足道,「了不得, 這是砒霜燒餅, 我拿來藥老鼠的。」賣菜的十一分驚慌道,「那怎麽好呢？」徐文長道,「現在已經來不及叫醫生, 聽說醫砒毒只有糞清最好, 你還一是到糞缸那裏吃一點罷。」賣菜的性命要緊, 只能去吃, 徐文長隧對他說道,「究竟是誰吃了糞呢?」

其七

徐文長遇見一個賣鷄蛋的, 說要全買, 叫他在石頭上張着兩臂作圈, 自己把雞蛋點數放在圈內。數了之後, 徐文長說去拿籃子來盛, 却再也不出來。賣鷄蛋的伸着兩臂圍住雞蛋, 不能動一動, 正在焦急, 裏邊又放出一隻大狗來, 眞把他嚇得不知怎麽樣才好了。

其八

有許多老太婆坐了一隻船去進香, 遇見徐文長請求搭船, 她們就答應了。徐文長下了船, 坐在船頭上, 說替她們燒茶。他拿出一包糖, 泡起糖茶來, 老太婆本來是喜歡喝糖茶的, 又經徐文長殷勤相勸, 左一碗右一碗地不知吃了多少, 不久便覺得肚脹, 想要小解了。她們正急得沒法, 却又見徐文長在那里拿着一支紙撚鼻孔, 很舒服似地打嚏呢。她們問說,「徐先生, 你在幹什麼?」他答道,「我想小解, 只是現在不便, 所以在這里打幾個噴嚏通通氣, 便不要緊了。」她們一聽有這樣的好法子, 大家動手齊來仿行, 可是才打了一個嚏, 小便就立刻都漏了出來了。

說明

關於這一篇東西, 我恐怕還須得有一點說明附在後面。第一, 我這里所述的都是我個人所知道的「徐文長」(Dzhiventzang), 一定與別人所知道的有些不同, 而且又是二十五六年前聽過的話, 此刻追記下來, 一定有許多錯誤或缺少的地方:這都要請大家加以指教的。

第二, 有些道學家及教育家或者要對我「蹙頞」, 以爲這些故事都很粗俗, 而且有地方又有點不雅。這個批評未必是不中肯綮, 不過我的意思是在「正經地」介紹老百姓的笑話, 我不好替他們代爲「斧政」。他們的粗俗不雅至少還是壯健的, 與早熟或老衰的那種病的佻蕩不同——他們的是所謂拉勃來派的(Rabelaisian), 這是我所以覺得還有價值的地方。從道德方面講, 這故事裏的確含有好些不可爲訓的分子, 如第七篇裏私那樣無理由地捉弄人, 卽其一例。然而我們要知道, 老百姓的思想還有好些和野蠻人相像, 他們相信力卽是理, 無論用了體力智力或魔力, 只要能得到勝利, 卽是英雄, 對於愚笨孱弱的失敗者沒有什麼同情, 這只要檢查中外的童話傳說就可知道。現在我們又不把這些故事拿去當經書念, 找出天經地義的人生訓來, 那麼我們正可不必十分認眞了。「天下之人」太容易向文字上邊看出教訓, 雖然他們實際上並不曾脅遵行任何教訓, 然而天下總已自此多事, 鼓吹與禁止一樣地都是這些庸人鬧出來的了。

古德有言,「學我者病, 來者方多。」我不敢自比古人, 但我覺得自己的這種介紹是頗危險的。恐怕逸出軌道, 變成上海一流的遊戲文字, 以爲他們所做的那些垃圾也是有價値的東西, 那就糟了。好在紀錄舊有傳說, 還不至於這種弊病, 只要述而不作, 不自作聰明, 此外雖有些缺點, 總沒有什麼緊要了。

半菴笑政

笑品

利齒　工模仿　入勝　勿作意　一語解紛　默會　翻腐爲新

笑候

炎伏　霖雨惱人　客舟　月下　久旅將歸　無宿處夜坐　乍失意　偸閑

笑資

對客淵氣　鄕下人着新衣進城拜年　聽醉語　學官話　優人打諢　帮閑客作　足恭狀　啞子比勢　村夫掉文　和尙發怒　癡人聽因果垂淚　口吃人相罵　翳子飮食不利便

笑友

多姬　知己　韻小人　酒肉頭陀　羽流　屬意人

笑忌

笑中刀　刺人隱事　不理會　饒舌　涉閫政　侮聖賢　分左右袒　令人難堪　先笑不已　寓炎　涼

補記

《半菴笑政》一卷, 收在《檀几叢書》餘集中, 撰人爲陳皐謨, 字獻可, 然則此殆是咄咄夫的眞姓名歟。查字典有陳皐謨字贊廷, 江陰人, 明嘉靖進士, 而半菴爲淸康熙時人, 可知其爲別一陳皐謨矣。廿二年九月二十日添註。

해설

중국 고대소화의 갈래와 기교

Ⅰ. 서언

笑話는 문학영역에서 그 독특한 성질과 기능으로 인해 하나의 독립된 장르를 형성하고 있다. 소화의 기본 특징은 '故事性'이다. 그것은 늘 인물과 사건에 대한 서술을 통하여 웃음을 유발한다. 이 점으로 보면 소화는 기본적으로 小說로 귀속되어야 마땅할 것이다. 그러나 소화에는 일반적인 소설과 확연히 구별되는 또 다른 특징들이 많다. 외형에서 드러나는 가장 현저한 특징은 작품의 언어가 극도로 절제된 '超小型'이라는 점일 것이고, 내용에 있어서는 역시 웃음을 유발하는 '喜劇性'이라 할 것이다.

소화는 반드시 웃음을 유발해야 하므로 '강렬한 喜劇性' 즉, '滑稽에 의한 興趣'는 곧 소화문학의 가장 중요한 특색이다. 그러나 웃음이 결코 소화 자체의 유일한 목적은 아니며, 그것은 단지 수단으로서 더욱 효과적으로 사상과 감정을 전달하고자 하는 궁극적 목적의 달성을 위한 것이다. 다시 말해서 터져 나오는 웃음 이면에는 불량한 사상적, 도덕적 행위에 대한 비판이 내재해 있다는 것이다. 따라서 소화는 표면적으로는 발랄하고 해학적인 모습을 띠지만, 그 사상적 본질은 매우 엄숙한 것이다. 거기에서는 언제나 시비의 관념이 정직하게 발휘되고 애증의 감정이 선명하게 표출된다.

문학작품으로서의 소화는 상대를 공격하는 무기이자 대중을 교육하는 도구일 뿐만 아니라 생활에 활력을 더하는 오락으로서, 이러한 소화가 자아내는 갖가지 웃음으로 우리는 더욱 건강한 생활을 영위할 수 있다.

여기서 소화문학의 갈래를 한중 양국의 이질적인 장르 체계 속에서 살펴보고 그 차이를 비교해 보는 것이 이 글의 첫 과제이다.

소화는 대개 희극 색채가 짙은 풍자고사로서, 강한 폭로성을 띠고 심오한 철학적 이치와 함께 첨예한 사회적 갈등을 내포한다. 또 그 표현방법은 절제된 언어 사용으로 불과 몇 마디의 말로써 극적인 장면을 연출해낸다. 즉, 폭로 또는 부정할 대상에 대해 간단하게 구성된 줄거리를 설명한 후, 일반적인 예상을 뛰어넘는 마지막 한마디 익살맞은 말로 주제사상을 함축적이고 효과적으로 표출함으로써 통쾌감을 일으키는 것이다.

소화는 내용의 전개방식으로 보면 서술체를 쓰기도 하고 대화체를 쓰기도 한다. 또 그 구성의 사실성으로 보면 眞人·眞事일 수도 있고 전설이나 우언일 수도 있다. 시대로 말하자면 지나온 역사일 수도 있고 단순한 견문일 수도 있다. 그 효용으로 말하면 한바탕 웃음이 목적인 것도 있고 諷諫의 깊은 의미를 전달하고자 하는 것도 있다. 따라서 소화는 우언·소설·야사 등과 같은 체제와의 유사성으로 인해 흔히 그 명확한 분계선을 긋기 어려운 경우가 많다.

실지로 중국고대문학사의 기술에서 소화문학의 형성과 발전의 양상을 살필 수 있는 대표적인 문학형식으로 우언과 필기소설을 들 수 있다.[1] '우

1 중국의 소화문학사는 최근 민간문학의 영역에서 다루어지는 것이 일반적 상황이나, 그 형성과 발전 초기의 특성으로 볼 때 寓言과 筆記小說 같은 전통적인 형식

언'이란 일정한 철학적 이치를 기탁하고 있는 勸諭·諷諭의 이야기를 말하며, '필기소설'이란 隨筆·筆談·雜識·劄記 등과 같은 필기 문장 중에서 일정한 서사구조를 갖춘 인물 중심의 이야기를 말한다. 우언 및 필기소설과 소화의 연관성을 역사적 관점에서 살펴보는 것이 이 글의 둘째 과제이다.

'喜劇性' 곧 '滑稽에 의한 興趣'는 소화문학의 가장 중요한 특색이라는 점을 앞서 말한 바 있다. 이는 소화작품이 웃음을 자아낼 수 있도록 형상화되어야 한다는 것을 의미한다. 서사구조가 그러해야 하며 표현양상이 또한 그러해야 한다. 따라서 本稿의 세 번째 과제로는 소화의 표현에 있어 드러나는 예술적 특징을 몇 가지 점에서 개괄해 보기로 한다.

과의 밀접한 관련성에 주의를 기울일 필요가 있다. 이 방면의 대표적인 최근의 저작으로는 다음과 같은 것이 있다. 祁連休·程薔 (編),『中華民間文學史』(石家莊: 河北教育出版社, 1999); 劉守華,『中國民間故事史』(武漢: 湖北教育出版社, 1999); 陳蒲淸,『中國古代寓言史』(板橋: 駱駝出版社, 1987); 凝溪,『中國寓言文學史』(昆明: 中國寓言文學史, 1992); 吳禮權,『中國筆記小說史』(1993年 臺灣 第1版; 北京: 商務印書館, 1997); 苗壯,『筆記小說史』(杭州: 浙江古籍出版社, 1998)

Ⅱ. 민간 전승문학 작품으로서의 소화의 갈래

(1) 중국문학에서의 民間文學—民間故事—笑話

중국문학에서 '民間文學'은 '口頭文學'·'口碑文學'·'口傳文學' 등으로 불리기도 한다. 이는 그 작자가 일반 민중이며, 또 표현수단으로 주로 구어를 사용한다는 점에서 일정한 전문작가에 의해 씌어진 '書面文學'에 대하여 상대적으로 붙여진 명칭이다. 이처럼 민간문학은 일반 민중에 의해 직접 창작되어져 입으로 전승되므로, 그것은 주로 광범한 대중의 생활과 사상·감정을 반영하고 그들의 심미관념과 예술정취를 표현해 내는 구두문학 작품으로 구성된다.

학술용어로서의 민간문학은 국제술어 'Folk·lore'에서 나온 것이다. 이 술어의 의미는 '민중의 지혜' 혹은 '민중의 지식'으로, 19세기의 70년대 서양학자들에 의해 채용되어 '민속학'의 뜻으로 확정되었다. 이 민속학의 의미와 함께 또 협의로는 구전문학에 국한되기도 하는데, 이것이 바로 오늘날 중국에서 보편적으로 통용되는 민간문학의 의미이다. 중국에서는 신정부 수립 초기, 고등교육기관에서 'Folklore'(민간전승, 민속; 민속학)에 대한 譯語로서 '人民口頭創作'이란 교과과정이 개설되었다가 후에 점차 '민간문학'으로 개칭되어 오늘에 이르고 있다.

중국의 민간문학 작품은 그 체재에 따라 대개 다음과 같이 세 부류로 구분된다.

民間故事類 : 신화·전설·생활고사·소화·우언·동화 등의 산문작품

民間詩歌類 : 民歌·民謠·諺語·民間長詩·繞口令·謎語 등의 운문작품
民間曲藝와 **戱曲類** : 評書·鼓詞·彈詞·快板·相聲·快書 등 說唱文學 형식의 曲藝와 民間小戱 등의 작품[2]

이것은 모두 민간문학의 전통 형식이다. 민간문학의 작자는 주로 일반 민중으로서, 그 작품은 '작가문학'보다 선행되며 문학의 始原이 된다. 아울러 그것은 구두 언어로 창작되고 입과 귀로 전승된다. 따라서 이렇게 형성된 민간문학은 작가문학과는 달리 그 내용에 있어 민중이라는 계층과 그들의 의식을 직접 표출해 내는 민중적 특성을 지님과 동시에 창작과 전승과정에서 口頭性·流傳變異性·傳統性·集體性의 특징을 지닌다.[3] 이는 곧 그 내용 및 형식과 창작·전승방식상의 기준이 되는 것으로서 진정한 의미의 민간문학 작품이 되기 위한 필수 불가결의 요소들이다.

중국 민간문학의 한 갈래인 '民間故事'는 또 '古經'·'說古'·'學古'·'瞎話'로도 불린다. 그 제재와 내용 및 전승 상황의 차이에 따라 넓게는 신화·전설·생활고사·소화·우언·동화 등을 모두 포괄하나, 좁게는 신화·전설을 제외한 동물고사·魔法(幻想)고사·생활고사·소화와 같이 환상성과 현실성이 비교적 강한 서사적 산문작품만을 포함한다.

---

2 段寶林, 『中國民間文學槪要』, 再版(北京: 北京大學出版社, 1998), p. 2 참고.

3 北京大學의 段寶林 교수는 『中國民間文學槪要』, pp. 9～18에서 민간문학의 형식과 전승방식상의 특징으로, 첫째 '口頭性'은 민간문학의 외부적 특성으로서 구두로 창작되고 구두로 전승되는 점, 둘째 '流傳變異性'은 대개 민간문학이 時空的 전승과정에서 變異가 발생한다는 점, 셋째 '傳統性'은 민간문학의 변이에는 일정한 규율이 있어서 단지 전통적 특색의 기초 위에서 점진적으로 변화한다는 점, 넷째 '集體性'은 민간문학의 창작방식에 있어서의 본질적 특성으로 민간문학은 집단적으로 창작·전승되며 집단에 의해 향유된다는 점을 들고 있다.

소화를 포함한 이들 작품의 공통성은 산문 형식의 서사, 인물과 사건의 구성, 傳奇的·幻想的 요소 등을 들 수 있다. 또 편폭은 보통 그리 길지 않으나, 일반적으로 이야기의 줄거리가 생동감 있고 완전한 구성의 사건 전개가 이루어진다.

중국의 소화는 '民間趣事' 혹은 '滑稽故事'로도 불린다. 소화는 短小한 형식에 강렬한 喜劇性을 띤 이야기로 민간고사의 하위갈래에 속한다. 웃음을 유발하는 소화는 그 편폭이 단소하면서도 풍자적이고 해학적인 구전작품이다. 일부 지역에서는 민간고사를 통칭하여 소화라고도 하나 이는 광의의 개념이다. 협의의 소화는 전설·생활고사·동화 등의 작품과 구별되는 강렬한 희극성을 지닌 민간고사만을 지칭한다.

(2) 국문학에서의 口碑文學—說話—民譚—笑話

우리 국문학에서는 이야기와 시 및 노랫말 등의 말로써 전해지는 설화·민요·무가·판소리·민속극·속담·수수께끼 등과 같은 민간 전승문학을 지칭하여 구비문학·구전문학·민속문학이라 하고, 또 달리 民間文學·流動文學·漂迫文學·積層文學 등으로도 부른다. 여기서 구비문학과 구전문학은 표현수단에 있어서 문자가 아닌 말로써 전승되기 때문에 생긴 명칭이다. 이는 '말로 된 문학'을 의미하며 문자로 정착된 '기록문학'과 구별된다. '말로 된 문학'은 오로지 말로써 존재하고 전달되며 전승된다. 그러므로 원래대로의 보존은 어려우며 변화하면서 전승된다. 그러나 저자에 의해 기록된 후에도 계속 사람들에 의해 말로 전승되는 것도 넓은 의미에서 이에 포함된다.

민속문학은 민속학적인 관점에서 보아 민중이라는 향유층의 삶의 역사가 문학화되어 있기 때문에 붙인 이름이며, 민간문학은 현재 중국에서 많이 쓰이는 용어로서 민간에서 창작되는 구두창작 곧 민간에서 개인이 아닌 일반 군중에 의해 창작·전승되는 민중의 향유물이라 하여 붙인 명칭이다. 유동문학·표박문학·적층문학은 그것이 오랜 세월 동안 말로 전해 오면서 계속된 변화의 누적으로 개별적 작품이 존재한다는 뜻에서 붙여진 명칭이다.[4]

이상의 명칭 중에서 현재 우리 국문학계에서 보편적으로 쓰고 있는 것이 '구비문학'이다. 이는 글로 된 문학인 기록문학과 상대되는 것으로서 말로써 전승되는 문학이되, 그 생명의 영구성에다 가치를 두어 붙인 명칭이다.

국문학에서는 소화를 '설화'의 하위분류인 '민담'의 일종으로 분류한다. 설화는 문자 그대로 풀이하면 '이야기'를 뜻한다. 그것은 말로 전달되는 일정한 구조를 가진 꾸며 낸 이야기이니, 곧 허구적이며 서사적인 이야기이다.

설화는 다른 용어로 '古談'·'昔話'·'民譚'이라고도 불린다. 그러나 고담과 석화에는 시간적 제약이 내포되어 있고, 민담은 설화의 하위분류 가운데 하나인 또 다른 민담과 혼동될 수 있다는 점에서 설화의 대치어로는 부적합하다고 본다. 설화의 하위분류를 보통 편의상 신화·전설·민담으로 삼분한다.

민담은 역사적 사실이 아니고 화자나 청자가 사실로 믿지 않는다는 점에서 전설과 구분된다. 흥미를 위주로 하기 때문에 허구적인 성격이 강하다. 민담은 대개 동물담·본격담·소화 등으로 나눈다.

---

4 김선풍 등, 『민속문학이란 무엇인가』, 再版(서울: 집문당, 1995), pp. 13~16 참고.

이상으로 한·중 양국의 구비문학 또는 민간문학의 대체적인 범주와 특성에 대해 살펴보았다. 여기서 한 가지 지적할 문제는, 한·중 양국이 사용하고 있는 학술용어가 동일한 개념 범주에 대해 같은 용어를 사용하는 경우도 많지만, 때로는 전혀 다른 용어를 사용하는 경우가 없지 않다는 것이다. 더욱이 동일한 용어를 사용하면서 전혀 다른 형식과 내용의 작품 범주를 지칭하게 될 경우, 한·중 비교문학의 원만한 연구를 위해서는 먼저 학술용어의 개념과 대상범위에 대한 비교 검토가 선행되어야 할 것으로 본다.

우선 첫 번째 문제로, 앞에서 민간 구비전승의 문학작품군을 일컬어 중국에서는 '민간문학'이, 그리고 우리나라에서는 '구비문학'이란 용어가 최근 학계의 보편적인 명칭으로 정착되고 있음을 살펴본 바 있다. 사실 漢字를 어휘의 개념과 의미표현의 공통 문자로 사용하고 있는 양국이 '민간문학' 또는 '구비문학'의 성격과 범위를 거의 동일하게 규정하면서도 서로 다른 명칭을 사용할 때에는 거기에는 분명 그 의미에 있어 언어관습과 사회문화적 요인에 기인하는 모종의 인식의 차이가 존재할 것으로 본다.

1970년대 이래, 우리 국문학계에서도 이러한 용어 사용 문제를 놓고 용어들이 담고 있는 조금씩 다른 의미에 대한 문제인식이 있었고, 그 동안 이에 따른 적절한 논의와 귀결이 있었던 것으로 안다.

> 구비문학은 문자를 통해 기록물로 전달되는 문학이 아니고, 입을 통해 말〔言語〕로 전달되는 문학을 가리키는 명칭이다. 이렇게 말로 된 문학을 口傳文學, 民俗文學, 口碑文學 또는 口傳文藝, 口承文藝, 民間文藝, 民間文學이라 부르기도 하고, 구미지역에서는 Oral literature, Oral tradition, Litterature Orale, Folk literature라 한다. 이런 용어들은 모두 입을 통해 말로

전달되는 문학을 가리키는 명칭이지만, 보는 입장에 따라서는 그 의미가 각기 차이가 있을 수 있다.[5]

이와 같은 문제 제기에 따라 앞에서도 이미 어느 정도 언급되었듯이, 우리 학계에서 비교적 많이 쓰고 있는 구비문학·구전문학·민속문학이 모두 사용상 큰 무리가 없는 용어들이기는 하나, '민속문학'은 英美 쪽의 Folk literature와의 관련성과 문학연구의 관점에서 볼 때 용어로서의 생경함 때문에 거리감이 있을 수 있고, '구비문학'은 '구전문학'에 비해 "입으로 전하되 그것이 빗돌에 새긴 것과 같이 영원히 변하지 않는다"는 '구전성'과 '영구성'이 더욱 강조된 것으로 본다는 것이다.[6]

이 문제를 다시 한·중 양국 간의 사회문화적 관점의 차이로 규정해 볼 때, 먼저 중국에서는 민간문학 작품의 내용상의 요건으로 '人民性', 즉 민중성이 특별히 강조되고 있음에 주목할 필요가 있다.

내용면에 있어 민간문학의 특징적인 점은 그것이 노동 인민의 계급성과 진보성을 표현했다는 것인데, 바로 직접적 인민성이다. 물론 거기에도 역사적·계급적 한계가 존재한다. 우리들은 이렇게 생각한다. 오직 노동 인민의 사상·감정과 생활의 내용을 표현한 작품만이 민간문학이고, 만약 봉건적 사상을 선양한 작품이라면 비록 민간의 형식을 운용했다 하더라도, 그것은 반동계급의 위조품이요 '高等華人語(고급중국어)'이지 민간문학이 아니다. 이 민간문학에 대한 계급적 한계와 사상적 한계는 조금도 애매해서는 안 된다.

民間文學在內容方面的特點是它表現了勞動人民的階級性和進步性, 也

---

5 金泰坤 외,『韓國口碑文學概論』, 1판 2쇄(서울: 民俗苑, 1996), p. 13.

6 張德順 외,『口碑文學概說』, 1版 27刷(1971년 初版; 서울: 一潮閣, 1999), pp. 1~2; 김기창,『한국 구비문학 교육사』(서울: 집문당, 1992), pp. 19~20; 金泰坤 외, 앞의 책, pp. 13~14 참조.

就是直接人民性。當然, 它也存在着歷史的和階級的局限性。我們認爲：只有主要是表現勞動人民的思想感情和生活內容的作品才是民間文學, 如果主要是宣揚封建思想的作品, 雖然運用的是民間形式, 也是反動階級的僞造品, 是“高等華人話”, 而不是民間文學。對于這條民間文學的階級界限和思想界限, 不能有絲毫的含糊。[7]

이러한 점에 비해서 우리의 구비문학은 대개 '삶에 대한 인식을 갖춘 말의 문학'으로 규정되고, 그 중에서도 특히 '말로 된 문학'이란 측면을 기본요건으로 보고 있다. 우리 구비문학의 정의에 대한 다음 설명을 보자.

구비문학은 앞서 언급했듯이 '말로 된 문학'으로 정의된다. 이때 말로 된 문학이라고 하는 것은, 말로 존재하고, 말로 전달되고, 말로 전승된다고 하는 세 가지 측면을 포함하는 말이다. 이러한 세 가지 조건을 갖추고 있을 때 온전한 구비문학으로 인정된다.

이 중 가장 기본적인 조건은 '말로 존재하는 것'이라고 할 수 있다. 구비문학이 말로 존재한다는 것은 기본 텍스트 자체가 말이라는 뜻이다. 그것은 글을 구비적으로 전달하는 것과는 엄연히 구별된다.[8]

이로 볼 때, 결국 중국에서는 주로 민중이라는 창작주체와 구어라는 표현수단에 중점을 두고 있는데 비해, 우리나라에서는 글이 아닌 말이라는 표현수단과 함께 그 전승방식에 더욱 주목한 것으로 여겨진다.

다음으로 지적할 문제는, 민간 전승문학 작품 중 '말로 전승되면서 저자가 알려지지 않은 이야기 형태의 민간 서사'를 지칭하여 중국의

7 段寶林. 앞의 책, p. 8.

8 강등학 외,『한국 구비문학의 이해』(서울: 도서출판 월인, 2000), p. 17.

민간문학에서는 '故事'로, 그리고 우리의 구비문학에서는 '說話'란 용어를 사용하고 있다. 이 '고사'와 '설화'는 양국이 다 함께 사용하는 어휘이기는 하나, 학술명칭으로서의 의미는 사뭇 다르다. 즉 우리가 말하는 '설화'를 중국 민간문학에서는 唐宋시대의 說唱藝術 형식의 일종으로 파악한다.[9] 字意로는 '講故事', 즉 '이야기하기'라는 뜻으로 대개 小說·說經(宗教故事)·講史·合生(2인 연출)의 네 부류로 나눈다. 당송의 설화 예술은 민간에서 말해진 이야기나 소화로부터 발전한 서사예술로서, 그것이 일종의 기예로 형성되는 데는 劇談·戲弄에 능한 당시의 배우나 궁중의 하급관리들의 공헌이 지대하였다. 배우들은 익살과 해학으로써 통치자의 환심을 얻기도 하고 또 戲言과 농담으로 늘 당시의 정치를 풍자하기도 했는데, 사람을 웃기는 그들의 재간은 민간소화에 바탕을 둔 것이었으며, 이는 동시에 설화 예술을 성숙시키는 기틀이 됨으로써 중국에 있어 초기의 설화는 희극 풍격의 소화류가 주를 이루면서 점차 설창문학 형식의 '曲藝'로 발전해 나갔던 것이다.

따라서 한·중 양국의 '고사'와 '설화'는 전체 구비문학 혹은 민간문학의 분류체계로 볼 때는 동일한 작품 범주를 가리키나, 개별 어휘의 용법상으로 볼 때는 용어가 가리키는 대상 작품들이 그 韻·散의 형식과 작품의 풍격·내용에 있어 전혀 다른 것이라 하겠다. 이러한 문제는

9 중국 민간문학의 하위갈래로서의 '說唱藝術'은 '曲藝'라고도 부른다. 통상 동작과 함께 말과 노래로써 이야기를 엮어 환경을 묘사하고 인물형상을 창조한다. 특히 언어의 음악성에 주의를 기울이고 분명하고 유창하게 口演하여 聽者로 하여금 용이하게 이해하도록 해야 할 뿐만 아니라, 입에 충분히 숙달시켜 줄줄이 읊어 내거나 가락에 맞추어 歌唱할 수 있어야 한다. 일반적으로 세 종류로 나눈다. 첫째 彈詞·鼓詞와 같은 '說'과 '唱'을 모두 하는 것, 둘째 評書·相聲과 같은 '說'을 위주로 하는 것, 셋째 淸音·小曲과 같은 '唱'을 위주로 하는 것 등이 있다.

양국의 언어관습의 차이에서 발생하는 것으로 보이므로, 연구자의 명확한 구별이 요구된다.

이상의 비교에서, 중국 민간문학의 '고사'는 곧 우리의 '설화'나 '민담'과 유사한 개념이며, 또 중국의 '민간고사'와 우리나라 '설화'의 하위분류로 볼 때 '소화'는 한·중 양국이 모두 거의 동일한 분류체계를 갖고 있음도 확인하였다. 그러므로 양국 민간 전승문학의 개념과 체계의 이러한 유사성은 그 용어상의 차이에도 불구하고 앞으로 원활하고 직접적인 비교 연구를 용이하게 하리라고 본다.

Ⅲ. 중국 고대소화의 전통 형식

(1) '寓言' 형식과 笑話

중국 민간문학의 각종 고사 중에서 소화와 우언의 관계는 가장 밀접하다. 先秦시대의 經書·子書·史書 중에는 많은 우언성 소화들이 전해 내려온다. 이것은 어떤 이치를 효과적으로 설명하기 위해서는 때로 諷諫이 필요하였기 때문일 것이다.

예를 들면 허영에 찬 행위를 조소하는 「齊人有一妻一妾」, 철저한 자기만족의 심리를 조롱한 「以五十步笑百步」 및 「揠苗助長」·「校人烹魚」 등의 소화가 『孟子』에 보존되어 있다. 또 「東施效顰」·「庖丁解牛」·「望洋興歎」·「井底之蛙」·「郢人運斧」 등의 우언은 바로 당시에 유행하던 민간소화의 정수로서 『莊子』에서 철학사상을 설명하는 데 사용되고 있다. 그리고 『韓非子』의 「說林」·「儲僥」篇은 대부분 당시의 遊說家들이 제공한 변론 자료로서, 여기서도 물론 당시에 가장 보편적으로 인지되고 있던 소화를 채용하고 있다. 그 결과 「濫竽充數」·「買櫝還珠」·「卜人爲褲」·「鄭人買履」·「自相矛盾」·「守株待兎」 등의 佳作들이 오늘날까지 보존되어 오고 있다. 그 외에도 『戰國策』에는 「畵蛇添足」·「狐假虎威」·「南轅北轍」·「鷸蚌相爭」 등이, 『呂氏春秋』에는 「刻舟求劍」·「失斧質疑」·「掩耳盜鈴」·「割肉相啖」 등의 작품들이 기록되어 있다.

사실 이러한 소화들은 사상가나 정론가들에 의해 形象과 說理를 목적으로 하는 우언으로서의 효용가치를 이미 뚜렷이 드러내고 있으나, 이처럼 선진시대의 우언이 소화를 그 재료로 삼고 있음은 매우 주목할 만한 일이다. 이는 물론 소화 자체가 지닌 고도의 이성적 특징과 관련이 있다. 다시 말해서 당시와 같은 고도의 이성 지배의 시대에서는 이성적 인식을 통한 인생의 哲理와 사회적 질서를 모색하는 일이 비단 철학가나 정치가들만의 일은 아니었으니, 이는 자아의식이 강화된 당시 사람들이 보편적으로 경주하였던 관심사였을 것이다. 이렇게 하여 소화는 그 출발로부터 단순히 오락 성질의 개인적 목적보다는 오히려 정치적 목적과 매우 깊은 관계를 맺고 있었으므로, '諷諭'와 '說理'야말로 중국 소화 형성 초기의 가장 뚜렷한 특징이요, 경향이었다고 할 것이다.

소화는 일종의 구두 형태의 短小한 골계고사라서 항상 익살스러운 의외의 결말을 대동한다. 陳蒲清은 그의 『寓言文學理論』에서 소화와 우언을 다음과 같이 비교하고 있다.

> 소화와 우언의 공통점에는 두 가지가 있다. 첫째, 소화와 우언은 모두 단소한 고사이다. 둘째, 소화는 희극성을 갖추고 웃음을 터뜨리게 하는데, 우언 또한 흔히 희극성을 띠고 웃음을 자아내게 한다. 그러나 양자의 차이는 우언이 따로 기탁하는 것이 있는데 반해 소화는 별반 그러한 것이 없다는 것이다.
>
> 笑話與寓言的共通點有二：一,笑話與fable型寓言都是短小的故事；二,笑話具有喜劇性, 令人發笑, 某些寓言也具有喜劇性, 令人發笑。它們的區別是笑話別無寄託。[10]

즉, 소화와 우언의 가장 큰 차이는 '작품 속에 따로 기탁하는 뜻이

10 陳蒲淸,『寓言文學理論 · 歷史與應用』(板橋: 駱駝出版社, 1992), p. 51~52.

있느냐 없느냐' 하는 것이다. 陳蒲淸은 다시 위의 저서에서 이 기준을 적용하여 세 편의 작품을 다음과 같이 구별하고 있다.

송나라의 어떤 사람은 벼 싹이 잘 자라지 않는 것을 안타까이 여겨 싹을 뽑아 올려놓고 피곤한 모양으로 집에 돌아가 집안사람들에게 이렇게 말하였다.
"오늘은 지쳤다. 나는 곡식 싹이 자라는 것을 도와주고 왔다."
이 말을 들은 그 사람의 아들이 뛰어가서 보았더니 싹은 말라버렸더라.
宋人有閔其苗之不長而揠之者, 芒芒然歸, 謂其人曰 : "今日病矣！予助苗長矣！"其子趨而往視之, 苗則槁矣！[11]

양자의 이웃사람이 양을 잃어버렸다. 그 이웃은 마을사람들을 이끌고, 또 양자의 어린 종을 불러 함께 뒤쫓았다. 양자가 말했다.
"어! 한 마리 양을 쫓는데 어찌 사람이 이렇게 많습니까?"
이웃사람이 말하였다.
"갈림길이 많습니다."
사람들이 돌아오자, 양자가 물었다.
"양을 잡았습니까?"
이웃사람이 대답하였다.
"놓쳤습니다."
양자가 물었다.
"왜 놓쳤습니까?"
이웃사람이 대답했다.
"갈림길에 또 갈림길이 있었습니다. 양이 어디로 도망갔는지 몰라 돌아왔습니다."
양자는 걱정스러운 모습으로 하루 종일 말도 않고 웃지도 않았다.
楊子之鄰人亡羊, 旣率其黨, 又請楊子之豎追之。楊子曰 : "嘻！亡一

11 『孟子』,「公孫丑上」,『新譯四書讀本』, 第七版, 謝冰瑩 等 譯(臺北: 三民書局, 1981), p. 287.

羊, 何追者之衆?" 鄰人曰: "多歧路." 旣反, 問: "獲羊乎?" 曰: "亡之矣" 曰: "奚亡之?" 曰: "歧路中之又有歧焉, 吾不知所之, 所以反也." 楊子戚然變容, 不言者移時, 不笑者竟日。[12]

어떤 사람이 딸을 갓 낳아 기르고 있었는데, 두 살 난 사내아이와 중매를 서려는 자가 있었다.

그러자 딸아이의 아비가 화를 내며 말했다.

"우리 딸은 한 살이고 그 아이는 두 살이니 만약 우리 딸이 열 살이 되면 그 아이는 스무 살이 될 텐데, 어찌 그런 늙은 사위를 허락하겠소!"

그 사람의 아내가 이 말을 듣고 말했다.

"당신이 일을 그르치고 있어요. 우리 딸이 금년에는 비록 한 살이지만, 내년에는 그 아이와 동갑이 될 텐데 어째서 허락하지 못한단 말이에요?"

一人新育女, 有以二歲兒來作媒者。其人怒曰: "我女一歲, 渠兒二歲, 若吾女十歲, 渠兒二十歲矣, 安得許此老婿?" 妻聞之曰: "汝悞矣, 吾女今年雖一歲, 明年便與彼兒同庚, 如何不許?" [13]

먼저 「揠苗助長」의 고사는 송나라 사람이 벼의 성장을 좀 빠르게 하기 위해 싹을 뽑아 올림으로써 지친 몸으로 돌아와 집안사람들에게 공치사하는 것으로, 이는 물론 웃음을 유발하는 골계고사이다. 그러나 맹자는 이어서 "세상에는 싹 자라는 것을 도와 뽑아 올리지 않는 사람이 적다. 대개 무익하다고 생각하여 버려두는 사람은 김매지 않는 이요 무리하게 자라게 하는 사람은 싹을 뽑아 올리는 자이니, 이것은 비단 무익할 뿐만 아니라 해치는 것이다.(天下之不助苗長者寡矣。以

12 『列子』,「說符」,『新譯列子讀本』, 再版, 莊萬壽 譯(臺北: 三民書局, 1981), p. 272.

13 (明)馮夢龍 (編),『笑府』,「較年歲」, 周作人 (編),『明清笑話四種』(臺北: 華正書局, 1987), p. 100.

爲無益而舍之者，不耘苗者也.助之長者，揠苗者也；非徒無益，而又害之。)"[14] 라고 말하여 동시에 철학적 의미를 부여하고 있다. 맹자는 그러한 의미를 이용하여 만약 '至大至剛'한 '浩然之氣'를 기르려 한다면 義와 道를 배합하여 지속적으로 노력하고 결코 요행을 바라거나 기교를 부리지 말 것을 강조하려 한 것이다.

다음의 「歧路亡羊」도 고사와 함께 "大路는 갈림길이 많아 양을 놓쳐버리고, 학자는 方術이 많아 스스로를 잃어버린다. 학술은 원래 서로 다른 것이 아니고 원래 일치하지 않는 것이 아니나, 말미에 이르러서는 이렇게 달라진다. 오직 相同함으로 돌아오고 일치함으로 돌아옴으로써만이 상실한 것을 찾을 수 있다.(大道以多歧亡羊，學者以多方喪生。學非本不同，非本不一，而末異若是。唯歸同反一，爲亡得喪。)"[15]라는 설명을 덧붙임으로써 복잡다단한 사회생활과 학술주장 중에서 만약 자신의 정확한 방향을 설정하지 못한다면 시비를 변별하지 못하고 샛길로 잘못 들어갈 수 있다는 철학적 의미를 기탁하고 있다. 그러나 여기서는 전체 고사를 통해 웃음을 자아내게 할 요소를 발견할 수는 없다.

마지막의 「較年歲」는 웃음을 유발할 수 있는 이야기이다. 그 수단은 작품 중의 산술법이다. 부부는 두 사람이 모두 수의 계산에 어두워 상식을 결핍함으로써 그들의 어리석음이 매우 우스꽝스럽다. 그러나 이야기 전반에 별다른 寓意가 깃들어 있지는 않다.

陳蒲淸은 이 세 이야기가 소화와 우언을 구분하는 세 가지 대표적 유형이라 보고, 제1화는 소화임과 동시에 우언일 수 있고, 제2화는 우

---

14 11과 같음.

15 12와 같음.

언이지 소화는 아니며, 제3화는 소화이지 우언은 아니라는 것이다.[16]

당송 이후 문인 창작의 소화는 선진시기의 소화와 현저한 차이가 있다. 당송 및 그 이후 문인 창작의 소화는 이전의 소화가 우언과 밀접한 관련을 가져 선진 제자들처럼 소화를 자신의 정치적·역사적·철학적 관점을 설명하는 도구로 삼았던 것과는 달리, 소화 체재에 상대적인 독립성을 부여하게 됨으로써 소화는 창작기교가 더욱 성숙해지고 풍자 또는 비판의 의의가 더욱 명백해지게 되었다.

宋元의 소화작품은 민간의 전설에서 채집된 것도 있고 순수한 문인의 창작인 것도 있는데, 더욱 풍부하고 다양해진 내용은 시대를 구제하고 세상을 풍자하는 철학적 의미를 담고 있는 것이 많다.

소화는 흔히 우언의 재료가 될 수 있고, 심오한 寓意는 곧 우수한 소화작품을 창작하는 필수적인 요소가 된다. 明淸시대에는 소화와 해학성 우언이 空前의 번영을 이룩하였는데, 淸·石成金의 笑話集『笑得好』에서 "남들은 소화로 웃음을 짓지만 나는 소화로 사람들을 깨우친다. 비록 장난치고 놀아도 세속을 초월할 수 있는 金針이라 부를 만하다.(人以笑話爲笑, 我以笑話醒人。雖然遊戲三昧, 可稱度世金針。)"[17] 라는 「題字」의 말처럼 중국고대소화의 형성과 발전의 전 과정을 통하여 소화와 우언은 줄곧 깊은 관련을 가지고 있음을 알 수 있다.

16 陳蒲淸,『寓言文學理論·歷史與應用』, p. 53.

17 〔淸〕石成金,『笑得好·題字』, 李曉·愛萍 等 (編),『明淸笑話十種』, 全二冊(西安: 三秦出版社, 1998), 下: 962.

(2) '筆記小說' 형식과 笑話

'筆記'는 붓 가는 대로 쓴 '殘叢小語'식의 기록으로 정식의 史傳과 구별되는 '趣聞'·'軼事'·'雜錄'·'瑣語'류의 형식을 말한다. 唐宋 이전에는 독립된 '小說' 의식의 부족으로 이러한 '잔총소어'식의 문장은 단지 正史에 대한 보충 혹은 참조의 역할만 담당할 뿐이었다. 따라서 非文·非史의 '雕蟲小技'로서의 필기는 일반 문인들의 소일거리일 따름이어서 '史之餘'·'史官之末事'로 여겨질 뿐이었다.

중국은 魏晉 이래 玄學이 흥기하고 巫風이 성행함과 동시에 小乘佛教가 사대부 계층에 전해짐으로써 사상적으로 비약적인 발전을 이룩하고 사회적으로 많은 名士들이 배출되었다. 秦漢 이래 갑자기 성행하는 신선술과 무풍, 그리고 심화되는 사회의 동요와 전란의 공포에 따른 민중의 불안 등의 여건은 미신풍조와 귀신고사를 조장하였다. 그리하여 '志怪'·'志人'의 軼事·瑣言類의 필기체 문장들이 대량으로 생산되었다. 지괴는 怪談과 妖邪를 위주로 하여 대개 초현실적인 것을 내용으로 하나, 지인은 현실 생활의 바탕 위에서 일찍이 실존했던 비범한 인물들의 성격·언행·습관·풍도 등을 기술하는 것으로, 흔히 역사·전기류의 문장과 결합되어 宋代에는 대부분 '필기'라고 명명하였다. 이 지인류는 魏로부터 그 골계 내용을 발전시켜 소화와 그 맥을 같이 하였다. 예를 들면 魏·邯鄲淳의 『笑林』과 隋·侯白의 『啓顔錄』 등은 현실적인 인물이 등장하지도 않고 傳奇的인 줄거리를 묘사하지도 않는다. 그것은 대부분 민간소화의 수집과 정리로 이루어진 것으로, 전적으로 해학과 일화로써 과장된 언어표현을 통해 웃음을 자아내는 笑談이라 필기나 소설과는 자연 그 흥취가 다르다. 필기는 소설과 傳聞의 성질을 지니고 있고, 인물형상을 묘사할 뿐만 아니라 일정한 역사 인물이나 사건과 연관되어 있어서 곧 넓은 의미의 역사와 소설의 결합이라 할 수 있다. 文人·學士에 관한 내용을 기록한 것이 대부분인 데다가 그 중에는 해학적인 풍격과 함축적인 언어의 표현이 많아 역대 문인의 생동하는 해학적 정취를 느낄 수 있다.

중국 고전소설의 발전에는 문언과 백화의 두 계통이 존재한다. 제재 내용과 표현방법 및 작품 분량의 차이에 의해 그것은 다시 서로 다른 유형으로 구분되는데 '필기소설'은 바로 문언소설의 한 갈래가 된다. 필기소설은 가장 일찍 출현하여 중국 고전소설 발전의 전과정을 관통하는 가장 유구하면서도 가장 기본적인 형식인지라 작품의 수량 또한 가장 방대하다. 뿐만 아니라 필기소설은 기타 다른 유형의 소설 작품, 즉 문언소설 중의 傳奇小說이나 白話小說 중의 章回小說과 擬話本 등에 직·간접적으로 많은 영향을 주었다.

필기소설은 그 제재와 내용에 따라 지괴소설과 지인소설의 두 유형으로 나뉘고, 지인소설은 다시 軼事·瑣言·笑話의 세 유형으로 나눌 수 있다. 이 중 逸事·瑣言體는 작자가 심미의식의 발현을 위해 허구로 치장하므로 전부가 실록은 아니지만 그 기록 자체는 다분히 현실에 바탕을 둔 것이나 笑話體는 민간에서 채집된 것으로 허구적 요소가 가장 많다.

소화에는 官員이나 文人·雅士를 주인공으로 하여 대체로 眞人·眞事를 서술하고 있는 것처럼 보이는 것이 많다. 예를 들면 蘇軾·王安石·司馬光·黃庭堅 등과 같은 많은 名士들은 소화 속에 자주 출현하였는데, 설사 그들이 실존 인물이라 할지라도 그들의 형상과 사건은 예술적 가공을 거친 것으로 원래의 인물이나 사건과는 같을 수 없는 것이다.

明代 이후에는 이러한 史傳上의 笑談은 점차 줄어들고 완전히 허구에서 나온 소화가 갈수록 많아지게 되었다. 明代 趙南星의『笑贊』중에는 여전히 소식이나 왕안석을 주인공으로 하는 작품이 적지 않으나, 清代의 遊戲主人 署名의『笑林廣記』에서는 더 이상 이러한 인물을 찾아볼 수 없다. 즉, 명대의 수많은 허구적 내용의 소화 속에 등장하는 실명의 인물들이『소림광기』에서는 '一官'·'一人'·'一監生'·'一師'·'一醫'·'一富翁' 등으로 완전히 바뀌어 나오는 것이다.

위에서 살펴본 바와 같이 소화는 人事를 내용으로 하고 筆記體의 형식을 취한다는 점에서 지인소설과 같은 맥락이라 할 수 있다. 그러나 희극 표현형식 중의 하나로서의 소화는 역시 일종의 독립된 영역으로 보는 것이 근래의 문학사가들의 입장이다.

또 중국의 전통적 서적분류법에서는 소화를 '소설'의 일종으로 분류한다. 이른바 '街談巷語'·'道聽塗說' 중에는 당시에 있어 매우 보편화·일상화된 志怪나 趣談이 많았을 것이었던 바, 이러한 것들은 선진시대의 諸子書에서 흔히 발견된다.[18] 그러나 이는 각종의 古書에 산재된 소화의 자료일 뿐, 이러한 원시자료를 개작·집록해야만 비로소 본격적인 소화서가 될 수 있다.

18 (漢)班固,『漢書藝文志』, (唐)顏師古 註(排印本; 臺北: 華聯出版社, 1973), p. 39. 「諸子略」: 小說家者流, 蓋出於稗官.街談巷語,道聽塗說者之所造也.孔子曰: "雖小道, 必有可觀者焉.致遠恐泥, 是以君子弗爲也." 然亦弗滅也, 閭里小知者之所及, 亦使綴而不忘.

Ⅳ. 중국 고대소화의 표현기교

'喜劇性'곧 '滑稽에 의한 興趣'는 소화문학의 가장 중요한 특색이라는 점을 앞서 말한 바 있다. 이는 소화작품이 웃음을 자아낼 수 있도록 형상화되어야 한다는 것을 의미한다. 서사구조가 그러해야 하며, 표현양상이 또한 그러해야 한다. 다음에서 소화의 예술적 표현에 있어 두드러진 특징을 몇 가지 점에서 개괄해 보기로 한다.

첫째, 소화는 간결하고 정련된 형식을 취한다. 소화는 흔히 간단한 몇 마디의 말로 이루어지나, 선명한 인물묘사와 신랄한 풍자수법을 통해 심오한 사상을 전달한다. 다음은 明代 馮夢龍의『笑府』중 가장 짧은 편폭의 소화 세 편을 인용한 것이다.

한 애주가가 꿈에 맛 좋은 술을 얻었다.
술을 데워 마시려는데 문득 꿈이 깨버리자, 후회 막심하여 말했다.
"에이, 데우지 말고 그냥 마실 걸!"
一好飮者夢得美酒, 將熱而飮之, 忽然夢醒, 乃大悔曰 : "恨不冷吃 ! "[19]

땅을 파다가 황금 羅漢像[20] 하나를 얻은 사람이 나한상의 머리를 요란

19 (明)馮夢龍 (編),『笑府』,「好飮」, 周作人 (編). 앞의 책, p. 93.

20 羅漢은 소승불교의 최상급의 修行者로 공덕을 구비한 聖者를 이른다. 宋元시대는 羅漢畵 창작의 황금시대로, 그 제재에 있어 십육 나한 이외에도 십팔 나한, 오백 나한 등의 구분이 있다. 이 중에서 십육 나한의 제재는 唐 玄奘大師가 번역한『法住記』에 실려 있는 열여섯 尊者의 姓名에서 기원한 것이다. 이른바 십팔 나한은 십육 나한에 다시 두 尊者를 더한 것으로, 이 두 존자의 성명에 대해서는 일치하지 않는 몇 가지 설이 있을 뿐 정설이 없다.

하게 두드리며 물었다.

"이봐! 다른 열일곱 나한은 어디 있는 게야?"

有掘地得金羅漢一尊者, 乃以手鑿其頭不已, 問 : "那十七尊何在 ?"[21]

어떤 사람이 어쩌다가 땅바닥에 넘어졌다. 막 일어나려는데 발이 걸려 다시 넘어지면서 말했다.

"한 번 더 넘어질 줄, 진작 알았더라면 일어나지 말걸!"

有一人偶仆地, 方起復跌, 乃曰 : "早知還有一跌, 不起來也罷了 ! "[22]

세 편의 소화 모두 한 사람의 등장인물에 의해 한 가지 사건이 전개되고, 이어 짤막한 한 마디의 독백으로 이야기가 종결된다. 불과 20여 자로 구성된 간결한 서사구조지만, 인간의 복잡한 심리가 때로는 희구와 욕심으로 때로는 미련과 후회로 솔직하게 표현되고 있다. 이것은 최소한의 요소에 의해 구성된 소화의 기본 구조라 할 수 있다. 이러한 소화형식의 단소함은 소화문학 특유의 감상 목적과 깊은 관련이 있다.

둘째, 소화는 폭로 또는 부정할 대상에 대해 간결한 이야기를 꾸며서 그 줄거리를 설명한 후, 전체 주제를 마지막 한 마디 말로 설파함으로써 예술적 효과를 기대한다. 다시 馮夢龍의『笑府』중의 작품 한 편을 보자.

어떤 사람이 호랑이에게 물려가자, 그 사람의 아들이 활을 집어 들고 쫓아갔다.

21 (明)馮夢龍 (編),『笑府』,「金羅漢」, 周作人 (編). 앞의 책, p. 106.

22 (明)馮夢龍 (編),『笑府』,「跌」, 周作人 (編). 앞의 책, p. 108.

활시위를 힘껏 잡아당겨 쏘려는데, 아비가 호랑이 입을 통해 멀리서 말했다.
"얘야! 반드시 다리에 바짝 붙여 쏴야 한다. 호랑이 가죽이 못쓰게 되면 안 된다!"

一人爲虎銜去, 其子執弓逐之, 引滿欲射。父從虎口遙謂子曰："汝須是着脚射來, 不要射壞了虎皮。"[23]

이 소화는 인물과 사건을 간단히 설명한 후, 곧바로 정곡을 찌르는 한마디 대사로써 죽음 직전에서조차도 값나가는 재물이 상함을 먼저 걱정하는 구두쇠의 기질을 잘 나타냈다. 이 소화의 전체 의미는 바로 이 마지막의 "汝須是着脚射來, 不要射壞了虎皮." 한마디에서 표출된다. 이것이 바로 소화의 정수요 묘미이다.

셋째, 소화에서 등장인물에 대한 묘사는 매우 간략하게 다루어진다. 일반적으로 소화에 등장하는 인물은 1인에서 많아도 3, 4인을 넘지 않는다. 뿐만 아니라 소화 중의 인물은 주제를 표현해낼 수 있는 최소한의 한도 내에서만 묘사될 뿐, 특별히 인물을 부각시키는 데 많은 편폭이 할애되지는 않는다. 이처럼 인물에 대한 설명이나 묘사가 극히 소략하고 제한적인 반면, 종결부의 정곡을 찌르는 말 한마디는 매우 정교하여 다듬어진다. 馮夢龍의『笑府』중의 다음 작품 한 편을 보자.

어린아이를 가르치는 어떤 글 선생이 글자라고는 '내 川(천)' 자밖에 몰랐다.

한 제자가 올린 편지를 받아보고 거기서 '川' 자를 찾아 아이에게 가르쳐 주려했으나, 연거푸 몇 장을 들춰보아도 '川' 자는 없었다.

---

23 (明)馮夢龍 (編),『笑府』,「射虎」, 周作人 (編). 앞의 책, pp. 104～105.

그러던 중, 문득 '석 三(삼)' 자를 보고는 그 글자를 가리키며 투덜거렸다.
"온 데를 다 찾아도 안 보이더니, 이놈이 여기 자빠져 있었구먼!"

一蒙師只識川字, 見弟子呈書, 欲尋川字教之, 連揭數頁無有之, 忽見三字, 乃指而罵曰, 我到處尋你不見, 你倒臥在這裏。[24]

소화의 등장인물인 훈장선생에 대한 설명으로는 첫 시작의 "一蒙師／只識川字"가 전부이다. 그러나 이 정도의 설명만으로도 이야기의 전체 내용을 전달하는 데 전혀 문제될 것이 없다. 이에 비해 마지막의 "我到處尋你不見, 你倒臥在這裏."라는 말은 '三'字를 알지 못하는 동몽의 스승으로서는 가로누운 '川'字(즉, 三字)를 원망할 수밖에 없었겠지만, 두 글자를 모두 알고 있는 청자(또는 독자)는 이 무식한 글 선생의 일그러진 형상이 오히려 순진하면서도 기발하게 느껴짐으로써 곧바로 웃음을 터뜨리게 된다. 반대로 이는 창작자의 입장에서 보면 흥미와 웃음을 유발하기 위해 사전에 그 효과가 치밀하게 계산된 정교한 표현의 결과이다.

넷째, 소화는 사건의 발단과 대단원이 분명한 서술구조를 취하지 않는다. 즉, 한마디 대사로써 표현하려는 주제사상이 드러남과 동시에 이야기는 곧바로 종결된다. 明代의 笑話集『解慍編』의 소화 한 편을 보자.

어느 여름날 관가에서는 피서할 곳을 찾느라 관리들 간에 의견이 분분했다. 누구는 이 산이 그윽하다 하고 누구는 저 절이 시원하다 했다. 그때 한 하인이 말했다.

"제가 곰곰이 생각해 봤는데요, 우리 청사만큼 피서하기 좋은 곳이 또 있

24 (明)馮夢龍 (編),『笑府』,「川字」, 周作人 (編). 앞의 책, p. 53.

을라고요."

관리가 그 이유를 묻자 하인이 대답했다.

"여기 하늘에는 해가 없잖아요!"

官值暑月, 欲尋避暑之地, 同僚紛議, 或曰:"某山幽雅。" 或曰:"某寺清涼。" 一皁隸曰:"細思之, 總不如此公廳上可乘涼。" 官問何故, 答曰:"此地有天無日頭。"[25]

이 소화는 '有天無日'이라는 雙關語를 사용하여 당시 관료통치의 암흑상을 날카롭게 풍자하고 있다. 즉, 백성들에게 아무런 삶의 희망을 주지 못하는 암흑정치의 본산인 관가를 "此地有天無日頭."라는 말로 형상화함으로써 주제사상이 이미 성공적으로 표현 전달되었다고 본다. 따라서 하인의 답변으로 이 소화는 곧바로 결말을 맺는다. 그 이후의 일이 어떻게 되었는지에 대해서는 더 이상 화자도 말하지 않고 청자도 묻지 않는다.

소화의 이러한 면이 한편으로는 작품의 구성을 불완전하게 하고 전체 작품을 미완성의 상태로 내버려두는 것처럼 보일런 지도 모르지만, 이것이 바로 소화구조의 특징이다. 왜냐하면 하나의 예술작품은 오직 그것으로 완전하며, 다만 그 주제를 완성하는 방식이 다를 뿐이기 때문이다.

다섯째, 소화에서는 인물과 환경의 배합이 매우 교묘하다. 즉 적절한 인물을 선정한 후, 다시 그 인물의 성격이 가장 잘 부각될 수 있는 환경을 교묘하게 설정한다.

---

25 (明)樂天大笑生 (編),『解慍編』卷之二, 官箴,「有天無日」, 王利器 · 王貞珉 (編),『中國笑話大觀』, 第二刷(北京: 北京出版社, 1996), p. 448.

어떤 사람이 물에 빠져, 그의 아들이 사람들에게 구해 달라고 소리쳤다.

아비는 물속에서 머리를 내밀고 주위를 흘깃거리며 말했다.

"나를 구하는 데는 은전 세 푼이면 족하오. 만약 더 바란다면 아예 오지들 마시오."

一人溺水, 其子呼人急救。父於水中探頭曰 : "是三分銀子便救, 若要多莫來 ! "[26]

시골마을의 한 우매한 사람이 예법을 몰라, 儒學館 앞에 와서 똥을 한 무더기 쌌다. 유학관 선생이 그 말을 듣고 화가 나서 고을의 관아로 넘겨 잘못을 추궁하려 했다.

사또가 심문했다.

"무슨 까닭으로 聖人을 모독하였느냐?"

시골 농부가 말했다.

"소인이 성안으로 들어갈 때는 매일같이 유학관 앞을 지나갑니다. 그 때는 뒤가 급해 편의대로 일을 보았을 뿐이지, 감히 성인을 모독한 적은 없습니다요."

사또가 물었다.

"매를 맞겠느냐? 벌금을 내겠느냐?"

시골 농부는 매 맞기가 무서워,

"소인, 벌금을 내겠습니다."

라고 대답하니, 사또가 판결했다.

"해서는 안 될 짓을 한 죄는 물어 마땅하다. 벌금으로 은 한 냥 닷 푼을 바치도록 해라. 그 자리에서 무게를 달되, 곳간 아전에게 바쳐서는 안 되느니라."

시골 농부가 은덩이(錠銀[27]) 하나를 꺼내 달아보니 석 냥 정도 나가자, 사또에게 아뢰었다.

"소인이 가서 반으로 잘라 바치겠습니다."

---

26 (明)馮夢龍 (編),『笑府』,「溺水」, 周作人 (編). 앞의 책, p. 105.

27 錠銀(은덩이)은 화폐의 한 가지로 필요할 때마다 알맞게 깎아 쓴다.

그러자 사또가 말했다.

"가져와 보라. 내가 좀 보겠노라."

사또가 보니 순은 덩이였던지라, 얼굴에 금방 화색이 돌며 우선 그 은을 소매 속에 황급히 집어넣고 시골 농부에게 말했다.

"이 은덩이는 잘라서는 안 되겠어. 우리 사또 나리가 허락했다 하고, 내일 너는 유학관 앞에 가서 대변을 한 번 더 보도록 하여라."

村庄愚人不知禮, 來至儒學殿前撒糞一堆, 學師聞之怒, 送縣究辦。縣官審問, 因何穢觸聖人? 村農曰: "小人上城每日皆從學前走, 一時恭急, 隨便解手, 非敢褻瀆聖人。" 官曰: "你願打願罰?" 村農畏打, 曰: "小人願罰。" 官曰: "該問不應, 納銀一兩五錢, 當堂秤下, 不須庫吏收納。" 村農取出銀一錠, 約有三兩, 稟官曰: "待小人去剪一半來交納。" 官曰: "取來我看。" 見是紋銀一錠, 就和顏悅色, 先將銀子慌忙納入袖中, 對村農曰: "這錠銀子不須剪開, 當我老爺說過, 准你明日再到學殿前出一次大恭罷。"[28]

처음의 소화는 인성의 여러 약점 중 인색한 일면을 구두쇠의 행위를 빌어 조소한 것이다. 이 경우 인물의 인색한 성질을 고립적으로 서술하는 것이 아니라, 생사가 엇갈리는 절박한 상황을 설정하고 그 한계 상황 속에서 내부 심리를 표출하게 함으로써 주제사상을 더욱 부각시키고 인성의 부끄러운 단면에 대한 깊은 성찰을 유도해 낸다.

두 번째 소화 역시 賞罰이 분명해야 할 사또 앞에 高價의 錠銀을 내 보이며 貪心을 자극함으로써 貪官의 강압적, 위선적 정치행태를 더욱 적나라하게 폭로한 것으로 인물과 환경의 절묘한 배합이 이루어낸 결과이다.

여섯째, 소화는 단소한 편폭으로 골계감을 발생하고, 해학과 조소의 목적을 달성하여야 하므로 고도의 창작기교를 동원한다. 소화

28 (淸)石成金 (編),『笑得好』,「再出恭」, 周作人 (編). 앞의 책, pp. 152～53.

를 일종의 독립된 문학체재로 볼 때 그것은 어느 정도 일정한 창작 기교를 구사하게 되는데, 과장·대비·아이러니·雙關 등의 방법과 別字·破句의 운용은 소화작품에서 가장 널리 사용되는 기교들이다.

먼저 '과장'과 '허풍'은 고대소화 중에서 가장 많이 사용되는 수법 중의 하나로, 수사방식이기도 하고 창작기교이기도 하나 그 특징적인 수법은 동일하다. 즉, 사물의 특색에 초점을 맞추어 그것의 임의 확대 또는 축소를 통해 人事의 諸현상을 더욱 선명하게 부각시킴으로써 평소의 정상적인 상태나 태도와 대비되어 자연스럽게 골계감을 형성하는 것이다.

鄠縣에 건망증이 심한 사람이 있었다. 도끼를 가지고 산에 나무를 하러 갔는데 아내도 따라갔다. 산에 이르자 이 사람 갑자기 똥이 마려워 도끼를 땅에 내려놓고는 그 옆에서 일을 보았다. 일어나니 문득 도끼가 보이자 크게 기뻐하며,

"도끼를 주웠다."

라고 하면서 춤을 추고 날뛰다가 그만 자기가 눈 똥을 밟고는,

"이거 누군가 똥을 누느라 이 도끼를 잃어버리고 간 게 분명해."

라고 말했다. 그의 아내는 남편의 건망증을 보다 못해,

"아까 당신이 도끼를 가지고 나무를 하러 왔고 대변이 마렵다며 땅바닥에 도끼를 내려놓지 않았어요? 어쩌면 그렇게 까맣게 잊어버릴 수 있단 말이에요?"

라고 말하자, 이 사람 자기 아내의 얼굴을 자세히 뜯어보며 말했다.

"부인은 뉘시오? 이 부인을 어디서 보았더라……"

鄠縣有一人多忘, 將斧向田斫柴, 并婦亦相隨。至田中遂急便轉, 因放斧地上, 旁便轉訖, 忽起見斧, 大歡喜云 : "得一斧。" 仍作舞跳躍, 遂卽自踏着大便處, 乃云 : "只應是有人因大便遺却此斧。" 其妻見其昏忘, 乃語之云 : "向者君自將斧斫柴, 爲欲大便, 放斧地上, 何因遂卽忘却?" 此人又

熟看其妻面, 乃云 : "娘子何姓, 不知何處記識此娘子." [29]

거짓말하기를 좋아하는 자가 사람들에게,

"제 고향에 있는 어떤 절에는 천 명이 함께 발을 씻을 수 있는 큰 통이 있지요."

라고 하니 옆에 있던 사람이,

"그게 뭐가 대단해요! 우리 고장에서 처음 들은 이야기인데 들어보면 깜짝 놀랄 걸요."

라고 하여 사람들이 무슨 일인지 물으니 대답했다.

"어떤 절에서 대나무 한 그루를 심었는데 채 3년도 안 되어 수백만 丈이 자랐다는 거예요. 그리고 지금은 하늘을 떠받치고 더 이상 자랄 수가 없어 다시 하늘에서 땅으로 뻗어 내려오고 있다나요. 정말 놀랄 만한 일 아니어요?"

여러 사람들이 믿질 않자, 이 사람 다시 말했다.

"내가 방금 말한 그런 긴 대나무가 없다면 조금 전에 들은 천 명이 함께 발을 씻을 수 있는 그렇게 큰 통에는 무엇으로 대나무 테를 만들어 두르지요?"

好說謊者對人曰 : "敝處某寺有一脚盆, 可使千人同浴." 旁一人曰 : "此何足奇, 敝地有一新聞, 說來始覺詫異." 人問何事, 對曰 : "某寺種竹一林, 不及三年逐長至幾百萬丈, 如今頂住天公長不上去, 又從天上長下來, 難道不是奇事?" 衆人不信, 此人曰 : "沒有我這根長竹, 叫把甚麽篾子箍他那個大浴盆?" [30]

이러한 상식을 뛰어넘는 과장과 허풍은 묘사대상의 세부적인 특징을 부각시키는 데 집중되며, 이로써 聽者(또는 독자)의 주의를 불러일

29 (隋)侯白 (編), 『啓顔錄』, 陳維禮·郭俊峰 (編), 『中國歷代笑話集成』, 全五卷(長春: 時代文藝出版社, 1996), 第一卷, p. 18.

30 (淸)陳皐謨 (編), 『笑倒』, 「大浴盆」, 周作人 (編). 앞의 책, pp. 133~34.

으키고 소화 본연의 목적을 달성하는 것이다. 즉 이러한 과장과 허풍을 이용한 소화의 의미는 '실제성(진실성)의 결여'에 대한 신랄한 풍자로서, 그 웃음 이면에 話者(또는 작자)의 깊은 의도와 哲理가 내포되어 있다.

다음 소화는 특히 상식을 초월하는 '황당함'으로써 諷諭的 의미를 담고 있는 경우이다.

어떤 의원이 곱사등이를 고칠 수 있다고 장담했다. 활처럼 굽은 사람, 새우처럼 굽은 사람, 머리가 허리에 닿을 만큼이나 굽은 사람이라도 자기에게 치료를 받으면 금방 몸이 꼿꼿해진다는 것이다.

한 꼽추가 그 말을 곧이듣고 치료해 달라고 청했다. 그러자 의사는 큰 널빤지 두 개를 찾아와서 하나를 바닥에 깔고 그 위에 꼽추를 반듯하게 눕힌 다음, 또 한 개를 덮고는 양끝을 굵은 노끈으로 단단히 동여맸다.

꼽추는 몹시 아파하며 그만 두라고 고함을 쳤으나, 의사는 들은 체도 않고 발에 힘을 더해 계속 밟았다. 꼽추는 등이 펴짐과 동시에 죽고 말았다. 사람들이 의사를 붙잡아 두들겨 패자 그 의사가 말했다.

"사람이 죽고 사는 것은 내 알 바 아니요."

有一醫人自誇能治駝背, 雖彎如弓, 曲如蝦, 卽或頭環至腰, 但請我一治, 卽刻筆直。有駝背人信其言, 請其治之, 乃索大板二片, 以一板放地, 令駝人仰臥板上, 又將一板壓上, 兩頭用粗繩着緊收綑, 駝人痛極喊聲求止, 醫總不聽, 反加足力重踩, 駝背隨直, 亦卽隨死, 衆揪醫打, 醫者曰："我哪裏管人的死活呢？"[31]

이러한 소화는 얼른 보아서는 그저 황당무계한 말처럼 들릴 뿐이나, 깊이 생각해 보면 그 속뜻이 따로 있음을 알 수 있다. 즉 일차적으

---

31 (淸)石成金 (編),『笑得好』,「醫駝背」, 周作人 (編). 앞의 책, p. 165.

로 돌팔이 의사의 엉터리 의술을 조소하면서도, 나아가서는 작은 일에 집착함으로써 오히려 큰 일을 그르치고 마는 사람의 어리석음, 또는 자신의 목적 달성만을 생각할 뿐 남에게 가해지는 고통과 해악을 백안시하는 잔인성을 풍자한 것이다. 이는 바로 생활규칙이나 도덕규범과 부합하지 않는 일상생활 중의 황당한 현상에 대한 폭로요 비판이기도 하다.

다음은 예상 밖의 의표를 찌르는 '대조'의 방법을 통하여 작품의 효과를 거둔 예이다.

어떤 사람이 술집에서 술맛이 시다며 불평을 했다. 주인은 화를 내며 그 사람을 대들보에 매달았다. 나그네가 지나가다 그 연유를 물으니, 주인이 하소연하듯 말했다.

"우리 주점의 술은 최상품인데 이 사람이 시다고 하니 매달 수밖에요."

나그네가 말했다.

"한 잔 줄 수 있겠소. 내가 맛을 봐드리리다."

맛을 다 보고 나서는 얼굴을 찡그리며 주인에게 말했다.

"이 사람 풀어주고 날 매다시오."

有上酒店而嫌其酒酸者, 店人怒, 弔之於梁。客過問其故, 訴曰"小店酒極佳, 此人說酸, 可是該弔"。客曰 : "借一杯我嘗之。" 旣嘗畢, 攢眉謂店主曰 : "可放此人, 弔了我罷。"[32]

어떤 친척이 새로 침대를 장만했는데 매우 정교하고 아름다웠다. 멋진 침대를 친척들에게 보여주지 않는다면 보람 없이 사장시켜버리는 것이라 생각하고는 꾀병을 부리며 침대에 드러누워 친척들이 문병을 오게 했다.

새로 바지 한 벌을 지어 입은 저쪽 친척 역시 새 바지를 자랑하고 싶었던

32 (明)馮夢龍 (編),『笑府』,「酸酒」, 周作人 (編). 앞의 책, p. 66.

차에 친척의 와병 소식을 듣고 흔쾌히 문병을 왔다.

도착하자마자 한 쪽 발을 받쳐 올리고 겉옷을 걷어 올려 바지를 밖으로 드러내놓고서야 묻기를,

"영감님께서는 무슨 병환으로 야위어 홀쭉해지셨소?"

라고 하니, 꾀병 환자가 말했다.

"제 병 역시 영감님과 같은 병이 아닐는지요!"

一親家新置一牀, 窮工極麗, 自思好牀不使親家一見枉自埋沒, 乃假裝有病, 偃臥牀中, 好使親家來望。那邊親家做得新褲一條, 亦欲賣弄, 聞病欣然往探。既至, 以一足架起, 故將衣服撩開, 使褲現出在外, 方問曰"親翁所染何症而淸減至此？" 病者曰："小弟的賤恙却像與親翁的尊病一般。"[33]

이렇게 대조의 효과를 노린 소화는 성질이 서로 비슷하거나 상호 모순·대립되는 사건 및 인물의 열거·비교를 통해 主體 혹은 主旨를 더욱 분명히 돌출 시키고 나아가 話者(또는 작자)의 조롱의 목적을 달성하는 것이다.

중국고대소화에서 풍자소화는 흔히 '아이러니'의 방법을 이용하여 聽者(또는 독자)로 하여금 상상에 의해 숨은 의미를 파악하게 함으로써 조소의 목적을 이룬다. 아이러니의 방법은 한마디로 '표상과 사실의 대비'로서 話者의 본의와 상반된 언사를 쓰는 것이다. 즉 표면적으로는 긍정 또는 칭찬이나 사실은 부정 또는 욕설인 것이다.

왕안석은 전문적으로 문자학을 연구하였는데, 일찍이

"'파(波)'는 곧 물(水)의 '가죽(皮)'이다."

라고 말한 적이 있다. 그러자 소동파가 말했다.

"그렇다면 '활(滑)'은 곧 '물(水)'의 '뼈(骨)'란 말입니까?"

---

33 (明)馮夢龍 (編),『笑府』,「賣弄」, 周作人 (編). 앞의 책, p. 88～89.

王安石專講字學, 嘗曰 : "波乃水之皮." 蘇東坡曰 : "滑乃是水之骨耶?"[34]

공처가인 이방이 하루는 아내에게 얼굴을 쥐어 뜯겼다. 다음날 관아에 나갔더니 사또가 보고 물어 이방은 적당히 둘러대며 말했다.

"어젯밤 바람 쐬러 나갔다가 포도나무 가지를 받쳐 둔 시렁이 쓰러지는 바람에 이렇게 긁혔습니다."

사또는 그 말을 믿지 않고,

"그 상처는 자네 부인이 쥐어뜯은 게 분명해. 당장 하인을 보내 잡아오도록 하여라."

하고 말했다. 그때 뜻하지 않게 내방 마님이 뒤뜰에서 이 말을 엿듣고는 크게 화를 내며 밖으로 뛰쳐나갔다. 사또는 어찌할 바를 몰라 하며 이방에게 말했다.

"자네는 잠시 물러가 있게. 우리 안채의 포도나무 시렁도 곧 쓰러질 것 같네."

有一吏懼內, 一日被妻抓破面皮, 明日上堂, 太守見而問之。吏權詞以對曰 : "晚上乘涼, 被葡萄架倒下, 故此刮破了。" 太守不信曰 : "這一定是你妻子抓破的, 快差皂隸拿來! "不意奶奶在後堂潛聽, 大怒, 搶出堂外。太守慌忙謂吏曰 : "你且暫退, 我內衙葡萄架也要倒了。"[35]

위의 소화에서 소동파의 말은 표면적인 뜻과 그 바닥에 깔린 의도가 서로 어긋나면서 다른 의미 내용을 형성하는 경우이다. 곧 왕안석의 학문상의 오류를 지적함으로써 나아가 宰相으로서의 失政의 과오가 당연한 귀결이었다는 숨은 뜻을 파악하도록 하는 것이다. 처음 것이 '언어 또는 표현의 범주에 드는 아이러니'의 예라면 두 번째 소화는 '상황적 또는 극적 아이러니'의 예라 하겠다.

'雙關' 역시 중국소화에서 널리 사용되는 방법인데, 통상 어휘의 諧

34 (明)趙南星 (編),『笑贊』,「字學」, 周作人 (編). 앞의 책, p. 37.

35 (明)馮夢龍 (編),『笑府』,「葡萄架倒」, 周作人 (編). 앞의 책, p. 61.

聲과 多義의 원리를 이용하여 특수한 언어상황과 맞추어 어떤 단어나 문장이 이중의 의미를 갖도록 하는 것이다.

> 원숭이 한 놈이 죽어 염라대왕을 알현하고는 사람으로 환생하게 해달라고 청원했다.
> 염라대왕은,
> "사람이 되려면 몸에 난 털을 모조리 뽑아야 하느니라."
> 하고는 곧바로 鬼卒을 불러 털을 뽑게 했다. 겨우 털 한 올을 뽑았는데 원숭이는 아파 죽는다고 소리쳤다.
> 염라대왕은 웃으며 말했다.
> "너는 터럭 한 올도 기꺼이 뽑아주려 하지 않으면서 어떻게 사람이 되려 하느냐?"
> 一猴死見閻王, 求轉人身。王曰 : "既要做人, 須將身上的毛拔去。" 卽喚小鬼拔毛, 才拔一毛, 猴叫痛極。王笑曰 : "你一毛也不肯拔, 如何也想要做人 ?" [36]

여기서 '터럭 한 가닥도 뽑지 않으려 한다'는 '一毛不拔'은 극도로 인색한 수전노의 형상을 암시한다. 또 앞에서 본 소화 중 '有天無日' 역시 백성들에게 아무런 삶의 희망을 주지 못하는 암흑정치 하의 사회를 암시하는 '쌍관'의 예가 된다.

明淸시대의 소화 중에는 글자를 모르는 사람이나 학문이 부족한 訓長선생을 풍자한 작품이 특히 주목을 끄는데, 주로 '別字'와 '破句'를 운용한다. 즉, 비슷한 형상 구조를 가진 글자나 동일한 讀音을 가진 글자 및 잘못된 句讀法을 이용하여 소화를 구성하는 것이다.

---

36 (淸)石成金 (編),『笑得好』,「拔毛」, 周作人 (編). 앞의 책, p. 161.

어떤 사람이 酒令[37]을 내길,

"봄비는 기름(膏) 같다."라고 했다.

그러자 어떤 사람이 '기름(膏gāo)'을 '가루떡(糕gāo)'이 아닐까 미심쩍어하며 말했다.

"여름비(夏雨)는 만두 같다."

또 다른 사람이 '여름비(夏雨xiàyǔ)'를 '하우(夏禹xiàyǔ)'가 아닐까 미심쩍어하며 말했다.

"周나라 文王은 탑떡(塔餠[38]) 같다."

一人出令曰 : "春雨如膏." 或疑爲糕也, 曰 : "夏雨如饅頭." 或又疑爲夏禹也, 曰 : "周文王像塔餠." [39]

인간 세상에는 구두법을 알지 못해 남의 자제를 망치는 우매한 글 선생이 많았다. 이를 혐오한 염라대왕이 몰래 출행하여 그들을 찾았다.

『대학』의 서문을 가르치고 있던 어떤 글 선생이,

"大學之(대학의)……, 古書之(고서의)……, 大學所以敎人之(대학이 사람을 가르치는 바의)……"

라 읽는 것을 듣고, 염라대왕은 곧바로 鬼卒에게 명하여 잡아들이도록 했다.

염라대왕이 글 선생을 나무랐다.

"너는 어찌 '之(의)' 자를 그렇게 좋아하느냐? 벌로 너를 '豬(돼지)'로 만들어 주겠노라."

글 선생은 끌려가다 돌아보며 말했다.

"돼지로 만들어 주신 것은 감히 거역할 수 없는 일이오나, 원컨대 남방에 태어나도록 판결해 주십시오."

염라대왕이 그 까닭을 물으니 글 선생이 대답했다.

---

37 酒令은 酒席에서 술을 마시며 하는 여러 가지 遊戲의 규칙으로, 위반한 사람은 罰酒를 마시게 된다.

38 塔餠은 구울 때 반죽이 부풀어 올라 속이 빈 상태가 된다.

39 (明)馮夢龍 (編),『笑府』,「酒令」, 周作人 (編). 앞의 책, pp. 82～83.

"『중용』에 '남방의 돼지는 북방의 돼지보다 강하다(南方猪强於北方猪)'라고 했기 때문입니다."

冥王惡世多庸師, 不識句讀, 誤人子弟, 乃私行訪之。聞有敎『大學』序者, 念曰 : "大學之, 古書之, 大學所以敎人之。" 卽命鬼卒勾來, 責之曰 : "汝何甚愛之字, 我罰你做一個豬。" 其人臨行回顧曰 : "做豬所不敢辭, 願判生南方。" 王問其故, 對曰 : "『中庸』云 : '南方豬(之)强於(與)北方豬(之)。'"[40]

두 훈장 선생이 죽어서 염라대왕을 알현했다. 그중 한 사람은 글자를 곧잘 틀리게 읽고, 다른 한 사람은 구두를 잘 끊어 읽지 못했다.

조사가 끝나자 염라대왕은 글자를 틀리게 읽는 선생은 개로, 그리고 구두를 잘못 끊어 읽는 선생은 돼지로 환생하는 벌을 내렸다.

그러자 글자를 잘 틀리게 읽는 선생이 말했다.

"청컨대 암캐로 태어나게 해주십시오."

왕이 물었다.

"왜인고?"

"『예기』에 '재물에 임해 암캐는 이것을 얻고, 환난을 당해 암캐는 이것을 면한다'고 했기 때문입니다."

그리고 돼지로 환생하게 될 선생은 남방에 태어나길 청원했다.

二蒙師死見冥王, 一係讀別字者, 一係讀破句者, 勘畢, 別字者罰爲狗, 破句者罰爲豬。別字者曰 : "請爲母狗。" 王曰 : "何也?" 曰 : "『禮記』云 : '臨財母狗(毋苟)得, 臨難母狗免。'"做豬者請生南方。[41]

첫 번째 소화는 '膏gāo'와 '糕gāo', '夏雨xiàyǔ'와 '夏禹xiàyǔ'처럼 독음이 같은 다른 의미의 글자를 이용한 경우의 예가 되며, 두세 번째 소화는 모두 別字와 破句를 혼합하여 운용한 경우이다. 宋·朱熹의『大

40 (明)馮夢龍 (編),『笑府』,「破句」, 周作人 (編). 앞의 책, pp. 51～52.

41 (明)馮夢龍 (編),『笑府』,「別字」, 周作人 (編). 앞의 책, p. 52.

學章句』 序의 "大學之書／古之大學所以教人之法也"라는 부분을 잘못 읽어 "大學之／古書之／大學所以教人之"라고 '之'字를 반복함으로써 남방 吳語 계통의 方言에서 '之' 자와 同音으로 읽히는 '猪', 즉 돼지로 환생하는 벌을 받게 된 것이다. 또 『中庸』 제10장의 子路가 孔子에게 사람의 강한 행위에 대해 묻는 부분에서 "南方之强與？ 北方之强與？ (남방의 강함인가? 북방의 강함인가?)"라고 되어 있는 공자의 물음을 '之'와 '猪'가 강남 지역에서는 同音으로 읽히기 때문에 '之'는 '猪'의 뜻으로 잘못 읽고, 의문조사 '與(yú)'는 비교격 조사 '於(yú)'의 뜻으로 읽었으며, 그리고 '南方之强與／北方之强與'를 '南方之／强與北方之(强與)'로 잘못 끊어 읽음으로써 결국 '南方猪／强於北方猪'의 의미가 되어버렸다. 그리고 『禮記』의 "재물에 임하여 구차하게 취하지 말고, 환난을 당하여 구차하게 피하지 말라."고 하는 부분에서 '毋苟'를 '母狗', 즉 암캐로 잘못 읽었던 것이다.

이외에 이미 앞에서 본 바 있는 「川字」는 바로 비슷한 형태의 글자를 잘못 읽은 경우의 예라 하겠다.

이상의 분석과 논의에서 고대소화를 일종의 특수한 체재로 보고 그 표현방법상의 특징들을 살펴보았다. 이것으로 소화 창작자들이 간단한 서사 형식의 구조 속에서도 흥미와 웃음을 자아내게 할 수 있는 것은 작품의 인물과 배경을 교묘하게 배합하고 사건을 치밀하게 구성하여 적절한 표현기교를 세심하게 구사함으로써 주제사상을 가장 효과적으로 전달하기 때문임을 알 수 있다.

V. 결어

이상의 논의를 요약하면 다음 세 가지로 정리할 수 있다.

첫째, 중국 민간문학의 '고사'는 곧 우리 구비문학에서의 '설화'나 '민담'과 유사한 개념으로 본다. 또 중국의 '민간고사'와 우리 '설화'의 하위분류로 볼 때 '소화'는 한·중 양국이 모두 거의 동일한 분류체계를 가진다. 그러므로 양국 민간 전승문학의 개념과 체계의 이러한 유사성은 그 용어상의 차이에도 불구하고 앞으로 원활하고 직접적인 비교연구를 용이하게 하리라고 본다.

둘째, 중국 민간문학의 각종 고사 중, 소화와 우언의 관계는 그 형성 초기로부터 가장 밀접하여 先秦의 諸子書 중에는 많은 우언류의 소화들이 전해 내려온다. 이것은 어떠한 이치를 효과적으로 설명하기 위해서는 때로 諷諫이 필요하였기 때문일 것이다. 또 소화는 人事를 내용으로 하고 필기체의 형식을 취한다는 점에서 '志人小說'과 같은 맥락이라 할 수 있다. 그러나 희극 표현형식의 하나로서의 소화는 역시 하나의 독립된 영역으로 보는 것이 근래의 문학사가들의 입장이다.

셋째, 고대소화를 일종의 특수한 체재로 보고 그 표현방법상의 특징들을 고사성·경제성·희극성의 측면에서 살펴볼 수 있다. 그것은 소화 창작자들이 간단한 서사 형식의 구조 속에서도 흥미와 웃음을 자아내게 할 수 있는 것은 작품의 인물과 배경을 교묘하게 배합하고 사건을 치밀하게 구성하여 적절한 표현기교를 구사함으로써 주제사상을 가장 효과적으로 전달하기 때문이다.

참고문헌

周作人 編. 明淸笑話四種. 臺北: 華正書局, 1987.

中國民間文學研究會安徽分會 編. 民間笑話大觀. 第四刷. 合肥: 黃山書社, 1989.

王利器·王貞珉 編. 中國笑話大觀. 第二刷. 北京: 北京出版社, 1996.

陳維禮·郭俊峰 編. 中國歷代笑話集成. 全五卷. 長春: 時代文藝出版社, 1996.

唐子恒 等 編. 中國笑林博覽. 第二刷. 濟南: 山東大學出版社, 1997.

張天若·江村 編. 古代幽默經典. 北京: 華文出版社, 1998.

李曉·愛萍 等 編. 明淸笑話十種. 全二冊. 西安: 三秦出版社, 1998.

(淸)遊戲主人·程世爵 編. 笑林廣記二種. 廖東 輯校. 第二刷. 濟南: 齊魯書社, 1998.

白岭 編. 中國笑話庫. 鄭州: 中州古籍出版社, 2000.

(漢)班固. 漢書藝文志. (唐)顔師古 註. 排印本; 臺北: 華聯出版社, 1973.

新譯四書讀本. 第七版. 謝冰瑩 等 譯. 臺北: 三民書局, 1981.

新譯列子讀本. 再版. 莊萬壽 譯. 臺北: 三民書局, 1981.

新譯莊子讀本. 黃錦鋐 註. 第四版. 臺北: 三民書局, 1983.

(漢)司馬遷. 史記會注考證. (日)瀧川龜太朗 考證. 臺北: 洪氏出版社, 1986

塗石. 民間文學. 上海: 上海古籍出版社, 1996.

吳同瑞 等. 中國俗文學概論. 北京: 北京大學出版社, 1997.

段寶林. 笑話——人間的喜劇藝術. 第三刷. 北京: 北京大學出版社, 1996

段寶林. 中國民間文學概要. 再版. 北京: 北京大學出版社, 1998.

김기창. 한국 구비문학 교육사. 서울: 집문당, 1992.

김선풍 등. 민속문학이란 무엇인가. 再版. 서울: 집문당, 1995.

金泰坤 외. 韓國口碑文學概論. 1판 2쇄. 서울: 民俗苑, 1996.

張德順 외. 口碑文學概說. 1版 27刷. 1971년 初版; 서울: 一潮閣, 1999.

강등학 외. 한국 구비문학의 이해. 서울: 도서출판 월인, 2000.

祁連休·程蔷 編. 中華民間文學史. 石家莊: 河北教育出版社, 1999.

劉守華. 中國民間故事史. 武漢: 湖北教育出版社, 1999.

吳禮權. 中國筆記小說史. 1993年 臺灣 第1版; 北京: 商務印書館, 1997.

苗壯. 筆記小說史. 杭州: 浙江古籍出版社, 1998.

譚達先. 中國民間寓言研究. 臺北: 木鐸出版社, 1984.

陳蒲清. 中國古代寓言史. 板橋: 駱駝出版社, 1987.

陳蒲清. 寓言文學理論·歷史與應用. 板橋: 駱駝出版社, 1992.

凝溪. 中國寓言文學史. 雲南: 雲南人民出版社, 1992.

역자 후기

중국문학의 도도滔滔한 발전 속에서 소화笑話 역시 장구한 역사를 가진다. 주지하듯, 「알묘조장揠苗助長」·「기인우천杞人憂天」·「수주대토守株待兎」·「각주구검刻舟求劍」·「화사첨족畵蛇添足」 등과 같은 소화의 단편들은 이미 선진先秦의 『맹자孟子』·『열자列子』·『한비자韓非子』·『여씨춘추呂氏春秋』·『전국책戰國策』 등의 여러 제자서諸子書에서 유래한 것이다. 이러한 짧은 이야기들이 당시 작자의 사상적 견해에 설득력을 더하기 위한 보조수단으로서의 우언고사寓言故事였던 것을 보면 중국소화의 발생 초기 단계에서 소화는 우언과 밀접하게 연관되어 있음을 알 수 있다.

그러나 사회의 진화와 문학의 발전을 따라 선진先秦 양한兩漢을 거치면서 소화 형식은 더욱 성숙되었고, 우언과의 부대 관계로부터 점차 독립적인 문체文體를 형성하게 되었다. 그리하여 위魏 한단순邯鄲淳의 『소림笑林』이 바로 그 이정표가 된다. 『소림』은 중국의 가장 이른 소화서笑話書로 후대에의 영향이 지대했다. 수대隋代 후백侯白의 『계안록啓顔錄』은 『소림』을 이은 전문 소화서이다. 그 후, 당대唐代의 유종원柳宗元, 송대宋代의 소식蘇軾 등의 대문호들도 소화의 발전에 크게 기여하여 많은 소화 작품을 남겼다.

소화의 황금시대는 명대明代이다. 명대 이래 상품경제의 번영과 자본주의의 발전을 따라 자유와 향락에 대한 시민 계층의 강렬한 욕구가 분출되면서 소설 희곡 방면에서 대가와 대작이 출현함과 동시에 소화의 수집 정리와 편찬에도 큰 진전이 있었다. 즉, 그 형식과 내용, 기교 모든 방면에서 소화는 원숙해지고 완전해지게 되었던 것이다. 이 시기의 소화 발전에서 가장 큰 공적을 세운 사람은 이지李贄와 풍몽룡馮夢龍이다. 특히, 풍몽룡은 중국 고대소화의 집대성자라 일컬어질 뿐만 아니라 그의 소화 작품은 중국 고대소화의 절정으로 평가되고 있다. 그러나 이러한 소화의 번영 발전과 함께 당시 소시민 계층의 저속한 취향에 영합하는 외설적인 소화도 상당히 유행하게 되었으니 이러한 상황은 청말清末과 민초民初까지 계속되었다.

청대清代에는 많은 소화집이 간행되었다. 예를 들면 석성금石成金의 『소득호笑得好』, 진고모陳皐謨의 『소도笑倒』, 소석도인小石道人의 『희담록嘻談錄』과 『희담속록嘻談續錄』, '오하독일와퇴사집吳下獨逸窩退士輯' 제하題下의 『소소록笑笑錄』, 유월兪樾의 『일소一笑』, 조염양趙恬養의 『해인이解人頤』, 이어李漁의 『고금소사古今笑史』, 유희주인遊戱主人의 『소림광기笑林廣記』, 정세작程世爵의 『소림광기笑林廣記』 등과 같은 전문 소화집은 물론 많은 소화들이 청인清人들의 필기 저작 속에 수록되었다. 이와 함께 전대前代의 수많은 소화고사집이 이 시기에 중간重刊되어 나와 청대는 그야말로 소화의 집대성 시기라 할만하다. 청대의 소화를 개관하면, 앞 시대의 전통 소화를 계승한 측면을 지니면서도 적지 않은 부분이 현실생활에 대한 새로운 소담笑談의 창출로서 단순히 명대 이전의 소화를 연역한 것과는 달랐다. 그중에서 가장 주목할 만한 현상은 '시정소화時政笑話'의 비중이 대폭 증가했다는 것이다. 이러한 점에서 석성금의 『소득호』는 청대의 소화를 대표할 만한 전문 소화집일 뿐만 아니라, 일반 민중의 호악好惡의 감정을 진솔하게 반영한 민간소화집의 결정이라 하겠다.

민국民國 초년에 이르기까지 소화는 여전히 일반의 오락거리에 불과한 정도였다. 그러나 현대의 1920년대에 와서 이러한 상황은 전기를 맞이하게 되었다. 당시 북경대학北京大學의 '가요연구회歌謠研究會'(1920)는『가요주간歌謠週刊』(1922)을 발행하면서 요속謠俗의 연구 조사와 함께 중국 근대 가요의 정리와 편찬 작업을 해오고 있었는데, 1924년부터는 가요와 함께 소화도 민속학 범주 내의 민속 문예의 일종으로 간주하여 민간의 소화를 공개적으로 수집 정리하여 발표함으로써 처음으로 학술적인 연구가 시도되었던 것이다.

이 시기의 신문학운동가新文學運動家 주작인周作人 역시 그의「고차암소화집서苦茶庵笑話集序」의 말미에서 "나는 지금 편자 서명이 있는 소화서笑話書 몇 종種을 찾아 다시 내가 서명하여 선집選集 일집一集을 만들어 속문학 및 민속자료의 일종으로 삼는다.(我現在找幾種編者署名的笑話書, 再由我署名編選爲一集, 當作俗文學及民俗資料的一種。)"라고 명청明淸 시대 소화집 선편選編의 동기와 목적을 밝힌 것을 보면, 당시 학계와 학자의 자국 고대소화에 대한 인식과 효용가치를 어느 정도 짐작할 수 있다.

역자가 조사한 바로는 주작인의『고차암소화집苦茶庵笑話集』은 현대 중국 최초의 자국 고대소화 선집으로 보인다.[42] 주지하는 바와 같이, 주작인(1885-1967)은 노신魯迅(1881-1936)의 실제實弟로, 중국의 저명 문학가·평론가·번역가이자 중국민속학의 개척자요, 신문화운동의 대표자이다. '고차암苦茶庵'은 주작인의 서재 이름으로, 유명하기로는 '고우재苦雨齋'가 더 많이 알려져 있다. 그래서 사람들은 주작인을 높여 부를

42 1933년 10월, 北新書局에서는 편자 서문과는 달리 서명을『苦茶庵笑話選』으로 수정 출판했다. 그러나 권두의 중화민국 22년(1933년) 7월 27일자 편자 서문은 여전히「苦茶庵笑話集序」로 題名되어 있다. 또 1982년 11월, 臺灣 藍燈文化事業股份有限公司에서 출판한『周作人全集』(全5卷)의 第二卷에는 편자의 서문과 같이 서명이『苦茶庵笑話集』으로 수록되었다.

때 서재 이름으로 대신하여 '고우노인苦雨老人'·'고차노인苦茶老人' 또는 '고우옹苦雨翁'·'고차옹苦茶翁'으로 불렀다고 한다.

주작인의 『고차암소화집』은 크게 세 부분으로 이루어진다. 첫 부분은 권두의 편자 서문으로 소화와 관련한 일반 이론과 선집에 수록한 3종 소화서에 대한 소개이다. 둘째 부분은 명대 풍몽룡의 『소부』에서 176편, 청대 진고모의 『소도』에서 67편, 석성금의 『소득호』에서 53편, 도합 296편의 명청 소화를 수록한 부분이다. 그리고 셋째 끝 부분은 편자 자신이 직접 수집 정리한 명대 문인 서위徐渭와 관련한 소화를 모은 「서문장의 고사徐文長的故事」이다.

역자는 편자 서문 전문과 『소부』에서 132편, 『소도』에서 30편, 『소득호』에서 28편, 도합 190편의 소화를 번역하고, 매 편마다 역주 설명을 덧붙였다. 중국의 명청 소화는 그 표현수단으로 볼 때 소화의 문장 자체가 구어적 성격이 강한데다 명청 시대는 현대와 연결되는 근대에 해당하는 시기여서 문체상으로 구어와 문어가 혼용되고 있기 때문에 초어체超語體인 고대중국어(文言, 즉 우리의 한문에 해당함)와 어체인 현대중국어(白話)를 모두 해독하지 못할 경우 원문을 이해하기 어려운 데가 적지 않다. 역자의 역주는 바로 이러한 부분에 역점을 둔 것이다. 그리고 역서의 부록으로 원서의 편자 서문 「苦茶庵笑話集序」와 역서에서 번역하지 않은 서문장의 소화고사인 「徐文長的故事」, 그리고 진고모의 『소도』 끝에 수록된 「반암소정半菴笑政」의 원문을 실어 연구자의 참고자료로 활용할 수 있게 했다.

진고모의 「반암소정」은 민간의 구전소화를 기초로 하는 소화예술의 특징을 소품笑品·소후笑候·소자笑資·소우笑友·소기笑忌 등으로 구분하고 해당 항목을 열거하고 있는데, 그 중에는 소화의 창작은 물론 구연과 관련한 매우 유용한 참고자료가 들어 있어 중국 민간문학발전 사상의 귀중한 문헌으로 평가받고 있다. 이른바 '소품笑品'은 성공적인 소화의 품류를, '소후笑候'는 소화를 말하고 듣기에 적절한 환경을, '소자笑资'는 일상생활 중에서 소화를 지어낼 수 있는 소재를, '소우笑友'는 서로 농담하고 담소할 수 있는 사람들의 부류를 말한 것이다. 그리고 끝으로 '소기笑忌'에서는 소화를 구연할 때의 여러 가지 금기사항을 지적하고 있는데, 그중 특히 소화는 비속한 것을 풍자하고 그릇된 것을 바로잡는 사회적 기능으로 인해 자연히 공공성을 띠게 되므로 웃음 속에 칼을 감추고 있거나 빈정거리며 사실을 은폐시킴으로써 눈앞의 사람을 불편하게 해서는 안 되며, 또 개인적인 처지나 감정을 지나치게 앞세우고 직설적으로 언급해서도 안 된다는 말은 진고모의 「반암소정」이 지닌 소화 예술의 조예와 가치를 충분히 짐작할 수 있게 해준다.

역서의 끝 부분에서는 역자의 논문 「중국 고대소화의 갈래와 기교」를 해설 자료로 실어 중국 소화를 감상하고 이해하는 데 도움이 되게 했다. 논문의 첫 과제는 소화문학의 갈래를 한중 양국의 이질적인 문학분류 체계 속에서 살펴보는 것이고, 두 번째 과제로는 우언 및 필기소설과 소화의 연관성을 역사적 관점에서 살펴보는 것이며, 그리고 세 번째 과제로 소화의 표현에 드러나는 예술적 특징을 개괄해 본 것이다.

끝으로, 중국에서 고대소화를 본격적으로 정리하고 학술적으로 연구하기 시작한 선구로서의 주작인의 『고차암소화집』을 번역하면서 앞으로 우리나라에서도 이 방면의 관심과 연구가 더욱 고조되기를 희망한다.

이제우 역
한국외국어대학교 중국어과, 동 대학원 중국어과 대만사범대학 국문연구소 졸업. 문학박사
현) 숭실대학교 중어중문학과 교수

대표 논저
「중국 笑話의 연구과제와 중요서목」,「清代 民間笑話集《笑得好》의 인물유형과 사회성」,「'文革笑話'를 통해 본 문학성과 대중성」,「중국 산문韓譯의 현황과 과제」,「'중국문언' 교과의 번역교육」,『張岱의 小品文 研究』,『晩明小品之文藝理論及其藝術表現』(중문),『中國現實主義文學論』(공저),『晩明小品論—중국 산문전통의 '이단'인가, '혁신'인가?』

고차암소화집苦茶庵笑話集

초판 1쇄 발행 _ 2021년 2월 28일

편 자 · 주 작 인
역 자 · 이 제 우
발행인 · 정 현 걸
발 행 · 신 아 사
인 쇄 · 대명프린팅
주 소 · 서울특별시 은평구 통일로 59길 4 (2F)
전 화 · (02) 382-6411 팩스 · (02) 382-6401
홈페이지 · www.shinasa.co.kr
E-mail · shinasa@daum.net
출판등록 · 1956년 1월 5일 (제 9-52호)

ISBN 979-11-91158-17-5(03820)

정가 17,000원